# 生态女性主义文学研究

唐 晶
李 静 / 著

中国社会科学出版社

## 图书在版编目(CIP)数据

生态女性主义文学研究 / 唐品，李静著. ―北京：中国社会科学出版社，2019.12（2021.7 重印）
ISBN 978-7-5203-5748-7

Ⅰ.①生… Ⅱ.①唐…②李… Ⅲ.①妇女文学—文学研究 Ⅳ.①I0

中国版本图书馆 CIP 数据核字（2019）第 269941 号

| | |
|---|---|
| 出 版 人 | 赵剑英 |
| 责任编辑 | 周晓慧 |
| 责任校对 | 无 介 |
| 责任印制 | 戴 宽 |

| | |
|---|---|
| 出　　版 | 中国社会科学出版社 |
| 社　　址 | 北京鼓楼西大街甲 158 号 |
| 邮　　编 | 100720 |
| 网　　址 | http://www.csspw.cn |
| 发 行 部 | 010-84083685 |
| 门 市 部 | 010-84029450 |
| 经　　销 | 新华书店及其他书店 |
| 印　　刷 | 北京明恒达印务有限公司 |
| 装　　订 | 廊坊市广阳区广增装订厂 |
| 版　　次 | 2019 年 12 月第 1 版 |
| 印　　次 | 2021 年 7 月第 2 次印刷 |
| 开　　本 | 710×1000　1/16 |
| 印　　张 | 14 |
| 插　　页 | 2 |
| 字　　数 | 182 千字 |
| 定　　价 | 76.00 元 |

凡购买中国社会科学出版社图书，如有质量问题请与本社营销中心联系调换
电话：010-84083683
**版权所有　侵权必究**

# 摘　　要

20世纪，生态危机的愈演愈烈和女性主义的蓬勃发展，都是值得关注的现象，二者在20世纪70年代得以结合，形成了生态女性主义思潮。这是一个尚在发展中的思潮，并构成了后现代思潮的一部分，它批判西方文化将人与自然、理性/社会性与感性/自然性、男人与女人对立起来并区分优劣的等级二元论，反对逻各斯中心主义与现代技术理性，认为在人与生态关系上的人类中心主义和两性关系上的男性中心主义是内在一致的，自然受到的掠夺、破坏与女性受到的压迫、奴役也是内在一致的，都以此为合理性、合法性基础，呼唤女性—母性原则、生态—生命原则的回归。

如果以这一精神内核为标志，那么早在生态女性主义诞生之前，生态女性主义文学就存在了。狭义地说，自19世纪以来就有女性作家将女性精神与自然精神整合起来书写，在20世纪生态危机的背景下，女作家的自然文学、环境文学更是形成一个创作潮流。广义地说，生态女性主义最重要的精神内涵是打破二元对立，寻求人与自然、人的自然性与人的社会文化性的融合，珍视生命，倡导平等、包容、博爱、和谐的"母系价值观"和有机联系、共生共荣的生态智慧。这种精神内涵不仅存在于20世纪女性写作的生态主义作品中，也广泛存在于20世纪作家（无论女性还是男性）其他类型的作品中，甚至存在于传统的男性中心文学中。但是，即使狭义的生态女性主义文学，也是直到生态女性主义文论与文学批评产生，才得以命名并作为一个类型纳入研究视域的；而广义的生态女性主义文学，还没有得到充分的发掘。因此，生态女性主义文学研究是可以扩容的。特别是建构中国本土的生态女性主义文学研究，更可以借鉴生态美学的经验而发挥中国文化的优势。目前，生态女性主义文学研究已是西方的一门显学，但在中国，这类研究还刚刚起步，存在着不够系统化、以欧美为依托而缺少本土发掘、研究对象限制在当代女性写作的"自然文学"上而缺少基于生态女性主义精神内涵的视域扩展等问题。而中国传统文化中所具有的丰富的生态主义资源，天人合一的宇宙观、贵生的生命伦理、"仁"的道德追求与"和"的价值取向，都是与生态女性主义原则相一致的。

女性同自然、女性原则同生态原则的联系，一方面来自女性的生理—心理特点，女性作为孕育、抚养和守护生命的性别，比男性更多地体验着生命的自然性、平等性、互融性和整一性，也具有更加生态化的生存模式；另一方面来自社会文化的塑造，男性将女性在繁衍中的作用定位为"质料"、比喻为"土壤"，认为女性更少理性、社会性，因为她们更接近动物与自然。后者对男性中心文学中女性形象"生态化"的影响是十分复杂的。一方面，男性中心主义文学传统中也可以发掘出丰富的生态女性主义资源，如拒绝婚姻的自由处女、以自然性情挑战父权制的恋人、以母性原则化解父性原则的母亲等，她们给男性社会带来了自然、自由、平等、和谐等生态化特质；另一方面，这种生态化特质的介入又受到男性中心主义的限制，处女维护自由必须以放弃做母亲为代价，"爱情同盟"中女性通常也是附属方，而母亲只有内置于父权制统治秩序中并在不同程度上遵从其统治原则，才能更多地发挥作用。

在当代文化中，父权制统治所倡导的等级、统治、优胜、理性/

逻各斯中心、西方中心、人类中心、男性中心等价值观衰落了，整个文化主张回归自然、爱护生命、重视自然情感、倡导爱与宽容等女性化、生态化价值观认同。这种观念相对于仍然严重的生态危机及仍然未被放弃的现代"工具理性"来说，具有超前性。因此，当代生态女性主义文学的发展并不是一个孤立的现象，实际上，作为整体的当代文化、当代文学也开始表现出某种生态化特质。这种生态化特质首先表现为当代文学的"自然性"，自然被"返魅"、重新获得灵性，那种将自然视为资源与获利工具的观念受到了批判；物种间平等、人与自然和谐相处、遵从自然规律与保持自然节制等生态主义的核心信念也渗入当代文学中。其次是人的自然性/感性与社会性/理性的关系得到了重整。20世纪哲学对逻各斯中心的解构及对非理性因素的推重并行，使20世纪文学呈现出重视潜意识、梦境、欲望、情绪情感、内心冲突等非理性因素的旨趣。另外，生命意识、生态平等性、生态整体性等生态化、母性化价值观也在当代文学中得到彰显，甚至在一些文化群体中已成为文学旨趣合理性的基础。目前，这种倾向在西方文学中比在中国文学中表现得更为突出，但不能否认，这与中国的文化基因相一致，因此，中国文学有可能发展出具有民族特色的生态女性主义。

**关键词**：生态女性主义；生态女性主义文学；生态伦理；女性化价值观；中国文化

# 目　录

绪　论 …………………………………………………………（1）

**第一章　生态女性主义文学研究的理论与文论基础** …………（20）
　一　生态女性主义的思想内涵 ………………………………（20）
　　（一）从生态学到生态文艺学 ……………………………（20）
　　（二）从女性主义到生态女性主义 ………………………（22）
　　（三）生态女性主义的观念与精神 ………………………（24）
　二　生态女性主义与文学研究 ………………………………（26）
　三　生态女性主义文学研究的本土化展望 …………………（29）

**第二章　社会人与生态人：性别隐喻中的生态主义内涵** ………（33）
　一　大地的隐喻：女性生命存在的生态化 …………………（34）
　　（一）社会性与自然性 ……………………………………（35）
　　（二）对立性与互融性 ……………………………………（36）
　　（三）等级性与平等性 ……………………………………（38）
　　（四）分化性与整一性 ……………………………………（39）
　二　征服"大地"的历史：西方父权制社会的隐喻体系 ……（41）
　　（一）"种子"：父权之始 …………………………………（41）

（二）"天父"：等级二元结构的稳定 …………………… (45)
　　（三）"处女地"：现代性的发轫 ………………………… (48)
三　天尊地卑：中国父权制社会的隐喻体系 ………………… (51)
　　（一）生态化：整体性、互构性与生命意识 …………… (53)
　　（二）性灵佳人：中国女性生态化审美的范型 ………… (56)
　　（三）伪生态化：尊卑秩序的构入 ……………………… (66)
　　（四）男女有别：伪生态化性别文化的实践形态 ……… (73)

## 第三章　男性中心文学中女性的生态化失落 ……………… (86)
一　贞女：自我阉割的女性偶像 ……………………………… (91)
　　（一）"生育女神"的自我阉割 …………………………… (91)
　　（二）"阿塔兰忒"的抗争 ………………………………… (93)
　　（三）从维斯太的贞女到基督的新娘 …………………… (95)
　　（四）中国文学中的拒婚女性 …………………………… (98)
二　恋人："弑父"同盟中的附属方 …………………………… (100)
　　（一）自然与自由：西方恋人的爱情体验 ……………… (103)
　　（二）存意之象与性灵佳人：中国恋人形象的特质 …… (106)
　　（三）同盟中的附属方 …………………………………… (109)
三　母亲：消失于父权制秩序中的女人 ……………………… (111)
　　（一）光彩的黯淡：从童话原型说起 …………………… (112)
　　（二）崇女抑母、崇妾抑妻：中国性别文化的悖反形态 …… (120)
　　（三）内置："温柔母亲"与"强权母亲" ………………… (133)
　　（四）单向度的性别统治 ………………………………… (137)
四　走上社会的女人：去性别的反抗者 ……………………… (149)

## 第四章　当代社会文化与女性的"反生态化"焦虑 ………… (155)
一　生态化还是个体化：一个问题 …………………………… (155)
　　（一）分离—个体化：一个动力心理学议题的社会

　　　　与性别面向 …………………………………………（155）
　　（二）个体化的焦虑：以网络女性向叙事的几个
　　　　类型为例 ………………………………………（160）
　　（三）个体化的焦虑：以"大女主戏"为例 …………（170）
　二　生态化与个体化的和解尝试 ………………………（177）

**第五章　当代文化及女性文学的生态化特质** ……………（183）
　一　自然性：生命意识的觉醒 …………………………（185）
　二　理性与感性关系的重整 ……………………………（193）
　三　生态化观念的觉醒 …………………………………（197）
　　（一）生命意识 ……………………………………（198）
　　（二）生态化的平等意识 …………………………（199）

**结　语** ……………………………………………………（201）

**参考文献** …………………………………………………（209）

**致　谢** ……………………………………………………（212）

# 绪　　论

## 一　问题的提出

　　20世纪，科学的发展让人类生活日新月异，但与此同时，各种生态灾难却携雷霆之势接踵而至：环境污染严重，温室效应愈演愈烈，土壤沙化、荒漠化，水资源极度匮乏，不可再生资源迅速枯竭，尤其是近年来，地震四处发生，海啸汹涌来袭，战争此起彼伏，冰川日益融化……一些展现灾难的影视、文学作品携着凛冽的寒意每每阵痛着我们的神经，《2012》的世界颠覆、灾后重生，《阿凡达》同异族一起重回大地女神的怀抱，难道我们只能静静地守候《寂静的春天》，《逃离》这现实生活愈演愈烈的男权主宰，难道我们《离上帝如此遥远》，只能在梦想中倾听《青草在歌唱》，这不禁唤起我们心灵深处对自然无情挞伐的深深内疚，对自然过度索取的沉重反思，同时更激起人类心底深处对自然之光的渴求与呐喊。多年前，人类"战胜自然""征服自然"的野心，将人与自然对立起来，这却造成了严重的后果。哈佛大学社会生物学家威尔逊认为，人类目前的行为如果持续到21世纪末，地球上的物种将会减少一半。我们不禁要问，长此以往，几万年后，甚至有可能几千年后，人类是否还存在？因此，我们亟须解决现存的生态问题，建造不能坍塌的"生态长城"。正是在这样的背景下，一种新的文学形态——将自然命运与女性命运连接起来、整合起来书写的生态女性主义文学便诞生了，并且在20世纪形成了一股创作潮流。实际上，文学的敏感性，使这种文学形态的产生甚至比生态危机的恶化还要超前：19世纪以来，就有女性作家敏锐地意识到，男性/人类中心主义对女性/自然攫取和征服的态度意味着什么。

但是，直到20世纪70年代生态女性主义理论产生，并与文学结合而形成生态女性主义文论和文学批评，生态女性主义文学才得以命名并作为一种文学形态被纳入研究的视域。实际上，从主词（"女性主义"）与修饰词（"生态"）之间的关系就可以明了，生态女性主义是"生态的女性主义"，是女性主义的一部分，而非生态主义的一部分。事实上，在其诞生地——西方，从事生态女性主义研究的学者确实多是女性主义理论家，而非深层生态学学者；它并不是一个整合的女性主义派系，因为很多后现代女性主义流派都不约而同地对生态文化思潮予以关注，所以我们才得以概括出"生态女性主义"这个脉络。不过，生态女性主义传入中国，却是通过生态文艺学：由于生态文艺学在世纪之交的中国学术界掀起了研究热潮，我们才认识了生态女性主义。这样，似乎生态女性主义成了生态主义的一部分，成了"女性主义的生态主义"。因此，为了研究生态女性主义文学，我们必须认识生态女性主义；而对于生态女性主义，我们必须在女性主义的发展史中认识它。

到目前为止，女性主义的发展大致经历了三个阶段。第一阶段可以概括为"自由女性主义"，关注两性在社会层面、现实层面的平等，为女性在政治、经济、教育等领域争取权利。第二阶段可称为"激进女性主义"，强调女性不但具有不同于男性的性别特征、生命存在方式和精神气质，而且这些特征从某种意义上讲是优于男性的，应该得到重新评价，并使之变成主导的文化因素。第三阶段即"生态女性主义"，这一提法来自著名的生态女性主义学者普鲁姆德（V. Plumwood），她将生态女性主义视为女性主义运动的第三次浪潮，得到了大多数学者的认同。生态女性主义拥有多元的视角，它关注的其实是父权制统治之下一切处于从属地位的因素，尤其是自然和女性；并把这些因素联系在一起，形成了一个伞状的术语。① 而其中最主要的联结点，就是将对女性的统治与对自然的统治视为一个同构性的问题，将妇女运动与生态保护运动合流。

20世纪下半叶，是生态主义运动、女性主义运动高速发展并走向结合的时代。在20世纪60年代以前的报纸或书刊里，几乎还找不到"环境保护"这个词，人们对生态的认识是相当淡漠的。1962年，蕾切尔·卡森出版了《寂静的春天》，以一个海洋环境学家的责任感来关注生态危机，当代环境运动由此拉开序幕。女性主义运动也随着环保运动的发展而迅速超越传统范围。20世纪70年代，妇女运动和环境运动同时迅速发展，并逐渐结合在一起，促发了生态女性主义思想的诞生。1974年，法国女性主义学者弗朗索瓦·德·埃奥博尼在《女性主义或死亡》中提出一个观念："对妇女的压迫与自然的压迫有着直接的天然的联系。"这一观念首次将生态思想和女权思想结合起来，认为女性和自然一样是人类生存、发展的本原，也和自然一样遭受着掠夺，因此，女性和自然之间存在着天然的、内在的、重要的联系。在传统文化中，自然被称为"母亲"，大地有"女神"之誉，人类在认知上意识到"大地的造化功能与女性的孕育功能惊人的相似，女人用自己的血肉之躯生儿育女，并把食物转化成乳汁喂养他们，大地则循环往复地生产出丰硕物产，并提供一个复杂的容纳生命的生物圈"②。但是父权制统治的建立，使自然与女性被打上了从属身

---

① Karen J. Warren, *Ecological Feminism*, London: Routledge, 1994, p. 1.
② 陈喜荣：《生态女权主义述评》，《武汉大学学报》2002年第5期。

份的烙印，被男性所奴役、统治、压迫。她创造性地提出"生态女性主义"（ecological feminisme）这个词汇，呼吁女性为拯救自然、拯救地球而进行一场"生态革命"。美国生态批评学者谢里尔·格洛特费尔蒂认为："生态女性主义是一种理论话语，其前提是父权制社会对妇女的压迫和对自然界主宰之间的联系。"①

在此之后，生态女性主义很快就成了一个国际性的文化现象，人们普遍开始关注妇女和自然所受压迫的内在关联。生态女性主义者认为，有一些社会和政治秩序是加重人类压迫的，它们同时也体现在毁灭生态的活动中。因此，这些秩序是必须着力改变的，这包含着反抗、创造和希望，为了缓解日益严重的生态危机和文明危机，就必须提醒人们重视父权制建构直至现代越来越被忽略的女性原则、母性原则、生态原则，改变旧有的世界观、人生观和价值观。

那么，自然/生态与女性为何能够建立关联？男性与女性一样具有自然人的属性，女性与男性一样也生活在社会中，经历着社会化的过程，为何要在自然与女性之间建立关联？这可以从三个角度来理解。第一，从生理—心理的视角看，女性的生理特征以及由此形成的心理特征使她相对地更接近自然。女性的生理节律与自然有着更紧密的联系，其情绪、情感和行为也比男性更多地受到这种生理/自然节律的影响。女性孕育、哺养后代的生理使命不但决定了她会比男性更多地处理与人类的自然性相关的事务，也使她形成了更具生态化特质的思维/行为方式和情绪/情感特征，如整体性、平等性、互融性，以及对生命的珍视、对爱的坚守等，这些我们将在下一章中详述。所以，就整体而言（当然不排除个别的例外），女性相对于男性而言，"自然人"的分量更重一些是有生理、心理依据的。第二，从人类学

---

① Glotfelty, Cheryll, "Introduction: Literary Studies in an Age of Environmental Crisis," in Glotfelty, Cheryll & Harold Fromm (eds.), *The Ecocriticism Reader: Landmarks in Literary Ecology*, Athens, Georgia: University of Georgia Press.

的视角看,女性与自然/生态系统的神秘联系是一个来自母系文明的隐喻,植根于人类古老的文化记忆中。各民族早期文化中最重要的神明多是一个"大母神",如中国的女娲、希腊的盖娅、埃及的艾塞斯等,而她们多是大地、自然和生育、繁衍力量的代表。《荷马史诗》也曾歌咏"万物之母",她是大地,是自然最坚实的根基,是世上最年长的生物。"她养育一切在神圣的土地上行走、在海里漂游、在天上飞翔的创造物。"① 虽然在父权制社会的宗教体系中,"大母神"多退居到男性(或男性化)神明之后,但她们仍活跃在文学、艺术和想象之中,成为一个集体无意识的原型,并且承载着自然、生命、母性、和谐、爱与美等生态化精神内涵。第三,也是最重要的,就女性的历史命运而言,是父权制社会的文化逻辑把她们变成了自然/生态的同盟。这又可以分成两个阶段。第一阶段是前现代的,在西方是逻各斯中心主义,在中国是天尊地卑、阳尊阴卑的礼教秩序,这些理念与刻板化的性别观念相结合,将男性与社会的、理性的、精神的一面相联系而赋予较高的价值,将女性与自然的、感性的、物质的一面相联系而赋予较低的价值。第二阶段是现代性的,现代工具理性将自然化约为人类的"资源",视为被攫取和掠夺的对象。这种占有自然而无视自然自身利益的人类中心主义态度,与占有女性而无视女性之主体性的男性中心主义态度,是一致的,是有着共同的社会文化根源的。这种霸权性的、功利性的占有欲望所造成的种种现代性问题,如世界大战、人道危机、生态灾难、人伦迷失等,使女性选择了与自然结成同盟。因此可以说,自然/生态与女性间的联系不仅是自然的,是对女性生理—心理特征的把握,而且是社会的,是父权制社会—文化造就的联结。

生态女性主义还是发展中的理论,它将人对自然的统治与人对妇

---

① Roger S. Gottlieb, *This Sacred Earth: Religion, Nature, Enviroment*, p.319.

女的统治有机地结合起来,并着力研究二者获得解放的方法,它不仅批判父权制,而且批判逻各斯的人类中心主义,它以其理论根基,突破了后现代主义的封锁,为"我们提供了一个可建构更自然化的文化未来的可能性"①。

## 二 生态女性主义文学研究现状

### (一) 西方生态女性主义文学研究现状

生态女性主义思想产生之后,很快便开始了对文学的关注。生态女性主义关注的是文学领域中自然与女性所受的压迫,揭示二者的关联,寻求使缺席和被代言已久的自然与女性的回归。苏珊·格里芬认为,生态女性主义是获得话语权的女性为仍处于也只能处于失语状态的自然代言,她在《自然女性》中明确提出:"我们知道自己是由大自然创造的……我们就是大自然。我是观察大自然的大自然。我们是具有自然观念的大自然,是哭泣的大自然,讲述大自然的大自然。"②它保留了生态女性主义的核心议题:人与自然的关系、男性与女性的关系是一致同步的。借助于生态学上人与自然的关系,引申出父权制社会男性与女性的关系,这是生态女性主义文论的最基本内涵,也可以成为识别生态女性主义文学、画出生态女性主义文学研究视域的最重要标志。

这一基本内涵至少可以分为三个侧面。第一个侧面是,虽然前有从古希腊就已产生的"女人没有生育能力"的理论,后有以弗洛伊德为代表的古典精神分析所谓"阴茎嫉妒"的男性自豪,男性一直为其性别优势、性别特权寻求生理的、自然的依据,但实际上这种优势和

---

① 胡志红:《西方生态批评研究》,中国社会科学出版社2006年版,第151页。
② [美]苏珊·格里芬:《自然女性》,张敏生、范代忠译,湖南人民出版社1988年版,第293页。

特权并不是自然赋予的,而是父权制社会文化造就的。因此,我们可以把生态女性主义作为后现代思潮的一部分,因为在解构的思维和多元视角下,后现代思潮为各种边缘化群体寻求着权利和解放,如女性、有色人种及其他亚文化群落;这使人类重新思考人与自然、人与社会、人与人的关系。生态女性主义研究直接将批判的矛头指向男性文化的中心意识形态——菲勒斯中心主义(Phallocentrism),力求后现代的差异合理性。对于菲勒斯中心主义,生态女性主义文学批评家卡罗·毕歌伍德(Carol Bigwood)早在1993年的著作《地球缪斯:女性主义、自然和艺术》(*Earth Muse: Feminism, Nature and Art*),就谈及过女性如何确证自身的问题。在谈及她的这本著作的创作意图时,她就明确指出:

> 我将这本著作看作一本谨慎的、生态女性主义的、后现代的艺术哲学,我所专注的是西方菲勒斯中心主义的形成,以及菲勒斯(phallus)是如何成为一种在场象征的(如表现着整体性、目的性、直线性和自我认同感),换言之,就是男性身体的这一部分,是如何作为意识形态的象征物进入我们人类最重要的概念体系的。我试图追溯这种神秘勃起的开端,为的是瓦解和破坏专制关系,寻求开启新空间的道路,以期可以容纳差异的存在。然而,我实在无意于结果的诞生,以至于形成一种与其自身"指向"相反的局面。①

自柏拉图以来,西方就建立了二元对立的思维模式,包括人类与自然、男性与女性、理性与情感;而这些对立组合又是不对等的,前者拥有更高的价值,即人类优于自然、男性优于女性、理性优于感

---

① Carol Bigwood, *Earth Muse: Feminism, Nature and Art*, 1993.

性。因此，人类/男性取得了等级制中的优先权，女性/自然却遭到了贬低，沦为被掠夺和统治的对象。

第二个侧面是，女性被男性统辖，也不是具有自然合理性的，就像人类对自然的统辖的合理性并不是不言自明的一样。这在文学领域也同样适用。格洛特费尔蒂作为"文学与环境研究会"的发起人，曾经化用了美国女性主义批评家肖瓦尔特（E. Showalter）提出的女性批评三阶段发展模式，认为生态批评的发展也经历了相应的三阶段。[①]肖瓦尔特三阶段理论中的第一阶段的重点在于树立女性意识，即考察经典文学中的女性意象，如巫婆、妓女、老处女等，揭露存在于其中的性别成见；其第二阶段的重点在于"建构自己的文学史"，即研究女作家生平、重估女作家作品，寻找被淹没在男性中心文学史中的妇女文学传统；其第三阶段的重点在于将女性批评引入理论阶段，考察文学话语内部的性别和性的象征结构。与此相似，生态批评生态的第一阶段主要是树立生态意识，考察经典文学界中出现的自然意象，如伊甸、阿卡迪亚、处女地等，从中揭露人类中心主义的妄念；第二阶段主要是通过研究主流作家的生活环境、研究他们的生态意识，寻找"自然写作"的传统；第三阶段主要是对人与自我的二元论进行反思，考察文学中的物种象征结构，提出深层生态学、生态女性主义和生态诗学。

由这两个"三阶段"的同构性可以看到，文学上的男性中心主义和人类中心主义、对女性的成见和对自然的成见，是内在相通的。综合这两个视角的生态女性主义，就能揭示出这两种定见间的联系。同时，生态女性主义建构的新的价值标准，也能为重新评价文学史及文学作品提供理论支持。

第三个侧面是，从自然、生态的视角重新审视男女性别关系，指

---

① 韦清琦：《方兴未艾的绿色文学研究——生态批评》，《外国文学》2002年第3期。

出性别二元对立的人为性，提出整合于自然关系的男女性别关系。生态主义文论家、美国印第安纳大学教授帕特里克·墨菲将生态女性主义与后结构主义理论批评联系在了一起，认为性别二元对立不是自然的，而是人为操纵的产物：

> 建立在女性主义对"他者"概念关注的基础上，可以把生态女性主义者的原则和分析与当前的文学研究联系起来。"他者"概念受精神分析理论和女性主义批评的影响，盛行于文学研究领域。但这个"他者"必须在自然存在的基础上予以重新考虑。这就要抛弃绝对差异的概念以及内部与外部的二元结构。生态学质疑任何形式的二元对立，研究的是相互关系，其存在本质是承认"自为之物"与"为我之物"的区别。后一个实体是由干涉、操纵和转变而产生的。任何一个转化为人类所用的实体都是作为一个"自为的实体"而开始其存在的。①

生态视域下的男女两性关系应该是打破二元结构、实现自然整合的。

目前，生态女性主义文学研究虽然已经初具系统，但这个系统还远未完善。其研究对象多是女性作家将女性命运与自然命运连接起来、整合起来书写的作品，尤其是20世纪形成不小规模的环境文学，或者也涉及女性作家以身体、以生理命运为依托的写作。但是与生态女性主义丰富的精神内涵相比，这个研究视域显然有些狭小，而研究是否扩容、怎样扩容却是一个并未达成共识，甚至未得到充分讨论的问题，具有文学史意义的系统梳理更是没有出现。这并不令人感到意

---

① P. D. Murphy, *Literature, Nature & Other: Ecofeminist Critiques*, New York: State University of New York, 1995.

外，因为生态女性主义文论本身依然缺少严格完整的理论体系，时至今日，它仍然处在建构之中。但是，生态女性主义文学应当秉承生态主义、女性主义两大思潮对现实的关注，具有鲜明的介入和参与意识，它所关注的问题是深刻而迫切的；生态女性主义文学应是一种融入了女性视域下生态整体意识的文学，拥有自己的生态伦理和性别伦理；它关注生态发展，主张人际平等，注重代际公正，谋求种族正义等，寻求人与自然、人与世界、人与人之间的整体和谐——这是研究者对于生态女性主义文学的共识，是生态女性主义文学之所以可以作为一个文学形态并进行归纳研究的依据，也是生态女性主义文学研究具有重要意义的依据。

### （二）中国生态女性主义文学研究现状

中国的生态女性主义文学研究，要从生态女性主义理论传入中国说起。虽然中国传统文化中有着丰富的生态资源，但现代意义上的生态女性主义，还是从西方传入中国的。1979年，科学出版社出版了吕瑞兰翻译的《寂静的春天》，翻译出版这本书的最初目的只是"为帮助工农兵、基层干部及从事环保的科技人员了解环境科学知识，提供一本参考书"，却促使了人们生态意识的觉醒，并且首次看到生态问题与女性问题的结合，为生态女性主义在国内亮相做了铺垫。第一部以"女性主义"之名出版的生态女性主义译著，是1988年湖南人民出版社出版的由张敏生、范代忠翻译的《自然女性》。这部著作是美国早期生态女性主义的代表人物苏珊·格里芬的代表作之一，在生态女性主义理论史上具有突出的地位，被评价为一部"里程碑式的著作"。但20世纪80年代末的中国学者还没有形成"生态女性主义"的学术自觉，此书只是作为女性主义的译著而受到引介的。1997年，《寂静的春天》被列入生态主义著作的"绿色经典文库"，由吉林人民出版社再版。此时，"生态女性主义"仍没有被作为一个术语提出，但是女性立场与环保立场已在该书序言中同时得到宣扬,序作者阐述并批判了美国男性社会对这位"环保女斗士"的攻击与诋毁。

《寂静的春天》《自然女性》的翻译和出版,并没有立刻促成生态女性主义与文学的结合,更没有促使国内学者发掘一种称为"生态女性主义文学"的文学形态。但是,生态女性主义自身的开放性,及其传播的跨越性、全球化特征,使其不可能一直为中国的文学研究者所忽略。较先进入国内学者视野的是生态批评,生态女性主义文学的自觉意识是随着生态文学批评而产生的。最初是陈晓兰的《为人类"他者"的自然——当代西方生态批评》,这本是一篇介绍生态主义批评的文章,但其中涉及了墨菲、凯特·苏博(Kate Soper)和西苏(Helene Cixous)等生态批评家的生态女性主义理论。当国内的女性主义向纵深方向发展时,生态女性主义批评的落脚点才成为一种"女性主义批评"而非一种"生态批评"。20世纪90年代中期,曹南燕、刘兵将"生态女性主义"概念引入了中国,自此国内研究者才接受了这一概念,并进行了多方面的研究,发表了为数可观的成果。2003年,韦清琦在他所发表的《生态女性主义:文学批评的一枝奇葩》一文中,首次对生态女性主义的发展现状、理论依据、研究方法和批评实践做了较系统的介绍,同时指明了中西生态女性主义学术的戒规。这篇文章在生态女性主义领域具有开创性意义,但比较偏重于宏观理论的系统化建构,与国内文学实践的联系并不充分。2004年,罗婷、谢鹏在《生态女性主义与文学批评》中对生态女性主义进行了更加微观、具体的研究,如生态女性主义理论和批评的具体特点,以及对生态女性主义文本的发掘和梳理、文学中女性与自然关系的论证等。后者标志着生态女性主义文学研究——以生态女性主义文学作品为对象、运用生态女性主义视角的研究,在国内启动了。之后,四川外国语学院的严启刚、南开大学的杨海燕也从另一个角度对生态女性主义进行了有中国特色的研究,他们分析了生态女性主义与西方马克思义在批判人类中心主义、反对人类掠夺自然、反对男性文化霸权统治女性上的一致性，指出其共同的批判宗旨是"呼吁人类要共织生命之网，建立一个与自然相互依存的世界"①。他们发表了《〈启蒙的辩证法〉和生态女性主义批评》一文，以几个文本为个案，从生态女性主义的视角加以分析。这种微观的分析研究在国内生态女性主义文学研究中是较少见的。目前，国内学界已对生态女性主义有了较全面的引介和一定范围的接受，生态女性主义文学研究成为一个独立的范畴，并得到了较系统的研究。这预示了生态女性主义在中国将拥有更广阔的发展空间。

笔者以"生态女性主义"作为关键词，分别检索了中国学术期刊全文数据库、中国优秀博硕士学位论文全文数据库，发现历年都有与生态女性主义或生态女性主义文学相关的论文出现。尤以2005—2007年这三年为多，出现了"井喷"的局面，共计42篇，包含了14篇侧重理论探讨的概论式论文或述评式论文，28篇侧重文学研究、文学批评实践的个案研究论文。另外，还有16篇生态女性主义或与生态女性主义文学相关的硕士学位论文。对这些学术成果进行归纳和分析，就基本上能够梳理出中国学术界接受并内化生态女性主义理论的过程，概括出中国生态女性主义文学研究的现有成果。我们可以从热点、难点、问题点、生长点四个角度，对中国的生态女性主义文学研究进行概括。

就热点而言，目前生态女性主义文学研究的热点仍集中在学理论证上，如揭示生态女性主义文学理论的独特性、探索其发展趋势。这就产生了理论上的大量重复建设，因为这些成果大多只是在本土视角与域外视角、述评与述论、理论建构与文学探究这些方面各有侧重，

---

① 严启刚、杨海燕：《〈启蒙的辩证法〉和生态女性主义批评》，《四川外国语学院学报》2004年第5期。

但在一些基本的理论问题上早已达成了共识。热点的"过热",实际上形成了学术资源的非优化组合。

就难点而言,有两点比较突出。第一,目前生态女性主义文学研究的基础——关于生态女性主义文论、生态女性主义批评的研究还没有走向纵深,但国内文论界独立建构理论体系能力的缺乏,使这种深入显得很困难。这使生态女性主义研究或多或少显得有些混乱而任意,缺少较为扎实的理论指导。第二,系统化地展开跨视角研究,也是一个巨大的理论挑战。

就问题点而言,生态女性主义文学研究存在着几个需要注意规避的误区。第一,杜绝将生态女性主义文学神化,认识到这一视角并非解决所有文学创作或批评的最佳理论,否则极易形成新的话语暴政,从而违背女性主义尊重多元的基本精神。第二,由于学界对"生态女性主义文学创作与批评"的核心概念仍未达成普遍共识,故研究者应努力避免生态女性主义文学研究众声喧哗、各说各话的尴尬处境。第三,应警惕现有的研究对"生态女性主义文学"的过度阐释,生硬迭加各种理论,将生态女性主义的理论和相应的文学观加以工具化的利用。如一些文章存在着"添加批评""理念先行"的倾向,使用"对某某作家的生态女性主义解读""对某某文本的生态女性主义自然观的解读"这类牵强的题目。第四,目前的研究使用的多是"整合式",即在某个具体文本中挖掘和提炼生态女性主义意识。不可否认,这种批评方法在扩大生态女性主义理论适用范围,促进其持续发展上是很有意义的,但如果这样的研究成为主导,可能会使生态女性主义沦为一种批评工具。更不利的是,这类研究可能会造成生态女性主义理论的"自我证明",淡化了对自身合理性、合法性的系统反思。

就生长点而言,生态女性主义文学研究还有几个方面可以突破,也需要突破。第一,目前的研究成果大多规模较小,多为独立成篇的学术文章或硕士论文,缺少"大部头"著作或博士论文,这就导致了研究缺少系统性、全面性和综合性。所以，生态女性主义著作或博士论文，是填补科研空白的重要需求。第二，研究对象大多限于欧美文学作品，与中国的国情、中国的文学实践联系不够紧密，本土生态文学的内涵还有待发掘。第三，存在着"男性作家作品不如女性作家作品贴近自然"的性别偏见，这实际上有违生态主义的平等原则和整体性思维；男性作家的作品可不可以纳入生态女性主义研究视域，其实是一个颇值得探讨的课题。第四，现有研究存在着地域间的不平衡。生态女性主义的理念，仍有待于在更多地区、更多高校中得到启发，尤其是在女性主义研究比较活跃、女性主义行动影响较大的群体中。这将给生态女性主义文学研究带来更广阔的发展前景。

## 三　选题意义

### （一）理论意义

生态女性主义对文学研究有着重要的理论启发。第一，它打破了以实践美学为基础的"人的文学"的观念，将视域扩展到了"女性—自然的文学"上。生态女性主义让"自然"和"女性"成为文学研究的新视角，从"人类中心主义""男权统治"的束缚下挣脱出来，标志着文学研究的领域进一步拓宽，不仅指向人类社会，同时也开始指向我们赖以生存的共同母体——自然界。第二，它示范了文学研究的一个新范式。生态女性主义以生态原则、女性原则、母性—生命原则对全人类生存前景做终极关怀，不仅提供了新的研究视角，丰富和发展了文学理论，而且以其自身的宽泛性、开放性和交叉性为文学研究注入了崭新的血液，督促人类重新审视人与自然的关系、人与世界、人与人的关系。它为进一步研究女性文学提供了一种新的范式，也为生态文艺学的建设提供了一个新的切入点。第三，它为已有的女性主义文学研究提供了新的整合、提升的平台，同时，这样的整合、提升也使本书研究的深入有了资源丰富的基础,如可以将前现代文学作品、男性文学作品及具有生态化旨趣的非生态文学作品纳入研究范围。

但是,将生态女性主义作为一个"后现代性"的问题来对待,仍是目前研究的主流。因此,更侧重于从当代文学,特别是当代女性文学中寻求生态女性主义的文本资源。实际上,如果从精神内涵的层面把握生态女性主义,生态女性主义文学研究的视域还可以更宽泛。首先,在传统的"男性中心主义"时代的文学中,特别是在寻求"自然""天人合一"的中国文学传统中,实际上已经蕴含了与生态女性主义相通的理念、价值和旨趣,并且有其特殊的呈现形态,我们可以将其离析出来,作为生态女性主义的资源。其次,就理念和精神核心而言,生态女性主义并不是当代突兀产生的孤立的文化现象,它实际上是与当代文化价值观的转型相一致的,并且渗透于当代文学的整个系统之中,因此,当代女性文学并不是当代生态女性主义文学资源的唯一来源。这些都是本书将要重点研究和探讨的问题。最后,对文学的生态女性主义研究有多方面的社会生活根据,体现着强烈的生存危机意识。由于环境污染、植被破坏、资源枯竭、物种灭绝、人与自然的矛盾、人对自然的毁灭,人类几乎到了生死存亡的时刻。这使生态女性主义文学研究具有重大的时代价值。

### (二) 现实意义

生态女性主义研究正是摆脱了以往男权社会的"菲勒斯中心主义",以生态和女性的双重视角展开对环境危机和全人类生存问题的终极关怀,化解人类与自然的对立,打破自然与女性被奴役、被统治、被压迫的命运,对人类未来的发展给予更深远的关注。这对我国发展生态文明、建构和谐社会有着特殊的意义。

尽管20世纪90年代生态女性主义已传入我国,一些学者已经意识到生态女性主义与人类发展的密切联系，积极倡导，高扬旗帜。但是，在相当长的时期里，生态女性主义文学研究多是对西方文本的烛照深思。一方面，对中国传统的生态文化资源和女性文化资源开掘得较少，另一方面，即使对国内现当代文学作品的分析也相对较少。这一是由于国内学界集中精力建构生态女性主义理论的学者还相对较少；二是因为中国生态女性主义文学产生和发展的历史语境、文化土壤和现实境况都与西方不同，很难孕育出与那些在西方被称为"生态女性主义文学"文本相似的作品，但我们又缺少自己的生态女性主义文学标识，一些蕴含着生态女性主义精神内核的作品，并未被纳入研究视域，甚至有观点认为，中国本土的生态女性主义文学作品太少，创作远未形成规模；三是因为当前的研究和批评，存在着批评与创作脱节的现象，批评"自说自话"，很难影响和引导创作。然而，随着时代的发展、经济的跃迁、社会的进步、文化的突围，生态女性主义必然会启发新时代的女性文学，改变女性文学相对贫弱的局面，同时使文学更好地发挥影响和塑造社会意识的功能，传播新的时代观念。笔者希望通过提出并寻求解决当前生态女性主义文学研究所存在的问题，唤起更多学者对此类问题的关注，并投身到此类问题的研究中来，呼唤具有时代性、现实性、批评性的生态女性主义文学作品。

## 四 创新点

本书最重要的创新点，是在对生态女性主义的核心观点、基本原则及精神内涵做出把握的前提下，扩大并明确了生态女性主义文学的研究范围。本书透过生态女性主义的表层，重点阐释其对人类中心主义、男性中心主义的父权制统治原则的反拨，以及对生态平等性、生态整体性、生态和谐性的生态原则、女性原则的彰显，以此作为标识生态女性主义文学资源的标志，区分了狭义的生态女性主义写作（主要指当代女性作家书写的、将女性命运与生态命运整合叙述的自然文学或环境文学）和广义的"生态女性主义文学资源"（体现出生态女性主义的观点、原则和精神内涵的作品，无论其时代、作者性别及作品内容）。

在这种研究思路的指导下，本书将以下两类文本纳入了研究范围。一是传统的男性中心主义文学中的生态女性主义资源，这些作品大多数都是由男性作家完成的，虽然不可避免地带有将女性作为"他者"审视的意味，其中的生态化价值、女性化价值也难免被内置于父权制的秩序之下而无法得到彻底的彰显，但还是不能否认它的存在。二是一些当代文学作品中的生态女性主义资源，这些作品可能是女性作家书写的却不是严格意义上的自然文学、生态文学，可能是自然文学、生态文学却不是女性作家的作品，也可能既不是自然文学、生态文学也不是女性作家的作品，但它们的共性在于，都蕴含着生态女性主义的旨趣和价值。20世纪是一个各种"后"理论兴起，打破逻各斯中心主义及二元对立、主客分立的世纪，20世纪下半叶以来，文化从价值旨归上开始转向自然意识、生命意识、整体意识、统合意识，并以生态化的自由、平等取代现代性的自由、平等。自然"返魅"、物种间的平等、遵循自然规律与生命节奏、人与自然的共生等，已经融入当下的文学艺术理念中；文学更加重视人作为"自然人"的属性，与古老的作为"社会人"的属性一样受到尊重，以理性为核心的社会性与以欲望、本能、情绪、情感、直觉、体悟等感性因素为内容的自然性，其关系得到了重整；生命间无差别的平等、对生命无条件的尊重、对爱与自由的追求、整体性与整合性的思维，甚至已在某种程度上成了文学内涵、旨趣的合理性基础。因此，我们可以说，当代文学中的生态女性主义资源是相当丰富的，这甚至是一个文化上的"母系价值"抬头的时代，我们不能忽略对这种资源的发掘。

本书另一个重要创新点，是探讨生态女性主义本土化的问题，指出中国文化传统中的生态女性主义基因，并指出由于中国文化传统、历史境遇和当下文学实践的独特性，中国的生态女性主义文学应有自己的界定。中国文化的宇宙观不同于西方"父式"构成论宇宙观，是一种"母式"的生成论宇宙观，本来就具有整体性、有机性、同构性、互融性，没有中心与边缘的对立、主体与客体的分立，这种宇宙观是一种生态化、母性化的宇宙观；但在某种层面上，这种宇宙观被"伪生态化"所异化，即借助于这种互融性所造成的边界模糊，将宗法礼教的秩序赋予了生态秩序，并以此寻求统治的合理性。所以，中国男权社会的统治原则不在于将女性视为"他者""客体"，而在于将女性内置于父权制统治秩序之下，造成她们以异化换取权利的分享。不过，我们仍然可以说，中国文化中的生态女性主义基因比西方文化更强大。本书还指出，中国当代生态女性主义文学也从这种文化基因中汲取了养分，因而呈现出比西方个人主义倾向的"女性自由"更多的无我、包容、博爱，呈现出"贵生""厚生"的东方文化气质，这不仅是女性对于男性统治的反拨，是奉行自然生命原则的"草根"与特定时代、特定社会宏大叙事的对抗，同时也是现代性发轫以来被世界秩序边缘化的东方民族对掌握话语霸权的西方民族的挑战。而被边缘化的民族与文化，正是生态女性主义谋求解放的对象之一。

  在研究过程中，本书还做了几处具体的创新。如对传统的男性中心文学中几种反父权制秩序的女性形象，以"处女""恋人""母亲""社会女性"来分类概括，并分别探讨其生态化人格气质发挥作用的方式与局限。并以这几个分型为线索，对西方、中国传统文学中的生态化女性形象（也可以说是生态女性主义文学资源）做出文学史梳理。又如对中国生态女性主义文学的研究，指出它们极少像部分西方的生态女性主义作品那样集中关注生态问题与女性问题，而总是伴随着更广泛的社会关注和人生关注，拥有更多的超越性别、超越自然的视角。这造成一些研究者未将它们识别为生态女性主义文学，进而认为中国生态女性主义文学创作是匮乏的。其实，这样的作品更契合于生态女性主义整体性、互融性的思维方式和精神内核。

总之，本书的创新点大多是针对当下生态女性主义在研究视域、研究思路上所存在的局限，如重视"女性书写的自然文学、环境文学"倚重西方文本，实际上研究对象不明确，且视野较窄、与生态女性主义包容性的精神内核不相称等问题，来探索扩容研究、本土化研究的视野和思路，并在进入新领域、触碰新问题的时候，依据研究要求做出观点和方法上的创新。

# 第一章

# 生态女性主义文学研究的理论与文论基础

为了从基本旨趣与精神内涵的层面把握生态女性主义文学，拓展生态女性主义文学的研究视域，特别是本土化视域，我们有必要先夯实生态女性主义文学研究的理论基础和文论基础。这就需要对两方面的内容做出简单的把握和梳理：一是生态女性主义思想的基本内涵；二是生态女性主义与文学相结合，从而生成生态女性主义文学理论与文学批评的概况。

## 一 生态女性主义的思想内涵

生态女性主义所整合的，主要是生态学和女性主义两个概念。进一步说，是将生态学视角整合进女性主义，形成一种"生态的女性主义"。

### （一）从生态学到生态文艺学

"生态学"这一概念，是德国生物学家恩斯特·海克尔（E. H Hackel, 1834—1919）于1866年首次提出的。它原本是个生物学概念，研究对象是"有机体与其周围环境之间的关系，特别是动物与其他生物之间的有益和有害关系"。然而,20世纪,生态危机愈演愈烈,使生态学思想越出了生物学范畴而蔓延到各个学科领域,生态哲学、生态史学、生态美学、生态经济学、生态环境学、生态人类学、生态社会学、生态心理学等各种交叉学科先后产生。其实,生态学的跨领域拓展和生态意识的全面觉醒,不仅与生态危机有关,也与当代文化生态的变迁、各种非中心主义的后现代思潮流行相契合,因为生态学的理念挑战了流行数千年的人类中心主义传统,适应了这种世界范围的思潮,这是生态主义迅速发展的深层动因。在文学领域,原有的西方文论——人本主义和科学主义出现了发展的瓶颈,再也无法忽视生态问题,这为生态学与文学的结合提供了可能和条件。于是,生态文艺学、生态批评便应运而生了。

生态文艺学是一门从生态学的视角研究文艺与地球生态之间关系的文学理论分支。① 生态文艺学并不能等同于生态学与文艺学的交叉,实际上,它是一种理论视角的融合,是以文学的视角审视生态学或以生态学的视角审视文学。同时要注意的是,生态文艺学的研究对象不是生态,而是人的精神活动、人的精神活动在"生态系统"中的位置以及在文学中的展现。也就是说,是研究文学所呈现出的人与自然、社会、他人以及自我的关系。进一步概括而言,生态文艺学研究的是文艺作品自身的生态系统——自然、社会、文化与人,这些环节之间的关系必然通过人的精神活动来显现、实现:"生态文艺学是一种从生态学的宏观视野出发,研究文艺与宇宙生态系统关系的学科,且以这一学科来传达生态学的一般观念,从而为普及人类的生态意识作出自己的独特贡献。"② 东方与西方先后提出了生态文艺学的概念,然而将生态文艺学与女性主义有机结合却是在西方率先出现的。

---

① 鲁枢元:《生态文艺学》,陕西人民教育出版社2000年版。
② 刘锋杰:《"生态文艺学"的理论之路》,《安徽师范大学学报》(人文社会科学版) 2003年第6期。

### (二) 从女性主义到生态女性主义

女性主义（feminism）具有多重含义，它既是一场社会运动，也是一种社会思潮，更是一种审视世界的思维方式、思考视角、文化理念。女性主义在西方的发展主要经历了"三次浪潮"。第一次浪潮始于19世纪后半叶，到20世纪初达到高潮。这一次是现代性的自由主义思潮的一个余波，以"自由主义的女性主义"为理论依托，从生理性别的差异，强调男女的不平等。其主要目标是为妇女争取受教育权、就业权和选举权等社会权利，其主力是受过良好教育的西方中产阶级白人妇女。这场运动取得了一定的成果，女性的社会权利得到了重视，但并没有打破传统的性别刻板观念，也没有改变传统的性别角色规范。第二次浪潮发生于20世纪60—80年代，在这一次浪潮中社会性别（gender）的作用得到了强调，即认为不是生理差别，而是社会文化的塑造，造成了性别的不平等。这一运动兴起于美国，它带来了关于妇女研究的产生和发展。第三次浪潮兴起于20世纪80年代，并延续至今。这一浪潮对包括"男女平等"在内的许多既有女性主义观念提出了质疑和挑战，女性主义者不再致力于建立统一的理论目标，转而关注多元性、差异性、反权威性等，将女性主义发展成了一种反主流文化。这些观念得到了广泛传播，并在很多领域产生影响。女性主义的派别非常复杂，综合这"三大浪潮"，较有影响的有如下流派。

1. 自由主义的女性主义

该流派将现代性的"自由""平等"观念从社会阶级的领域扩展到了性别领域，认为自由平等不应仅包含男性公民，也应包括女性。他们的着眼点在女性的社会政治权利，认为女性在政治上和法律上都应享有平等的权利，但是忽略了女性在家庭和生活方面的不利地位及其应有的权利。

### 2. 激进的女性主义

它认为父权制的统治不仅包括男性（父）对男性（子）的统治，也包括男性对女性的控制，二者都是家长制的基本表现。男性和女性之间在行动上和特质上的差异，被男权的性别政治认为是自然的，是由生理因素决定的，从而被合理化；而实际上，这是由社会文化因素塑造形成的。激进的女性主义甚至认为女性应当把所有的男性都当作她们的敌人，因为女性整体上就是一个弱势群体，在各个领域都受男性的压迫。

### 3. 马克思主义的女性主义

它以马克思主义理论为指导，将性别压迫与阶级压迫结合起来，认为在阶级社会中，大多数女性与大多数男性一样，都是受压迫的。因此，女性的解放既是社会解放的一部分，也是衡量社会解放的一个指针。马克思主义的女性主义认为妇女解放的关键是要拥有经济基础，妇女要参与劳动市场、参与阶级斗争，将社会的解放和自身的解放结合起来。

### 4. 社会主义的女性主义

这一流派是将马克思主义女性主义的阶级论与激进女性主义的压迫—反抗观念结合起来，主要关注阶级压迫和性别压迫之间的交互作用。社会主义的女性主义认为目前性别不平等的状况符合男性的短期优越性，并不认为男性与女性的利益是根本对立的。

### 5. 后现代的女性主义

它质疑女性主义将"男女平等"作为原则，更重视差异。后现代的女性主义并没有统一的理论倾向，甚至不是一个统一的流派，其内部的分歧主要可以概括为两类：一类是本质论（essentialism），一类是建构论（Constructionism）。前者接受了解构主义方法，着力于探讨女性解放的各种不同可能性，但仍承认男女两性为相对立的这一范畴，所以被称为"本质论"。后者则以全面的解构为目的，认为所谓女性解放，仍是以把男性和女性视为两个对立的观念作为前提的，本身就是男权思维逻辑的延续。它并不承认"男性"和"女性"为对立范畴，因此也否认女性受压迫的问题。

而"生态女性主义"这个概念，是法国学者弗朗西丝娃·德奥博尼（Francoise d'Eaubonne）于1974年在《女性主义或者死去》中首次使用的。1978年，她出版了《生态女性主义：革命或者转变》，这部书首次对生态女性主义的概念、内涵和目标等进行了全面的阐发，提出"（生态女性主义的）目的不是建立一个所谓的更美好和更公平的社会，而是生存，让历史得以继续，而不是让我们像大洪水前的动物和鸟类那样消失"。20世纪末，生态女性主义在西方发展迅速，先后出现了苏珊·格里芬（Susan Griffin）、斯塔霍克（Starhawk）、范达娜·席瓦（Vandana Shiva）、卡洛琳·麦茜特（Carolyn Merchant）、多罗西·丁内斯坦（Dorothy Dinnerstein）、卡伦·沃伦（Karen J. Warren）、瓦耳·普鲁姆伍德（Val Plumwood）、查伦·斯普瑞特耐克（Charlene Spretnak）、伊内斯特拉·金、波伏娃等一系列理论家。生态女性主义主要有四个流派，其区别在于如何认识女性与自然的联系，这种联系是生物心理上的还是社会文化上的。据此可以区分出自然或文化的生态女性主义、精神的生态女性主义、社会—建构主义的生态女性主义、社会主义的生态女性主义/改革的社会主义生态女性主义。

### （三）生态女性主义的观念与精神

生态女性主义从整体上反思西方文化及西方现代性，针对的是现代世界观（world views）等级二元论及以等级二元论为合理性、合法性基础的统治逻辑。生态女性主义认为，这种世界观打着"科学"之名，是男性中心的（androcentric）、分析性的（analytic）及机械论的（mechanistic），男性统治主导的意识（male-dominant），使西方白人男性视自然、女性和其他族裔、有色人种为"他者"，对自然、女性和其他族裔同时进行压迫。因此，她们认为，解放女性的运动必须与解放自然的运动结合进行。培根说过，让科学技术与自然结成婚姻，把自然嫁给科技为妻，这其实隐含着一个潜在的男权叙述，即自然这个女性受到了科技的驱使和奴役。可以说，人类中心主义和男权中心主义拥有相同的思维方式，将压迫性的观念框架强加给自然和女性，因此，女性视野有助于充分理解人类对自然的统治。

生态女性主义的基本观点大致可以概括为以下几个方面：

第一，无论从生理—心理特征上看，还是从人类学—历史学视角上看，女性相对于男性都更亲近自然，而男性却将文化、伦理建立在与自然对立的基础上。父权制文化制造了自然/生理/动物性与社会/文化/人性的二分，并且将这种二分性别化，将女性归于自然、物质、自然性的繁衍，并界定为他者；将男性归于文化、形式、创造性的生产，并界定为自我。这就成了一种性别政治，为贬抑自然、女性建立了合理性的基础。生态女性主义接受了女性与自然相联系的观念，认为女性与自然的亲和既来自先天的生理特征，又有自原始社会就形成的历史因素——女性因为像自然一样孕育、哺养和守护生命，所以一直与自然和谐相处。有的哲学家、生态学家甚至认为，女性就等于自然。男性与自然的关系却一直是对立的，自原始社会开始，自然对于男性就是一个等待征服的狩猎场，男人与自然形成了征服与被征服、利用与被利用、掠夺与被掠夺的关系。这种关系借助男性的统治，成为人与自然关系的主流，这才导致生态危机的出现，如生态女性主义者格里芬所指出的那样："我们不再感到我们是这个地球的一部分。我们把其他造物视为仇敌。森林消失，空气污染，水污染……很久以前，我们就已经放弃了自我。我们的生活方式正在毁掉我们的环境，我们的肉体，甚至我们的遗传基因。"所以，女性比男性更倾向于珍惜和爱护自然，相应地，也就更多地背负着打破人与自然间的隔离、结束人对自然的统治的责任。这与生态运动的目标是一致的。

第二，地球上的生命并不是孤立的，虽然它们都是独立的生命体，却要相互依存；也不是对立的，虽然它们有各自生存、发展的需要，却需要互利共赢。生命构成了一个相互联系的网。等级观本来只是人类社会才有的，但人类却将这种等级观扩展到生态系统里，由此建构了一个宇宙等级体系。这个等级体系从亚里士多德开始形成，在这个体系中，最高级的是纯精神的存在（神、上帝、理念世界），其次是有理性、有社会性的人，而其他自然生命、自然物都比人类低级，依次是动物、植物和无机物；在人类当中，白种男性由于理性较高而更高级，女性、其他种族由于更接近自然因而更低级。生态女性主义的重要观念就是反对这种在西方文化中根深蒂固的等级体系。

第三，健康平衡的生态系统本来是多样化的，人类也栖息于这种多样化之中。但现代文化市场复制出的千篇一律的产品，使人们的文化消费逐渐趋同。生态女性主义认为，这已经造成了某些消费形式的统治，这种统治是强制性的，是一种文化暴力；进而主张发起全球性的反集中化运动。

第四，大量物种的灭绝和濒危，迫使人类不得不重新思考人与自然及人类自身肉体性、自然性与精神性、社会性之间的关系。这就挑战了自然与文化分立的二元对立理论。生态女性主义批判这种二元等级制，反对人与自然、生态与社会、感性与理性、野蛮与文明的分离，认为在女性原则、生态原则中，所有生命都是相互依存的，并将这种生态模式与男性社会的压迫、统治模式相对照，主张按照女性—母性原则、生态—生命模式重新建构社会文化。这是女性主义对全球环境危机的回应。

## 二 生态女性主义与文学研究

生态女性主义与文学相结合，就产生了生态女性主义的文学理论和文学批评,以及在这些文学理论、文学批评指导下的文学研究。它是"透过生态女性主义理论和实践棱镜来阅读文学文本并提出质疑"的研究。在英美等西方国家,生态女性主义文论及生态女性主义文学研究已经成为显学,但在国内,这类研究还刚刚起步。

早在1957年,生态女性主义的开创者之一鲁特就指出:"女性们必须认识到,在一个其基本的关系模式仍然是统治模式的社会中,她们根本不可能获得解放,生态危机也不可能得到解决。要想实现重建基本的社会经济关系和支撑着这个社会的价值观的目的,她们必须把女性运动的要求与生态运动的要求结合起来。"从此,一部分女性主义者开始将环境问题当作女性问题来看待和处理,并将生态女性主义作为女性文学研究"向外转"的过程中所寻找到的一条独特的路径。

生态女性主义文学理论家卡罗·毕歌伍德(Carol Bigwood)开始将生态女性主义与艺术结合起来,赋予艺术以生态/性别的潜在含义。在其1993年的著作《地球缪斯:女性主义、自然和艺术》(*Earth Muse: Feminism, Nature and Art*)中,她从艺术中发掘女性如何确证自身的问题。在谈及她的这本著作的创作意图时,她明确指出:

> 我将这本著作看作一本谨慎的、生态女性主义的、后现代的艺术哲学,我所专注的是西方菲勒斯中心主义的形成,以及菲勒斯(phallus)是如何成为一种在场象征的(如表现着整体性、目的性、直线性和自我认同感),换言之,就是男性身体的这一部分,是如何作为意识形态的象征物进入我们人类最重要的概念体系的。我试图追溯这种神秘勃起的开端,为的是瓦解和破坏专制关系,寻求开启新空间的道路,以期可以容纳差异的存在。然而,我实在无意于结果的产生,以至于形成一种与其自身"指向"相反的局面。

她的观点开启了从性别角度思考生态、从生态角度思考性别，并将这种视角转化为一种艺术哲学的新思路。

谢里尔·格洛特费尔蒂明确提出并倡导了一种生态女性主义的书写，即生态女性主义文学，它有自己的理论基础，是属于女性并为自然代言的话语："生态女性主义是一种理论话语，其前提是父权制社会对妇女的压迫和对自然界主宰之间的联系。"① 男性一直控制着文学史，掌握着文学研究和批评的话语权。女性被剥夺了书写的权利，在几千年的人类历史长河中，女性虽然会言说、能书写，可是在父权制社会中，对文本的评价和经典化，却采用着男性视角和男权视角，这也反过来在一定程度上制约了女性的书写。历史上女性书写者虽不少，但发出的属于自己的声音却很微弱。于是，男性以绝对权威的形象主宰着女性的命运，可以说，文学史与人类历史一样几乎是由清一色的男作家构成的，所谓的"史"，在英语中也体现了男性的强权，history，是他的故事、他的历史，而非女性的历史——herstory。同样地，自然也没有言说自身的能力，被动地被男性所书写。在众多文学作品中，上天被称为"天父"，大地被称为"地母"，大地以养育万物的母亲形象被人类赞叹歌咏。当科技昌明，自然不再被神化之后，大地仅仅沦为人类取之不尽、用之不竭的宝库，人类只知道一味地吮吸地母的乳汁，只知道向母亲索取一切可用的资源，而母亲只能默默地忍受。自然与女性处于同等的地位，具有同源同构性，均被男性建构、书写，菲勒斯中心主义更是将男性/人类的统治合理化，阻碍了生态女性主义文学的产生和发展。生态女性主义文学正是要打破这样一种局面，呼唤打破菲勒斯中心主义的束缚，使女性与自然得到真正解脱。

---

① Glotfelty, Cheryll, "Introduction: Literary Studies in an Age of Environmental Crisis," in Glotfelty, Cheryll & Harold Fromm (eds.), *The Ecocriticism Reader: Landmarks in Literary Ecology*, Athens, Georgia: University of Georgia Press, 1996.

内奥米·古特曼从生态女性主义批评入手,寻找生态女性主义文学的资源。她认为,生态女性主义批评的一般目标是:"从文学作品尤其是自然写作中发掘生态女性主义观点;从生态女性主义视角阅读文学作品——主要是女性文学作品;把自然写作作为边缘化的、女性化的文学体裁来进行审视,通过运用生态女性主义文学理论使自然写作跻身于传统文学经典的行列;参照女性主义批评,逐步建立一种生态女性主义批评。"值得注意的是,在古特曼的观念中,生态女性主义文学资源不仅限于女性的自然写作,也包括"女性化"的自然写作(无论作者是否为女性)、生态化的女性作品(无论是否为自然写作)及具有"生态女性主义观点"的作品(无论是不是女性写作或自然写作),这种思路是本书所借鉴的。①

新世纪以来,中国学者也开始将刚刚进入视野的生态女性主义应用于文学研究。在《西方生态批评研究》中,胡志红对生态女性主义文学批评做了如下概括:"生态女性主义批评是发展中的批评理论,它借鉴、超越了后现代主义的批评策略,以生态女性主义思想为思想基础,探讨文学与自然、阶级、性别及种族四个范畴之间的相互关系,是一种开放式、包容性的文学批评,正在向国际多元文化的趋势发展。它试图揭示人对自然的统治与人对妇女的统治之间的一致性,同时也致力于探讨二者获得解放的策略与途径,凸显自然解放与妇女解放的关联性和复杂性。"②

## 三 生态女性主义文学研究的本土化展望

从生态女性主义文论及文学研究的基本观点出发,我们可以得出

---

① Guttman, Naomi, "Ecofeminism in Literary Studies," John Parham (ed.), *The Environmental Tradition in English Literature*, Burlington, England: Ashgate Publishing Ltd., 2002.
② 胡志红:《西方生态批评研究》,中国社会科学出版社2006年版,第146页。

结论：生态女性主义文学具有双重属性，它既是"生态"的，又是"女性"的；它是一种有着鲜明的现实取向的话语，致力于解决深层次的生态危机和性别冲突；它反中心、反征服、反掠夺，倡导自然、和谐、包容的生态原则和女性原则；它也可以成为一个开放的概念，凡是契合生态原则和女性原则的文本，都可以视为生态女性主义文学的资源。

这两种原则使我们看到它与中国文化结合的潜在可能——中国文化传统中本来就具有接受生态原则和女性原则的基因。首先，生态女性主义质疑人类中心主义宇宙观，认为这是导致生态危机的思想根源；提倡让人类回归自然、回归多样性，建设良好的精神生态。这正符合中国传统的"天人合一"的宇宙观。其次，它致力于解构父权制中心文化，指出既有的权利秩序是以父权制文化为基础的，在这一秩序下，自然、女性和艺术都处在男权的控制和统治之下。舍勒认为："西方现代文明中的一切偏颇，一切过错，一切邪恶，都是女人天性的严重流失、男人意志的恶性膨胀所造成的结果。"自然遭受的摧残、女性受到的奴役、文学艺术的颓废和式微，都是同时发生的。因此，生态女性主义文学的重要内涵即是尊重多样性和差异性，建构并弘扬女性原则、生态原则指导下的美德，如和谐、合作、包容、和平、博爱、珍惜与守护生命等，而这些正合于东方文化中的"仁""贵生"的伦理原则。因此，在建构中国本土化的生态女性主义文学理论时，我们要相信中国的生态女性主义土壤是丰饶的，不必照搬西方理论来对中国的问题进行"削足适履"。相反，我们还可以从中国文化思维和观念出发，发现西方生态女性主义的一些不足，进而形成民族的理论特色和特长。

首先，尽管生态女性主义强调打破逻各斯中心主义、人类中心主义、男性中心主义，消解对立、引入生态整体的思维，但它在一定程度上仍囿于对立的思维模式。一是人与自然的对立。无论是人类中心主义还是生态中心主义,人与自然之间"非此即彼"的紧张都在理论中被反复强调,在文学作品中被反复书写;而"生态中心主义"本身就是一个颇具内在矛盾的命题,因为生态并未言说,将生态置于"中心"的位置仍是人类的代言。而在中国文化中,人与自然/生态更多地被看成是一体的,尤其在艺术、审美的关系中,更是相互生发、相互融合的互构关系。在西方,"自然法"与"社会法"也是对立的;但在中国文化中,人与自然遵循着共同的生态节律,因此,人向自然求取生存发展所需的资源本身就是一种"有时""有节"的生态行为,是人与自然的互利。这种对人与自然关系的把握,甚至比当下的西方生态中心主义更切合生态主义的整体化原则与和谐共生追求。20世纪90年代以来,生态美学在中国兴起,并充分地发挥出民族传统文化的特征。但是,中国的生态女性主义建构却没有更多地借鉴本土生态美学的成果。二是男性与女性的对立。西方性别观的核心是"男优女劣",这是对两性的本质定性,女性被认为在本质上是劣等的性别,这就使对两性对立的认识更加刻板化。而中国性别观的核心是"男尊女卑",这是对两性关系的定性,女性的"卑"是相对的;中国的尊卑秩序除了男女外,还有君臣、父子、长幼、主仆等,这就产生了尊与卑的交互,男子并非在所有关系中都为"尊",女子也并非在所有关系中都为"卑"。这使中国文化对性别特质的认识没有西方那样刻板化,也更少两性对立的意味,女性在文化领域的才能和成就更容易得到承认,女性也更容易内置于家国秩序中分享男性的权力。这一点将在后文中有详细的论述。

其次,西方生态女性主义的"男性=社会化=统治、竞争、逻各斯,女性=自然=平等、和谐、爱"这个公式,也是过于简单化的,其实与传统的"男优女劣"一样是一种刻板化的性别观念。一方面,自然并不仅仅意味着无条件地孕育生命、物种间和谐共生,也不仅仅意味着生命的平等和珍重;自然法则当中包含了物种间和物种内的优胜劣汰、适者生存，充满了竞争机制。另一方面，男女两性都有自然人和社会人的两面性，只是历史选择使男性更多地承担了"社会化"的面向，而女性更多地保留了"自然"的使命。但是，如前所述，在中国历史上，女性本来就可以更多地通过尊卑秩序的交互之维而内置于父权制统治秩序之内，"强权母亲""强权主母"等形象在中国传统社会的文学文本中极为常见；而当代女性普遍走出家庭、进入社会，在这种现实情境下，仍完全将女性界定为"自然"的就有些牵强了。同时，男性也会有平等意识、爱与对和谐的追求，女性也会参与竞争、寻求权利和统治，男性化与女性化的性别特质并不是绝对的、界限分明的。在中国的性别观及相关的文艺文本中，两性差异的刻板化程度远较西方为小。这些都是建构中国本土化的生态女性主义所要关注的特色。

实际上，当下生态女性主义的合理之处，主要不在于将生态与社会、女性与男性的特质对立起来加以认识，而在于从生态角度反观人类性别关系，指出造成性别关系不和谐的历史问题，试图寻回自然生态的和谐，寻回女性被压抑的自然属性（在一定程度上也是寻回男性在历史进程中迷失了的自然属性），返魅自然，为女性主义文学研究开辟新路径。在这个基础上，中国丰厚的生态化哲学、美学传统，可为本土的生态女性主义文学研究提供极大的开拓空间。

第二章

# 社会人与生态人：性别隐喻中的生态主义内涵

亚里士多德"人是社会的动物"这一著名命题，开启了西方社会—文化对人的经典认识。但是，在印欧语系中，这个"人"实指运用理性参与社会政治生活的"公民"，即男性自由民。将女人（Woman）包含于具有社会意义的"人"（Man）之中，这在语义上是难以理解的：她既是Woman，怎么能又是Man（"人"）？实际上，在亚里士多德的时代，关于女人有没有灵魂（这是人类理性的标志）一直是一个有争议的话题。直到基督教文化才给予了一个肯定的答复：在基督教文化中，灵魂作为人类高级精神的载体，不仅具有理性、社会性意义，而且具有信仰的意义。但是，女人属于更具有生态意义的"人类"（Human Being），即与植物、动物、神等其他物种相参照时，她与男人一样是人类。这其实隐含了一个命题：男人是社会意义上的人，女人是生态意义上的人。显然，在逻各斯中心主义的传统中，这一命题将女性贬抑为低等性别，并被排斥在父权制社会文化的边缘。因此，女权主义运动之始，是旨在争夺女性的社会性的：从争取经济上和政治上的权利，到书写自己的文学史。唯有如此，唯有证明女性也是"理性的动物""社会的动物"，才能让女性在男性中心社会中占据一席之地。如今，女权主义肇始人的目标已初步实现。然而，后现代思潮对理性的质疑、对逻各斯中心主义的颠覆，后殖民对西方主义自大的嘲讽，深层生态主义对人类中心的解构，却为女性主义提出了新的议题：女性，可否坦然地甚至是自豪地接受"生态人"这个定位？两性的平等，是否并非同样作为社会人的平等，而是社会人与生态人之间的平等？这也相通于人与自然、社会与生态之间的平等、涵容与合一。

## 一　大地的隐喻：女性生命存在的生态化

在各民族的神话或隐喻中，最原始的神大多是女性的，比如盖娅、女娲这样的"大母神"。她们与大地相联系。而大地正是生态系统赖以生息繁衍的最基本的载体，几乎成为自然、生态的象征。因此，大地成了一个充满性别意味的隐喻，即使在后继而起的父权制文化中，这个隐喻也被保留了下来，如希腊—罗马神话中的大地女神得墨忒耳，她的喜怒哀乐决定了自然界的四季变化；如中国《周易》中的"乾为天，为父；坤为地，为母""乾知大始，坤作成物"。大地作为隐喻，其意涵是丰富的，既有包容、承载、丰盛的滋养等积极意涵——这是人类对母亲、对母性的共同依恋，也有被动、忍辱负重等消极意涵——这是由父权制文化对女性的贬抑赋予的。而这一切的核心是生殖、哺育和生命的繁衍。

然而，有一个颇为吊诡的文化现象。虽然女性与大地、与生殖繁衍间的隐喻关系，几乎成了一种集体无意识而不断出现于宗教神话、文学艺术乃至更为广泛的社会意识中，但是，这种隐喻关系遭遇过两次具有重大历史意义的强有力的反对。第一次是父权制秩序建构伊始，男性开始认识到自身在生殖繁衍中不可取代的作用，将生育的功劳从女性身上夺走，将女性贬低为"没有真正的生育能力的人"，进而从女性手中夺取后代，建立了以男性为中心的家族谱系和社会秩序。这一次,女性仍然是"大地",不过不再是神圣丰饶的大地,而是卑微的、顺承"天"(乾、天父、天国)之意志的大地。第二次,则是早期的女权主义者,她们反对以生理命运来决定女性的社会地位和文化地位,反对把生育看作女人的使命。这一次,女性不再是"大地",她们是"半边天"。父权制的建构期向女性夺取权利的男性,和女权主义运动发轫期向男性夺回权利的女性,竟不约而同地将矛头指向了"女性=生殖力""女性=生命繁衍"这个性别隐喻。但是,暂时搁下社会文化层面的是非,就女性的生命形态而言,这个隐喻是否有道理呢?

确实是有道理的。男女两性在生理上的差异,以及在生命繁衍中所发挥的不同作用,不但决定了早期的性别分工,而且直到今天,对社会性别角色也仍有一定程度的影响和制约作用。更重要的是,它带来了两性不同的心理特征、性格气质、生活状态乃至价值取向,造就了不同的生存体验和生命范式。简而言之,女性确如大地,她的生理特征和她在人类繁衍中的角色,使她更容易获得一个生态化的生命范式,更倾向于成为一位"生态人"。

### (一) 社会性与自然性

首先不可否认的是,虽然生育要男女两性共同参与才能实现,但生育在女性生命中所占据的分量要远远大于男性。对于男人来说,生育只是一瞬间的性行为;对于女人来说,却意味着月经、怀孕、分娩、哺乳等一系列相关的生理现象,这些都是男性无从体会的,其中也包含着女性特有的心理经验和精神体验。而且,除去社会伦理因素,就生理上的可能性而言,一个男人可拥有的后代是无限的,一个女人可拥有的后代却非常有限。这种生理命运造就了女性的心理结构,她发自本能地对后代更加爱护和珍惜。母亲与婴儿间紧密的情感纽带,是父亲不可替代的。不但在传统社会中,自然—心理的性别特质与固化的社会性别分工的共谋,使母亲几乎承担了抚育婴幼儿的全部任务,即使在号召父亲参与到育儿活动中的当代社会,心理学研究也承认,母亲在婴儿0—3岁的心理形成中发挥着更重要的作用,而这个阶段,也正是婴儿社会化程度很低,几乎完全作为"自然人"而生存的阶段。这似乎契合了一个经典的性别隐喻:在造就人的社会性上,男性的作用大于女性;在造就人的自然性上,女性的作用大于男性。

在生育行为不可选择的时代,繁重的怀孕、哺育和抚养后代的任务,从女性开始具备生育功能的青春期开始,一直延续到丧失生育能力的老年,几乎占据了女性拥有劳动能力的全部"黄金时间"。这确实限制了女性参与狩猎、征战、航海等活动;而正是在这些更具超越性和创造性、更需要社会协作的活动中,男性充分发展了他们的理性和社会性。这让生育(人种本身的繁衍)在男人的生命中只占一部分,却几乎成了女人生命的全部;使女性作为"自然人"、男性作为"社会人"不再只是一种生态系统的选择、心理结构的选择,同时也成了一种社会历史选择。第一代女性主义学者波伏娃指出,由男性负责超越性的、社会性的工作(狩猎、战争、文化创造等),女性负责循环性的、自然性的工作(生育、哺养后代、采集和种植等),使女性沦为次等的性别,所以,男性的利益是与种族利益相一致的,女性的利益却是与种族利益相矛盾的,女性成了种族的牺牲者。

然而,只有在逻各斯中心主义的社会—文化模式下,成为"自然性的"才是一种牺牲,成为"社会性的"才是一种获益。深层生态学对人类中心主义(实际上是以理性人、社会人为中心)的颠覆,将对女性作为"自然人"的价值进行重新审视。

### (二) 对立性与互融性

男性中心社会,尤其是西方社会的文化,是建立在对立的思维基础上的。自希腊古典哲学开始的本体论要建构唯一的、不变的"在"

与繁多的、变化的现象间的对立,希伯来—基督教传统要建构神与人、灵与肉、天国与尘世的对立,近代认识论要建立主体与客体的对立。与哲学上的对立思维相一致,社会领域、文化领域的伦理对立、价值对立也是始终存在的,希腊—罗马古典社会有优与劣的对立,中世纪有义与罪的对立,现代社会有理性与感性、文明与野蛮、(作为征服者的)人与(作为被征服者的)自然的对立……而对立的双方是不平等的,总是有一方为善的/好的(Good)而另一方为恶的/坏的(Bad),实际上形成了一个贯穿父权制文化始终的等级二元论结构。男与女也被认为是对立的性别,并且编入这个等级二元论结构中,男人与灵魂、与正义、与理性、与文明相联系,属于"好的"性别;女人与肉体、与堕落、与感性、与自然相联系,属于"坏的"性别。

然而,在深层生态学及生态女性主义的视角里,女性的生命经验是可以打破二元等级制中的对立性的。男性在生殖中的作用,是创造一个外在于自身的"他者",这是与二元对立、主客二分的思维相一致的生命经验。而女性孕育生命的过程却打破了固化的二元对立,呈现着自然化育过程的模糊和流动。胎儿在母体内成长的过程,本身就是一个自我与他者、主体与客体"边界模糊"、合为一体的过程,现代科学研究充分证明了在这个过程中母亲与胎儿在情绪、情感上的共享关系;而当代精神分析研究也认为,即使婴儿出生后,母婴之间也会有持续半年到一年的"共生期",在共生期内,母亲与婴儿间经历着一种微妙而美好的感应,生理—心理节奏保持一致、以直觉相互感知,情感上相互依存、亲密无间、融为一体,这种"互融"正与人类的诗性思维相一致。如同西苏所指出的那样:"母性……是对男性中心主义的一种挑战,怀孕和生育打破了自我与他人、主体与客体、内部与外部的对立。"① 所以,生态女性主义者认为,母性功能并非像波

---

① [美]西苏:《自成一家:女权主义文学理论》,麦森公司1985年版,第85—86页。

伏娃所断言的那样使女性被排斥在了创造性的社会—文化活动之外，相反使女人更能理解生命的内涵，更能获得一种生态智慧来消解和颠覆父权制等级二元论的象征秩序。

### （三）等级性与平等性

从一定程度上说，竞争和征服是男性的某种生理定命。在生命的繁衍中，男性创造无穷多后代的潜能和女性生育能力有限的现实间构成了一种矛盾和紧张，必然驱使男性为了繁衍权而争夺，自然具有更强的自我意识和攻击性。而狩猎、征战、贸易等最早被开拓出的"男性领域"，又都是具有高度竞争性的，更加强化了男性对体能上、力量上、智慧上、话语权上的优势的追求，以确保自身在男性竞争中获胜，赢得所渴望的资源。随之建立起来的父权制社会也就必然是一个等级化的社会，居于中心、掌握权威的优势方，统治和支配着劣势方，君主/父亲对拥有优势的臣民/子辈施以恩宠，使之分享其权威。

但是，女人的母性功能，使她天生地倾向于把所有子女看成是平等的。不同于君/父有条件的（建立在优势和服从基础上的）恩宠，母亲给予子女的是无条件的爱，这对父权制社会的等级制是一种反拨，却与自然生命的平等性相一致，与生态系统中每一个成员在生存和获取资源上的互联性相一致。生态女性主义批评认为，母性在人类的前俄狄浦斯期（即精神分析所定义的3岁以前的婴儿期）所发挥的作用，隐含着一种异于俄狄浦斯期（3岁至6岁的幼儿期，父权开始介入，社会化的"超我"逐渐形成）价值观的"母权价值"：

> 它广泛地探讨"母权价值"——哺育、抚养、非暴力和相联性，提倡整个社会应该采纳此种价值观。女性主义批评家运用理想化的母性隐喻来寻找明显的文学母系，反对批评话语中的男性方式。……同哈罗德·布鲁姆所提议的侵略、竞争和防御的俄狄

浦斯诗学完全相反,美国的一些女性主义批评家设想一种前俄狄浦斯的"溯源女性诗学"。溯源女性诗学依赖女儿同母亲之间的联结,代与代之间的冲突由女性文学的亲密性、宽宏大量和延续性所取代。①

在当下社会里,父权制统治秩序和男性中心主义所倡导的竞争—优胜劣汰、权威—服从的社会化价值观,应逐渐向发自母性的和平、宽容、爱与平等的生态化价值观过渡。

### (四) 分化性与整一性

男性的生理特质和社会分工,使他们成为主动的、独立的、自我中心的且自我控制的。因此,以男性为中心的文化尤其是西方文化,在思维上强调事物的分立("各从其类"),在伦理上强调个体的独立。然而,这就在一定程度上掩蔽了自然与生命之间、自然与人之间、人与人之间的相互融合、相互依存,掩蔽了包括人类在内的生态整一性。

生态女性主义并没有明确提出"整一性"的概念——这里谈到的生态化的"整一性"是一个建立在东方哲学之上的概念,其基础是主客互构、万物一体的浑融式的东方哲学思维(这一点将在后面的章节中详细论及),因此肇始于西方的生态女性主义理论不可能直接使用这一概念。但是,生态女性主义从不同的层面提出了女性的生理特征给她们造就的具有整一特质的思维方式和言说方式。较浅表的层面是"双性同体",即女性整合了男女双性的特征。埃莱娜·西苏从精神分析的"阉割焦虑",即男性潜意识的弑父冲动所导致的对父性权威的

---

① 肖瓦尔特:《我们自己的批评:美国黑人和女性主义文学理论中的自主与同化现象》,转引自王先霈、王又平主编《文学批评术语词典》,上海文艺出版社1999年版,第619页。

畏惧出发，认为男性只是"固守着菲勒斯的单一性征"的"伟大的单一性别""因害怕阉割而受煎熬，于是幻想成为一个'完整'的人"，而女性却同时具有双性的特征。更深层一些的是女性言说方式的非中心化和多样性。由于女性的性感官是多元的，远比男人丰富，她们的心理不存在专有的、固定的内容："她们体验的内心世界与你不同，你也许会错误地估计那一边。'她们的内心'意味着个人的沉默、多样性和分散的机智。如果你一定要问她们在想什么，她们只会回答：没想什么。什么都想。"① 这种逻辑上的非中心化和分散化，实际上来自浑融式的生态化思维。

总之，女性的生理命运，让自然性、生态性在女性生命中占据了远比男性更重要的分量，因此比起在父权制社会里高度社会化的男人，她们的情感、思维和价值观中更少对立而更多互融，更轻等级而更重平等，更未分化而更倾向于整一。而主客互构、天人合一正是生态化思维的基本特征，生命之间的平等、共生、相互依存正是生态化伦理的基本指向，人与自然共在于生态整一体中，正是深层生态主义的核心命题。女性的生命存在即是生态化的，因此，女性主义与生态主义的结合具有自然的合理性。

那么，回到"大地"的性别隐喻，为什么早期女性主义者与父权制的肇始人，在反对将女性定位为"生育的性别"、反对强调女人身上的母性力量这个问题上却吊诡地一致？在父权制统治的漫长历史中，由女性的性别特征，尤其是生育所赋予的生态化特质，怎样从女性实现生命价值的一个方式，变成了一种惩罚、一种奴役、一种悲剧命运？这一悲剧又怎样与人类中心主义的自负、人对自然的掠夺相同步？

---

① ［美］莫瓦：《性别/文本政治：女性主义文学理论》，春风文艺出版社1994年版，第49页。

## 二 征服"大地"的历史:西方父权制社会的隐喻体系

中国文化拥有"天人合一"的哲学传统和物我互构的自然审美范式,所以在传统上,人类中心主义的倾向并不像西方那样强烈。因此,我们先从西方父权制社会对"大地"、对"女性"的征服史谈起。

### (一)"种子":父权之始

西方的父权制社会建立在两大传统之上:一是以理性主义为模式、以社会正义("人义")为追求的希腊—罗马传统,二是以信仰主义为模式、以宗教正义("神义")为追求的希伯来传统。这两个传统来自不同的民族,本是异质的,却能成功地合流,这可能与二者有着共通的结构——等级二元论不无关系。前者在世界观上是永恒的、唯一的"存在"与变动的、繁多的现象的等级对立,在价值论上是优与劣的等级对立;后者在世界观上是天国与尘世的等级对立,在价值论上是义与罪的等级对立。而在人与自然的关系问题上,这两个文化传统都从一开始就将之纳入了等级二元结构中,表现出明显的人类中心主义倾向。

在古代社会里,人类不唯取用自然的能力是有限的,连逃避自然灾害的能力都是有限的;希腊—罗马古典文化还没有完全脱离对自然力量的原始敬畏,自然力仍与强大的神联系在一起(如"沉雷远播的宙斯"、制造地震和海啸的波赛冬),人类中心主义的自负、人类征服自然的野心远没有像在现代文化中那样膨胀。但是,拥有理性精神和民主秩序的奥林匹斯诸神战胜了蛮荒、蒙昧的提坦诸神,取得世界的统治权,仍是一个充满自信的隐喻:这是理性对蒙昧的胜利,是文明对野蛮的胜利,是父系对母系的胜利,是理性、文明的父权制希腊城邦对蒙昧、野蛮的周边原始部族的胜利，同时也是人对自然的胜利。到了雅典文化的"黄金时代"，这种自信被发挥到了极致，亚里士多德的"质料、形式/潜能、现实"学说得以诞生。这种学说支持一个分级的有机世界观，即拥有潜能的质料在变化过程中不断将潜能现实化，现实化的程度越高，存在形式就越高级。由此形成了一个有等级的宇宙：最底端是无生命的泥土、石头；之上是植物，以繁殖为生命形式；再之上是动物，以感觉和运动为形式；最顶端是人，以理性为形式。对于高等级的存在来说，低等级存在的形式是其质料，如植物的繁殖能力、动物的感觉和运动能力，都是形成人的理性的质料。这也就隐含了一个命题：自然（包括泥土等无机物、植物、动物）是人的质料。这一宇宙等级模型对后世影响深远，在13世纪被托马斯·阿奎那等基督教神学家所采纳，成了占据主流地位的宇宙模型，只是最高等级的"纯形式"成了基督教中的上帝。因此可以说，西方文化从古典时代起就以理性自负认定人是对自然的超越：人拥有植物、动物所拥有的一切潜能，而这些潜能被人的理性超越和升华了。

说希伯来传统中有人类中心主义的倾向，似乎不可思议，但在《圣经》中，人类对自然的主宰权却得到了神义的确证。在《旧约·创世纪》中，那个被创造出来的生态系统并非平等的，也并非依存共生的，而是以按照神的形象创造出来的人类为中心的：

> 神就赐福给他们，又对他们说："要生养众多，遍布地面，治理这地；也要管理海里的鱼、空中的鸟，和地上各样行动的活物。"神说："看哪，我将遍地上一切结种子的菜蔬，和一切树上所结有核的果子，全赐给你们作食物。至于地上的走兽和空中的飞鸟，并各样趴在地上有生命的物，我将青草赐给它们作食物。"

这里，拥有"神的形象"的人是生态系统的管理者，并且其他物种的价值并非自足性的,而是作为人类的"食物"而存在的。当然,《圣经》时代的希伯来虽已有人类中心主义的自负,却尚未发展出资本扩张时代那种人类中心主义的贪婪,取用自然还是要有节制的,如《旧约·申命记》规定,每七年中有一个安息年,那一年不可耕种,"使地休息"。但是,人类中心主义伦理既然已将自然设定为人类的"食物"和财富,是有节制的取用还是无节制的掠夺,就只是程度的问题,贪婪的可能性是无法被制止的。

在人与自然关系上的人类中心主义,与在两性关系上的男性中心主义,二者是同步的。在希腊,这种同步最初是通过否定女性的生育能力、将后代归为男性、建构以父子关系为中心的家族谱系来实现的。在父权制建构的早期,男性表现出的还是一种较为消极的"生殖嫉妒",以象征性的神话来"夺取"女性的生殖力:如英雄珀耳修斯割掉蛇发妖女美杜莎的头,而"蛇"正是象征生殖力的符号;又如宙斯有两次"怀孕""生育",一次是吞下怀孕的女神墨提斯,劈开头颅生出雅典娜,另一次是在其情人死后救出尚在母腹中孕育的酒神狄俄尼索斯,将其藏进自己的大腿,待他成熟后将他剖出。"种子"隐喻的产生,则是男权话语更鲜明的标志。实际上,这是一个在希伯来、埃及、美索不达米亚、尼泊尔等民族中"不约而同"地共同出现的隐喻:如果女人是万物赖以生长的肥沃土地,那么男人就是播种者;女人并没有创造生命,因为生命来自于男人的种子,女人只是被动地提供了种子成长的养料而已。如此,女人的生育就不再是创造生命,而只是一种无创造性的低级劳动。进一步地,男性要把后代的所有权、教养权和支配权从女性手中争夺过来。在孩子为母亲所有的母系社会中,母与子的天然同盟关系对于父亲权威是一种巨大的威胁。赫西俄德《神谱》中早期的诸神世界,总是出现父亲要吃掉初生的儿子、儿子长大成人后与母亲联盟杀死父亲的故事。父权制秩序在希腊建立以后,男性开始运用"种子"隐喻来宣示父与子的联盟。克吕泰涅斯忒拉为了给女儿伊菲革涅亚报仇，联合情夫杀死了丈夫阿伽门农；他们的儿子俄瑞斯忒斯杀母为父报仇，因而遭到复仇女神（男性对古老女性力量恐惧的象征化表达）的追杀，阿波罗（理性、文明的父权制秩序的象征）为他辩护并获得胜诉的神话，便是关于这个历史性转折的一个寓言。埃斯库罗斯在悲剧《欧墨尼得斯》中说道："孩子呼之为母的那个女人，并非其亲人，她不过是新播的种子的看护者。亲人是配种的他。男女实同陌路，她代管一粒种子而已。"柏拉图对女性在抚养未成年孩子方面的"特权"给予了更多社会层面的关注。他主张让妇女参与履行公共义务，几乎提出了男女平等的观点："他反对当时的习俗，主张男孩女孩有受教育的平等权，职业分配的平等权，参与社会交往的平等权，以及享有法律和政治的平等权。"矛盾的是，他在其他方面却仍保留了那个时代对女性的轻蔑。因此，他实际的着眼点可能是要取消"女性的领域"：女人在私人领域中教养孩子，而这一领域里自然性和女性化的价值观、生活方式占据了统治地位，理性无法控制。所以柏拉图主张取消私人生活，全面实施公共生活——这是对女性的自然性和她们与子女间的联系产生畏惧和排斥的一个极端例子。亚里士多德则把"种子"隐喻纳入了他的质料/形式、潜能/现实学说以及借此建构的宇宙等级中。他认为，男人的精子为孩子提供形式，女人的卵子只提供质料，后代的生命、精神和灵魂是男人赋予的。所以，女人本质上是"有缺陷的男性"，"女人，就因为她是女人，实际上是没有生殖力的男人；实际上，女性之所以为女性，乃是因为她的无能。"而人的社会分工也是质料/潜能不断现实化/获得形式的过程，从家庭到村落，再到城邦，人性不断地实现。然而，女人与奴隶是与家庭和当地环境联系在一起的，是在自然性的家务劳动中，而不是在理性文明的公共生活中，她们的潜能得到现实化的。因此，在宇宙等级中，她们处在高于动物而低于男人（男性自由民）的位置。人以理性为形式，在城邦的政治生活中实现其天性——这个命题并不包含奴隶和女人。

否认了女性在生育繁衍中的作用——她怀孕、分娩、哺育和抚养，不但不能证明她是生命的创造者和保护者，反而证明她不过是被动的、无能的、卑污的泥土，天生是低一等的性别；把后代的所有权、支配权完全掌握在男人的手中——她生育不再是为了繁衍自己的后代，为了自身生命价值的实现，而是为了繁衍男人的后代，为了父系家族谱系的延续；将自然性统治的私人领域置于理性统治的公共领域之下——她从事的抚养孩子的劳动不仅是无价值的，而且证明她无法从事有价值的活动。如此，女性的生育就被男权异化了，从自然的恩赐变成了社会的惩罚，从天性的自由变成了强加的奴役。

### （二）"天父"：等级二元结构的稳定

在父权制社会中，生育是对女性的惩罚和奴役——女性的这一历史境遇，在希伯来传统中得到了一个象征化的表述，并得到了神义的合理确证。女性祖先夏娃受到蛇的诱惑，唆使男人亚当偷食禁果，人类因此有了"原罪"而离开伊甸园。男人受到的惩罚是终身辛苦劳作，女人受到的惩罚是承受生育之苦并被男人管辖。显然，男人、女人的原罪是不相等的，女人有着双重的原罪：作为人类，她与男人一样，在神面前有罪；作为女人，她诱惑了男人，在男人面前也有罪。所以，她既要受到神的惩罚，同时也要受到男人的管辖。两性差异从希伯来文化传统的开端，就已被纳入义与罪、神的国/天国与人的国/尘世的等级二元架构中：女性是"罪"的一方，与尘世肉欲相联系，是"魔鬼的通道"，可以毁了男人。

基督教在西方世界的早期传播，主要依赖于缺少权利的社会下层人、奴隶和妇女。因此我们看到《圣经·新约》"使徒篇"中的价值观，不但与当时的希腊—罗马世界奉行的理性、正义、追求优胜的价值观迥异，甚至也不同于《旧约》中那个充满父性的威严、义愤的上帝所彰显的价值观。那是一种强调爱、谦卑、隐忍和宽恕的女性化价值观，当时的西方世界对于这些价值观还非常陌生。不仅如此，《新约》中的一些篇章甚至暗含着两性平等的精神："丈夫当用合宜之份待妻子，妻子待丈夫也要如此。妻子没有权柄主张自己的身子，乃在丈夫；丈夫也没有权柄主张自己的身子，乃在妻子。""妻子不可离开丈夫，若是离开了，不可再嫁，或是仍同丈夫和好。丈夫也不可离弃妻子。"这里，夫妻在婚姻中的权利和义务似是对等的。不仅如此，女性还有着与男性一样的灵魂，在蒙受恩典上也是一样的："倘若某弟兄有不信的妻子，妻子也情愿和他同住，他就不要离弃妻子；妻子有不信的丈夫，丈夫也情愿和他同住，她就不要离弃丈夫。因为不信的丈夫就因着妻子成了圣洁，并且不信的妻子也因着丈夫成了圣洁。不然，你们的儿女就不洁净，但如今他们是圣洁的了。"女人所受的恩典不仅能分享给她的丈夫，也能传递给她的子女，这对希腊—罗马父权制文化关于只有男人为后代赋予精神、灵魂的主流观念是一种挑战。

但这样的情况并没有持续太久。当基督教的教权被统治者掌握，被收编在父权制统治秩序里，男性中心主义的倾向就主导了中世纪基督教，并且借由教会的权威而稳定下来。当然，爱、谦卑、宽恕等基本教义是不可变更的，《新约》也不容篡改。但是，天主教会可以将宣教的重点放在上帝的义愤和惩罚上，使神的形象重归于一个威严的"天父"：中世纪的宗教宣传、宗教艺术中充满了末日的诅咒和地狱的想象。更重要的是，天主教会取消了普通教众通过《圣经》和祈祷直接与基督、与上帝交流的权利（在这一点上，甚至通过焚烧《圣经》来维系其权威），将天主教会圣化为人与神、尘世与天国之间不可逾越的中介。这就建构了一个"基督—教会—教众"的父权等级秩序。而两性关系是内在于这个等级秩序的，并且通过象征呈现出来：基督与教会的关系，常被《圣经·雅歌》借用来比拟新郎与新娘的关系，那么教会当然也就是教众的男人/主人。同时，女性被严禁染指神权。一方面，虽然神是超越性别的，但被神学的象征化体系描绘为男性的（"天父""圣子"），并且在宗教艺术中也以男性的形象出现。早期神学中存在着圣父、圣母、圣子的"三位一体"，其中"圣母"在后来的天主教神学中被删除了，修改为后世公认的圣父、圣子、圣灵三位一体。但"圣母"这一称谓仍保留了下来，并加给耶稣的凡人母亲玛利亚。她本身并非神，是感于圣灵而孕育了神之子，也就是说，她以尘世的肉身赋予基督以肉身的部分（"人子"），但并没有赋予他属灵的部分（"神子"）。另一方面，女性也不能担任神职。大约在200年，女性就开始被从神职人员的队伍中驱逐出去了。"最后，当基督教会在4世纪完全制度化的时候，女人可以担任宗教领导之职的看法，干脆就被视为异端邪说。"[1]

中世纪物资匮乏、社会混乱、战争频仍、瘟疫肆虐，人口死亡率相当高，因此无论是掌握政权或教权的统治者，还是家庭中的男主人，都相当重视人口的繁衍。教会强调生育是女性的义务，应当让她们不断地生育，即使她们已经疲惫不堪也要在所不惜；避孕和堕胎是违反神的旨意的行为。贵族阶层为了缩短女性的怀孕周期，甚至不让她们哺乳，将新生的婴儿送到农户家找奶娘寄养，稍稍长成后再回到家庭中——这在13—16世纪的欧洲是一种普遍的社会风气。如此频繁的生育，使孕育和抚养孩子成为女性在整个青壮年期的主要任务。这强化了女性的自然性：相比于男性从事具有超越性的物质生产和文化生产，她们被更加牢固地限定在了人口自身生产的任务上。然而，义与罪、灵与肉、天国与尘世的对立所带来的对肉身、对现世的厌恶，使女人因"属肉体""属尘世"的生理命运、性别特质和（相应的）社会分工，而与罪、与堕落联系在一起。女性的肉体对男性构成

---

[1] [美]麦克艾文：《夏娃的种子》，王祖哲译，上海人民出版社2005年版，第206页。

的诱惑,反使男性将淫邪、肮脏投射于女性,对女性厌恶至极。在中世纪,这样的论调比比皆是,如哲罗姆说:"没有什么东西像一个行经的女人那么不洁净,凡她所触之物,都因此变得不净。"① 德尔图良说:"你们是魔鬼的通道,你们触动了那棵树……你们如此轻易地毁坏了上帝在人间的翻版——男人。鉴此,你们罪有应得。"② 从这个意义上说,婚姻与生育确如《圣经·创世纪》中充满象征意义的寓言所揭示的那样,成了对女性的惩罚和奴役。

### (三)"处女地":现代性的发轫

进入现代社会后,西方世界开始了生产的扩大、资本的积累和海外殖民地的开拓。中世纪的禁欲被摒弃了,价值观全面世俗化,义与罪、灵与肉、天国与尘世的对立不再是价值领域最重要的等级二元结构,理性与感性、文明与野蛮作为新的二元等级结构的重要性突显出来了。文艺复兴和启蒙运动彰显了人的价值,"人是理性的动物"这个古典命题被再次赋予了光辉。而海外殖民活动滋长了西方中心主义的自负,欧洲人一方面以理性的、民主的文明人自居,对东方和美洲的"野蛮""蒙昧"民族抱有浪漫主义的想象和好奇;另一方面又将其视为攫取资源和财富的对象。人类中心主义的贪婪也是与此同步产生的,工业革命和科技革命为人类无限制地开发、利用自然提供了可能性,人类因此把自己与生态圈对立起来,将自然视为满足人类欲望的工具和资源。显然,现代性的发轫将西方人与自然的关系、与世界其他民族的关系,都编入了那个等级二元结构里:西方人是理性、文明的一方,而东方民族和美洲人与自然界一样,都是未开化的、无理性的一方;前者理所当然的是拓荒者、启蒙者、征服者和统治者,而

---

① [美]麦克艾文:《夏娃的种子》,王祖哲译,上海人民出版社2005年版,第211页。
② [美]麦克艾文:《夏娃的种子》,王祖哲译,上海人民出版社2005年版,第211页。

后者理所当然地失去了自足的价值，成为前者的征服对象和财富。

男性与女性的关系，也再次被构入这个新的等级二元结构中。这一次的核心命题是"男人是理性的动物，女人是情感的动物"，而理性高于情感。相对于希腊古典哲学的"男人为后代提供形式（精神、灵魂），女人为后代提供质料（肉体）"，这个命题没有如此明确的哲学依据；相对于中世纪的"女人是邪恶的、堕落的"，这个命题也没有如此高的宗教威严，但却几乎成为整个社会的共识。即使启蒙思想家也不能摆脱这种偏见，如卢梭虽然塑造出"自然的女儿"朱丽这样优秀的女性形象，但他还是认为："她们（女人）自己既然没有判断力，所以她们应该把父亲的话和丈夫的话当作宗教的话加以接受。"① 启蒙时代的诗人邓恩也认为："男人以天神般的理智，赋予杂乱无章的女性内容以明晰的形式。"② 而西方传统的逻各斯中心主义与现代性对理性的崇尚，形成传统与时代的共谋，否认了作为情感动物的女性参与社会的能力。因此，直到 20 世纪 20 年代，西方世界的妇女才普遍拥有选举权；直到 20 世纪后半叶妇女才较多地投入社会工作。在文学领域，妇女也被认为是没有创造力、写不出优秀作品的，勃朗特姐妹在发表她们的作品时，为了被文坛接受竟需要使用男人的名字。

这一系列观念既成了早期女性主义者批判的核心，又成了生态女性主义探讨的核心。早期的女性主义者实际上认同了理性主义、逻各斯中心主义的立场，她们只是否定将女人定义为"情感的动物"，据此反对把女人的价值定位在操持家务和生儿育女等自然性占统治地位的私人生活领域，主张女性的社会化。波伏娃的观点"女人不是天生的，是被社会造就成女人的"，成为这一阶段的代表性意见。辛西娅·奥克齐历数将女性定为缺少理性的成见：

---

① 杨经建：《家族文化与 20 世纪中国家族文学的母题形态》，岳麓书社 2005 年版，第 83 页。
② 王先霈、王又平主编：《文学批评术语词典》，上海文艺出版社 1992 年版，第 595 页。

在这一传统里有两种妇女的形象。其一,她多愁善感、含糊不清、毫无理性、过于钟情、缺乏耐性、放荡不羁、异想天开、感情冲动、不可信赖、呆头呆脑、不务实际、糊里糊涂,等等。她经常被拿来与男人做比照,而他却是:感情深沉、精确无误、富有理性、善于克制、坚韧不拔、精明实际、头脑灵活、能赚大钱、意志坚定,是个十足的幻想家。第一种对女人的描写解释了为什么在整个历史创造过程中她既不是帝国的先驱,也不是贸易行家,更不是带兵的能手。它同时还表明,由于她天生不足,在现实中失败,她在发明创造领域也不能成功,譬如,她没有作诗的能力,因为(这里是第二种描写)她总的来说,爱管闲事、明智而情感拘泥、目光短浅、不敢冒险、经验主义、顽固保守、实事求是、反应迟钝、性情温和,所以适于做琐屑的机械和手工操作,一点也不具想象力。一句话,她要么无所事事、游手好闲,要么就是手脚不停地忙忙碌碌;她要么太痴情,要么冷若冰霜;要么过于敏感(这就是她为什么不能成为通用汽车公司总经理的原因),要么反应迟钝(这就是她写不出《李尔王》的佐证)。①

这一阶段的女性主义仍将这些"女性特质"视为缺陷,并认为这是父权制社会的社会分工和性别权术造就的,如米莉特认为:"所谓'女性'的特征,如被动等等,都是文化而不是自然的产物,指出一些非西方的社会中,分别附丽于男性和女性的特征可以同西方社会大不相同,如男子可以热爱和平,妇女则嗜血好战。"② 社会政治领域的争取妇女普选权、争取同工同酬的女权主义运动,与文学领域的"书

---

① 转引自王先霈、王又平主编《文学批评术语词典》,上海文艺出版社1992年版,第607页。
② 转引自王先霈、王又平主编《文学批评术语词典》,上海文艺出版社1992年版,第604页。

写自己的文学史"的呼声几乎是同时进行的。

生态女性主义则从反逻各斯中心主义的立场出发，认为女性特征确有其生理基础，但这些特征本身并不是缺陷，而是逻各斯中心主义的传统和现代理性主义将其定为缺陷的。这就引出了生态女性主义最基本的命题：现代西方人对自然的掠夺与对女性的压迫是一致的。

这种一致性集中体现在"处女地"这个隐喻中。步入现代的欧洲，开始对西方文明世界之外的"处女地"充满了想象。这其中有资本家的财富想象，"处女地"丰饶多产、遍地资源，可以肆意侵占、劫掠；有政治家的殖民想象，"处女地"还停留在自然、蒙昧的状态里，有待西方人的启蒙；也有浪漫主义者的诗意想象，他们厌倦了欧洲的理性主义阴霾，向往"处女地"的自然纯真。但不管是哪一种，代表理性、文明的西方都永远是主动者、征服者、保护者，而代表自然、蒙昧的"处女地"都永远是被动者、屈从者、受教者。而在"处女地"的隐喻中，自然、殖民地与女性三者，是三位一体的：都是理性/蒙昧、文明/野蛮的二元等级结构中的反方。在浪漫主义文艺中，大量出现来自殖民地的女性形象：她们中有神秘的阿拉伯女人（如《唐璜》中的阿拉伯宫女）、热烈的鞑靼女人（如《俘虏》中的高加索少女）、隐忍的非洲女人、野性的南太平洋或美洲土著女人。她们被描绘成自然的一部分，她们对来自文明世界的男性的恋慕，实际上是男性中心主义的欧洲文明世界的自恋幻想。在对"处女地"的征服、占有和掠夺中，人类中心主义（对于自然）、西方中心主义（对于殖民地）、男性中心主义（对于女性）统一于理性主义（对于野蛮）。

## 三 天尊地卑：中国父权制社会的隐喻体系

西方的生态女性主义命题，对中国传统文化来说并不十分切合。因为中国传统文化建立于一个不同的宇宙观——生化论宇宙观之上。

西方传统的宇宙观是构成论的,"构成"的一个侧面是形而上学的传统,一直关注着变化背后的"实存"、杂多背后的"统一";另一个侧面是信仰主义传统,强调人为神所造,尘世的生活是为天国的生活铺路。中国的生化论宇宙观则既不玄设一个独立于现象之外的"是"/实体,也不将彼岸作为现世的依据,其着眼点在于现世的生命。可以说,前者是一个"父式"的宇宙观:对于形而上学传统来说,实体虽然是现象的依据,却是独立于现象之外的存在,与现象世界有着明确的界限;对于信仰主义传统来说,人类是神造的(Made),而不是神生的(Begotten),唯一为神所生的只有圣子基督(the only begotten son)——在这样的宇宙中,主动者与受动者、创造者与被造者是截然二分的。这与男性在生育繁衍中发挥作用的方式相似,即在自身之外创造一个与自身有血脉关联的独立个体。而后者是一个"母式"的宇宙观:宇宙的生化本原,如易学的太极、阴阳、五行,道家的"道",理学的"理"等,都不是独立的实体,而是化生万物的源头,并且寓于万物之中。作为中国文化之宇宙观基础的易学符号体系,即太极衍生出阴阳,阴阳/天地(乾卦与坤卦)和合而逐级生成四象、五行、八卦、万物:"太极生两仪,两仪生四象,四象生八卦。"这里的太极没有性别隐喻,既非父也非母,但其孕育生化的特质却更接近于母性的。道家直接把作为本原的"道"比拟为母性的:"谷神不死,是谓玄牝;玄牝之门,是谓天地之根。绵绵若存,用之不勤。"它生生不息,并在万物之中显现。在这种宇宙观里,化生者与被生成者之间是"源"与"流"的关系,并没有明确的界限。这与女性在生育中发挥作用的方式相似,即生育打破了自我与他者、内部与外部的界限。这就带来了一个颇为矛盾的局面:一方面,"母式"的宇宙观本身蕴含着丰富的生态女性主义资源;另一方面,父权制的家国结构却决定了男性话语必须占据主导地位。中国传统文化如何调整这一矛盾呢?这就带来了中国传统文化中生态化与伪生态化并行的现象。

### （一）生态化：整体性、互构性与生命意识

中国文化的生态化倾向表现为一种整体性观念：宇宙是一个生气灌注的生态整体，自然、社会、国、家、个人都共在于这个整体当中，有机地联结在一起。易学宇宙体系以及后世依据这个体系建构起来的汉代经学、宋明理学，主要强调这个体系的逐级生成、同源同构，因为遵循着共同的型构，所以也可以用跨范畴、跨领域的象征符号体系——象数体系来描述。道家更多地主张个体与这个宇宙生态整体的联结，先"绝圣弃智""绝巧弃利"，摒除知识礼教、伦理规范对人的约束，放下对功名利禄的追求，进而"无身""无我""齐生死"，打破个体生命的局限，渐渐地同化进宇宙生命的整体，达到"天地与我并生而万物与我为一"的最高自由境界——"逍遥游"。儒家也有与这个宇宙生态整体相联结的主张，但不同于道家超越个体而同化于宇宙整体，而是将宇宙整体内化于个体之中，使"万物皆备于我心"，以此成就参赞化育、具足万德的君子乃至圣人人格："充实之谓美，充实而有光辉之谓大，大而化之之谓圣，圣而不可知之之谓神。"内化了天地之道则可以"弘道"："故天地生君子，君子理天地。君子者，天地之参也，万物之总也，民之父母也。""圣人心同天地，视天下犹一家，中国犹一人。"这即是将宇宙—自然的化育之道、生成之德施于人伦。

与这种整体性相伴随的是互构性：阴阳、四象、五行、万物……其界限并不是绝对的，而是处于不断的交互、融合、转化、生成之中。首先，在生生不息的宇宙中，无论是较高层级与较低层级（如太极与阴阳、阴阳与四象、道与万物）还是同一层级内部（如阴与阳，金、木、水、火、土"五气"）都不是固定不变的，都可以相互生成与转化。因此，中国文化并没有一个逻各斯中心主义的传统。其次，

中国文化并不存在一个亚里士多德式的宇宙等级模式；无机物、植物、动物与人这些有形体的物体或生命，都属于禀阴阳五行之气所化生的"万物"，在生化的宇宙层级中不仅是平等的，而且是相互依存的。希伯来《圣经》规定动物、植物"各从其类"，而东方的宗教信仰却认为植物、动物与人甚至神可以在生命轮回中相互转化。所以，中国文化也没有人类中心主义的传统。实际上，在一个"母式"的非等级化的宇宙观中，任何形式的中心与边缘的划分都难以成立。互构思维对中国哲学、美学的影响是深远的，这造就了中国古典学术独特的话语形态。西方学术注重概念与定义，在一切学术门类中，对一个概念的明晰界定都是进一步研究的基础：这个界定，即是将此研究对象与其他事物划分开来，明确界限。但中国学术的概念都是模糊的、开放的、生成性的。如《论语》记载的孔子论仁、论孝，自始至终都没有一个明确的概念，而是针对不同的人与事，面向不同的情境，给出不同的答案——这与《理想国》中柏拉图让苏格拉底与论敌们长篇大论地讨论"正义"的定义截然不同。而中国古典美学最集中、最直接地体现了互构思维，审美中主体与客体（"情"与"景/境"）的交融，既是主体为客体赋意，又是客体对主体的生发，同时又是主体在客体化中返观自身。

中国文化的生态化倾向还包含着价值层面的强烈的生命意识。所谓"生生之谓易"，就宇宙观而言，是将宇宙视为一个生气灌注的有机生命整体；就价值观而言，则是一种珍惜生命、保护生机、促成生命繁衍的态度。《易传》反复强调乾坤、天地的"至德"便是"生"，是生养万物、顺布生机；而人，尤其是人君，更要效仿天地好生之德而做到保合太和、仁民爱物："夫乾，其静也专，其动也直，是以大生焉；夫坤，其静也翕，其动也辟，是以广生焉。广大配天地，变通配四时，阴阳之义配日月，易简之善配至德。""显诸仁，藏诸用，鼓万物而不与圣人同忧，盛德大业至矣哉！富有之谓大业，日新之谓盛德。""安土敦乎仁，故能爱。"这种理念在儒家是"仁"的理想，在道家则是"贵生"的观念，这种"母式"的价值理念也与崇尚"优胜"和劫掠征伐的希腊—罗马"父式"价值理念完全不同。

中国传统文化中还有一些比较重要的生态化理念，如崇尚自然、反对人为；对自然人欲既非纵欲（如西方文化的希腊—罗马传统）也非禁欲（如西方文化的希伯来传统），而是自然的节制；对取用自然保持着尊重自然生化节律的态度，重视"时宜""地宜""土宜"；审美领域更多地选取自然物象，使之发挥类似于易象的生成作用，营构"意境"等。这些都是中国文化中重要的生态主义资源。

这种打破主客体界限的整体性、互构性，这种与自然的联结、对生命的珍视，都是与女性孕育和哺养生命内在相通的。在与西方文化的互参下，建立在"母式"宇宙观基础上的中国传统文化似乎保留了更多的母系原则和女性化价值观。那么，这是否意味着中国传统文化不仅包含着丰富的生态主义资源，也包含着某些生态女性主义资源呢？从某种意义上说，这个假设是可以成立的。第一，互构性、相对性的思维使中国传统的性别观念不如西方的性别观念那样固化。西方的性别观念，从古希腊的"男优女劣"、中世纪的"女人堕落"、现代的"男人＝理性、文明，女人＝感性、自然"，一直将女性的劣势视为在某种意义上是绝对的，女性很难突破自身的劣势。中国也有来自士阶层的"唯小人与女子难养也"的论调和来自民间的"头发长，见识短"的揶揄，但这些更像有感而发的个人化评判，并没有上升为一种具有普遍意义的理论或价值观。中国的"男尊女卑"，尊卑是相对的，在差序格局中会产生交互：与君臣秩序交互，则帝后于臣子、主母与仆侍，反为尊；与长幼秩序交互，则母于子、婆于媳，反为尊。因此，比起西方女性，中国女性在家国秩序中拥有更高的地位。第二，道家崇尚自然无为、追求逍遥适性，寻求个体生命与宇宙生命的有机整体相通的诗性文化精神，带有鲜明的生态化特质，使之反而更欣赏女性，甚至偶尔得出"女优男劣"的结论。女性孕育生命的生理特质使她们对于打破人我之限、内外之别有着以身体为基础的更直接、更切实的体会，对于自然生命的共生状态也有着本能的经验；而女性远离父权制社会中心，相对男性，更容易超脱功名利禄的羁绊、知识礼教的扭曲，更容易保持本真的性情。所以，从庄子塑造的"肌肤若冰雪，绰约若处子"的形神均似女性的"姑射仙人"开始，一个佳人谱系就逐渐建立起来了。这包括了一大批文化女名人：与西方文学对女性创作的偏见不同，中国士人十分欣赏女性的才情；也包括文艺作品中的一批女性，既包括叙事文学中的女性人物，也包括抒情文学或艺术作品中的女性形象。而后者也与营构意境的美学范式有关系，与自然相联结的女性，在文艺作品中经常发挥着与自然物象相似的"景/境"作用：她们是自然的一部分，也是自然之"道"感性显现的精华，可以作为作者情思与体悟的"存意之象"，生成更为模糊而深远的意境。

### （二）性灵佳人：中国女性生态化审美的范型

先秦道家文化在后世衍生出了许多新的形态，其性别文化也随之衍生发展。这里需要做出一个界定，即本章将哪些文化形态定位为道家文化的衍生。狭义地讲，魏晋玄学或许与先秦道家的承续性更显著些。但后继出现的以李白为代表的盛唐诗学精神、以苏轼为典范的宋人"中隐"思想，乃至元代的市民主义，明清的童心说、趣论、性灵论、主情论等重"性情"的思想流派，是否属于道家的谱系就有争议了。本章将从中国传统文化结构着眼，采取一个较为宽泛的界定。中国传统文化模式概括起来就是"儒道互补"：儒家关注社会、家族，道家关注宇宙自然与个体精神世界；儒家主张人文教化和人伦秩序，道家主张顺应宇宙之自然与人性之本真。二者的"互补"，根本上在于它们分别关注了不同的本位、不同的维度，而这些本位（宇宙、社会、家庭与个体)、维度(现世实践的维度与精神超越的维度)在一个完整的文化结构中都是要被关注的。因此,我们只有以儒家文化为参照,才能把握道家文化最核心的内容:探索被儒家人伦本位所忽略的宇宙自然之维,倡导被儒家人伦主义所压抑的人性本真与个体精神自由。它最大的精髓是"自然"——这包括外在的自然(自然界)、内在的自然(本然人性)与在世方式的自然(顺应自然之"道"),而不是先秦道家的"清静""无为"。"清静""无为"应该是道家的非特质性范畴,它出于老庄对"自然"的理解——自然(外在的自然界、内在的人性以及作为宇宙与人之同构基础的"道")是清静无为的。因此,当后世对"自然"产生不同的理解——比如魏晋士人认为,人文艺术不但不是对自然的背离,而且是自然之道的显现;近古士人认为,人性的本真包括了"百姓日用"的基本欲望甚至包括了"愚不孝之近趣"的种种原欲——的时候,就不再持守"清静无为"了。但是,他们仍然排斥礼教的压抑、功名的诱惑而肯定个体天性的自由,或试图超脱现世寻求某种诗性化、审美化的宇宙境界,因此从广义上说,它们仍然可以被划归为道家的谱系。尽管从严格意义上我们不能称之为"道家思想",但可以说它是由道家衍生的文化形态。

道家文化衍生出的"性灵佳人"这一源远流长的性别审美范式,应确立于魏晋。当然,这并不是说魏晋之前就没有"佳人"形象出现。为了追溯"佳人"最初的雏形,我们先需要明确的是何为佳人。佳人是男性社会中"被看"的女性,她之所以为"佳人",即是因为她是最理想的被看者,她可以综合地满足男性多层次的审美需求。这包括外貌的美所带来的感观愉悦,性情的真挚所带来的爱情满足,以及某种诗意的心灵素质或内在修养所带来的诗性精神的沟通。而在重视形神表里同构关系的中国传统诗学框架内,这些层次应该不是彼此独立的,而是联系在一起的,佳人的外在美,往往是其内在性情与诗意的感性显现和象征。因此，后文在论及佳人之形貌时，也意味着内在地涉及了由形貌所表征的诗性精神。

　　从这个界定出发，"佳人"的最早雏形也可以追溯到先秦。只是此时具有典型意义的佳人形象还很少，《诗经》中的女性形象虽然极丰富，但大体上还是形貌审视与性情观照相分离的。前者如《卫风·硕人》："手如柔荑，肤如凝脂，领如蝤蛴，齿如瓠犀，螓首蛾眉。巧笑倩兮，美目盼兮。"① 其中连用的"柔荑""凝脂""螓""蛾"等一串物象，是对女性的一连串物化比喻，不涉及性情、精神的层面。后者如《王风·桃夭》之"桃之夭夭，灼灼其华，之子于归，宜其室家"②，《郑风·野有蔓草》之"野有蔓草，零露团兮；有美一人，清扬婉兮；邂逅相遇，适所愿兮"③，又侧重爱情的愉悦，对女性的外貌则是略形取神地以物象比喻来处理。比较成形的"佳人"出现在《楚辞》中。以楚地"巫祝文化"为灵感源泉的《楚辞》具有其独特的隐喻体系：作为当时文化创造者和传承者的巫师以其美质、修养与德行吸引"神女"附身，使男性（现实中掌握文化权力的男性）之文化人格与女性（男性想象中的女性）之美好形象取得了虚拟的同位性，这样的文化行为模式，衍生出了以好女喻贤良的隐喻模式。于是正如想象中的女神实际上是为男巫"代言"一样，《楚辞》中的佳女，也被涂染上了士人的文化理想。如屈原《离骚》中便有"宓妃佚女，以辟贤臣"的手法。《湘夫人》中的神女形象更为动人："帝子降兮北渚，目渺渺兮愁予；嫋嫋兮秋风，洞庭波兮木叶下。"④ 高贵、深情而忧郁的形象，无疑表征着诗人高洁的文化人格和深切的家国之忧。以美妙的女性形体、善感的女性心灵来寄寓某种诗性文化理

---

① 袁行霈主编：《中国文学史》第一卷，高等教育出版社1999年版，第73页。
② 袁行霈主编：《中国文学史》第一卷，高等教育出版社1999年版，第71页。
③ 袁行霈主编：《中国文学史》第一卷，高等教育出版社1999年版，第74页。
④ 《屈原选集》，人民文学出版社1998年版，第63—64页。

念的"佳人"模式,至《楚辞》已经初步形成了。

但是,此时"佳人文化"还未形成规模,因为它还没有与一个在中国传统文化构成中占据中心位置、影响深远的文化相结合。那么,为什么当"佳人"与道家文化结合,其经典范式才得以确立呢?这是因为中国诗性—审美文化本来就与广义的道家文化(包括后来道家化了的佛教文化,可称之为"庄禅精神")渊源甚深,甚至大部分模式、范畴和要素都来自于道家谱系的衍生。道家哲学思维本身就具有诗性化的特征:"天地与人并生而万物与我为一"的"逍遥"境界本身切合于艺术思维的时空超越性,"心斋"的理想正与艺术的超功利特质相通,"得鱼忘筌,得意忘言"的语言观又呼应着艺术表达的蕴藉特征……只是,先秦道家思想还称不上是"诗性文化",它强调的是"无待"即不借助于任何有形的、可感的物质手段。因此它甚是反对"伪"(即人为)艺术,认为"五色令人目盲,五音令人耳聋",甚至认为对自然进行审美观照也是较低的境界,得道者应该"无江海而闲"。因此,先秦的佳人文化,除了《庄子》中关于姑射仙人的描绘算是一个勉强的"前奏"外(这个"姑射仙人"只是具有女性化特质却并非女性),多与道家并无关涉。

"佳人文化"经典范式的确立与中国诗性文化之经典范式的形成必然是同步的,都在魏晋。汉初黄老之学打破了早期道家"尚无"传统,提出"以无应有、以虚受实",魏晋玄学在很大程度上继承了这一思路;这在诗学层面的表述就是"故言者,所以明象,得象而忘言;象者,所以存意,得意而忘象"[①]。具体到艺术—审美实践层面,魏晋玄学也就不再排斥现实的、物质的手段("言""象")。山水林泉、鸟兽虫鱼、琴棋书画、诗酒丹药……这些为先秦道家所不屑之物全成了魏晋士人任性逍遥之寄托。在道家观念中,"道"乃是天人之

---

① 张少康:《中国文学理论批评发展史》,北京大学出版社1995年版,第144页。

间以至万物之间的同构性基础,"山无蹊隧,泽为舟梁,万物群生,连属其乡"的未经人化的自然界,与"复归于婴儿"的摒弃异化的自然人性,是"道通为一"的。因此,士人在"收视返听,耽思傍讯,精骛八极,心游万仞"①"疏瀹五藏,澡雪精神"②,以超功利的心境对自然界之物象进行审美观照和艺术呈现时,既蕴于自然界又蕴于人心的"道"便充当了主客体实现互构的共通性基础,使二者之间"情往似赠,兴来如答"——这就是魏晋士人"山水体道""林泉高致"的诗性逻辑。"魏晋风流"——中国诗性文化的经典模式形成了,这就是任性山水之间,放情林泉之下,体道琴书之中,畅怀酒筵之畔的"自然人性—道—自然物象"的互构模式;冯友兰所谓构成真风流的四要素"玄心""洞见""妙赏""深情",其实质便是完成这一互构过程所必备的条件。有"深情"是主体之自然,有"妙赏"是能悟客体之自然,有"玄心""洞见"则是能悟自然之"道"并以道贯穿。

在这样一个诗性精神觉醒、高扬和确立的时代,女性/佳人,也被纳入了诗性精神之对象物的范畴。魏晋士人可以在山水林泉、诗酒琴书中寻找"心"与"象"在"道"的层面上的契合,当然也可以在"佳人"身上寻找这种契合。这些佳人既有当时的贵族妇女,如谢道韫、张彤云、卫夫人、管夫人等;也有妓女、家姬甚至婢女,如名妓苏小小、家姬鹮凤、才婢谢姿芳……她们活跃于名士群体中间,被他们所欣赏以至恋慕;她们实际上发挥了类似于"镜像"的作用,名士们把自身诗性理想和文化人格的影子投射在她们身上,进而通过她们反观自身,并体悟使她们和自身产生共通感的玄学之"道"。"佳人"与山水鸟兽等一样,成为诗性文化中重要的"存意之象"——玄

---

① 张少康:《中国文学理论批评发展史》,北京大学出版社1995年版,第163页。
② 张少康:《中国文学理论批评发展史》,北京大学出版社1995年版,第197页。

学理想和玄学人格在诗性审美视域中的对象化呈现。

概括而言，佳人主要有三个方面的特质：一是相貌，这相貌须是她们——或者更确切地说，应该是士人们——的本真性情、诗性理想以及寻求的宇宙自然之"道"的物化显现；二是才华或思想，她们要有观道的"洞见"或艺术的"妙赏"，使她们在诗性精神上达到"道"的层次；三是性情，她们要有自由、天真甚至勇于逾礼的个性，有真挚深切的情感，以便与士人在爱情中完成精神的互动互融。

从外在的、体貌的层面看，魏晋美学"山水以形媚道""道之显者谓之文"的理念同样适用于"佳人"审美；以上所述的"佳人"审美标准，显然也是一种"以形媚道"，是魏晋玄学理念的感性显现。魏晋的理想女性美也是一种"以形媚道"，是魏晋玄学理念的感性显现。士人欣赏的是女性"状若飞仙"的飘逸美：他们的"佳人"细骨轻躯、肤如冰雪、衣袂飘举、风神超逸，恰如《庄子·逍遥游》中"肌肤若冰雪，绰约若处子"的姑射神人，令人见之忘俗。魏晋女装崇尚飘逸，"款式多为上俭下丰，衣身部分紧身合体，袖口肥大，裙多为折裥裙，裙长曳地，下摆宽松，从而达到俊俏潇洒的效果"[①]。孟昶咏花蕊夫人诗谓："冰肌玉骨清无汗，水殿风来暗香满"。《女红余志》则载："陈后主为张贵妃丽华造桂宫于光照殿，后作圆门如月，障以水晶。……丽华被素褂裳，梳凌云髻，插白通草苏朵子，鞋玉华飞头履，时独步于中，谓之月宫。"[②] 轻盈，恰如"道"之自然及得道者心灵之超然物外、不受羁縻；莹洁，恰如道之清净及玄学人格之不慕名利、高风亮节；飞仙一样的飘逸情致，又起兴着士人的"逍遥游"理想。甚至在衣饰、女工等方面，她们也追求"名士风流"的展现。如《女红余志》载："桓豁女，字女幼，制绿锦衣带，作竹叶

---

① 唐明：《香国记》，人民日报出版社2007年版，第101页。
② 龙辅：《女红余志》，转引自吴龙辉主编《花底拾遗——女性生活艺术经典》，中国社会科学出版社1993年版，第16—17页。

样,远视之无二,故无瑕诗云:'带叶新裁竹,簪花巧制兰'。"竹之风骨、兰之清韵,魏晋诗性理想的两个重要意象,在这里被女红所运用。

在才华与思想方面,更是出现了一大批作为"名士风流"之女性翻版的佳人。其中一个群体是具有较高文化修养的世家贵妇,她们自觉地按照玄学文化的标准来塑造自己,使自己成为被名士阶层所认可和称道的"女名士"。如谢道韫、卫夫人、郗夫人这样的女子,她们无不着力增强自身的文化艺术水准;她们也大胆地实践"越名教而任自然"的玄学人生方式,上层妇女不拘礼教地驾车出游、抛头露面,在魏晋社会蔚然成风。其中的典型当推谢道韫。这个七岁就以"未若柳絮因风起"的奇思而获得谢安激赏的女子,具备了名士风流的任何一个要素:不拘世俗礼法(她竟设帐与名士清谈)、任性逍遥(她以名门贵妇之尊而驾车出游)、才情卓著、风度潇洒……尼姑济尼在将她与名媛张彤云做比较时说:"王夫人神清散朗,故有林下之风;顾家妇清心玉映,自是闺房之秀。"言下颇寓褒贬,显示了"女名士"的魅力已经超过名教所规训出的传统"闺秀"了。另一个群体是男性着意培养出来的才女,包括妓女和具有较高文化素养的士阶层所蓄养的妾、婢、家伎等。他们已不满足于简单的声色需要;在声色之外,他们要把这些下层女子变成他们诗性生存范式的一部分。因此,这类女子中具有"佳人"之品貌、才艺与修养者很多。其中最典型的当属名妓苏小小,她才华横溢而天性放旷,独乘油壁车遍游西泠山水,后因相思而卒,遗言说:"我生于西泠,死于西泠,埋骨于西泠,庶不负苏小小山水之痛也。"竟留恋山水而不回乡安葬①,这份洒脱直与名士刘伶的"醉死便埋"异曲同工。另外,如富豪石崇的家伎、婢女尽是品貌不俗的"佳人",不仅鹦凤"妙别玉声""尤工文辞书画",绿

---

① 唐明:《香国记》,人民日报出版社2007年版,第137页。

珠善舞，连厕中婢女也具有不凡的见识："王大将军往（注：指有婢女侍奉的厕所），脱故衣，着新衣，神色傲然。群婢相谓曰：'此客必能作贼'。"后来的事实果然证明，婢女们的见识是正确的。王献之则授爱妾桃叶以书艺，使"其娟秀小体魏碑甚工"。还有作《团扇郎歌》的才婢谢姿芳、"善弹箜篌能为《明妃出塞》之歌"的艺伎徐月华①……可见当时婢妾妓女群体文化素养和艺术修养的提高。她们已成为魏晋名士按照"佳人"的诗性文化尺度塑造出来的"以形媚道"的艺术品和活符号。

性情，在魏晋还没有成为"性灵佳人"的主流特质。虽然魏晋士人打破了先秦道家对"清静"的推崇和对强烈情感的回避，认为"深情"也是人性本真的一部分，指出"太上忘情，最下不及情；情之所钟，正在我辈"，但他们的"情"对象非常宽泛，包括亲子情、兄弟情、朋友情甚至对美貌风雅的男性的畸恋，对佳人的情感只是其中的一部分。而且，在这个阶段的爱情佳话中，女性还是高度对象化的，文本叙述的视角在于名士们对佳人的欣赏和钟情，而不在于佳人自身对男子的钟情。如荀奉倩钟爱妻子，"出中庭自取冷"为妻子退烧，妻子病死后自己也伤心而亡；张敞敢于逾礼，在闺中与妻子画眉相戏……在这些爱情佳话中，女方的情感是被动的。但是，性情型的佳人毕竟已经出现了个别案例，如不顾身份悬殊与王珉相恋的才婢谢姿芳，得王献之书艺真传又与之爱得生死缠绵的桃叶等。魏晋志人、志怪小说中也有这样的女子，如《搜神记》中为寒士韩重"气结而死"的秦国公主紫玉、《华山畿》传说中跃入情人棺木而亡的华山女子等，但此时还未形成潮流。这类佳人将在近古的叙事文学中形成一个规模庞大的群体。

"佳人"作为中国诗性文化精神的"存意之象"被创造出来，便

---

① 唐明：《香国记》，人民日报出版社2007年版，第141页。

作为一个范式在唐、宋、元、明、清一直延续着，随着历代诗性文化特征的演变而生发出不同的内涵。唐代，是继魏晋之后又一个儒家话语权力旁落、个体自由精神张扬的时代，不过与魏晋不同的是，唐代士人的诗性追求不是魏晋式的解除尘世羁縻，而是更执着于现实，要求在现实中实现个体生命价值的最大化，既包括立功扬名、放情享乐，也包括率性而行、诗酒留芳。因此，唐代的佳人群体除了具有魏晋佳人的智慧和才情外，还特别富有鲜明的个性。这在当时兴起的唐传奇中有明显的反映：这些女性蔑视正统的礼教观念，大胆地追求个性自由和爱情自由，情意真挚，至诚感人："私订终身"的崔莺莺（元稹《莺莺传》），与鸨母决裂而帮助所爱之人重新走上仕途的长安妓李娃（白行简《李娃传》），魂魄离体追随情人的倩娘（陈玄祐《离魂记》）……而才女步非烟因厌恶将军武公业"粗悍"而与邻家书生相恋，被鞭打垂死时仍说"生得相亲，死亦何恨"（《飞烟小传》），侍妾红拂私奔当时还是平民的李靖，提起权势熏天的主人杨素时竟认为"彼尸居余气，不足畏也"（《虬髯客传》）——将这些所嫁非人的女子之"私情"当作逸事宣讲，这种意识是前所未有的。

到了宋代，士人普遍追求一种融合儒道的诗性范式，此时道家诗性精神出现了儒化倾向，即苏轼所谓"中隐""隐于朝"：既身入仕途，承担士人的社会责任，又保持心灵的自由，不汲汲于功名；既不傲世，也不媚世，出处自如，优游自得。这种淑世精神也在他们的笔下"对象化"为佳人的形象：她们雅韵风流，同时兼有儒家淑女的娇柔含蓄、仪态万方和道家名士的清秀超逸、慧性灵心。如苏轼词中塑造的朝云、柔奴便是代表。"玉骨那愁瘴雾，冰肌自有仙风；海仙时遣探芳丛，倒挂绿毛小凤。素面常嫌粉涴，洗妆不褪唇红；高情已逐晓云空，不与梨花同梦。"这里的朝云，冰清玉洁、高情逸趣，简直是苏轼理想的化身。"常羡人间琢玉郎，天教分付点酥娘；自作新歌传皓齿，风起，雪飞炎海变清凉。万里归来年愈少，微笑，笑时犹带岭梅香；试问岭南应不好，却道，此心安处是吾乡。"柔奴清新超逸的艺术造诣与无往而不可、无往而不适的乐天性情互为表里，也正是苏轼创作风范和文化人格的投影。

元明清三代，在城市经济充分发展、市民阶层形成的时代背景下，中国诗性文化总的趋势是进一步走向现世乃至世俗。关汉卿等元代文人，"玩的是梁园月，饮的是东京酒，赏的是洛阳花，攀的是章台柳""会围棋，会蹴鞠，会打围，会插科，会歌舞，会吹弹，会咽作，会吟诗，会双陆"，他们继承了魏晋以来中国诗性文化精神鄙弃礼教规范、任情无所顾忌的个体生命意识，但不同于魏晋名士的超越现世，也不同于唐代狂士的追求生命价值，他们的诗性理想具有世俗化、市民化的倾向；他们将士人的文化底蕴、生命意识与市民的世俗欲望、情调趣味融合在一起，形成了一种新的文化人格。明代诗性文化继承了这种走向世俗、放纵人欲的倾向，李贽的"百姓日用即道""穿衣吃饭即是人伦物理"，公安三袁与竟陵派"从自己胸臆流出"的"性灵"，汤显祖"情不知其所起，一往而深，生者可以死，死可以生"的主情论①……从文化基因上讲，他们的主张仍然属于庄禅一脉（而与当时的正统儒学相对立），只是他们更多地着眼于道家自然观念中内在之"自然"、个体心灵之"自然"这个角度（此即"本心""童心""性灵""情"），且这种"自然"被阐释为有情有欲的而非清静无为。另外，与明清知识界出现的对前代思想进行总结、概括和提炼的倾向相应，明清的诗性文化也呈现出较强的综合倾向，许多士人对道家、佛禅、易家乃至儒家的文化理想、审美趣味和生存范式进行了综合，并由发自自然本心的"性灵""性情"所统摄。

因此，我们可以发现，元明清时代的佳人群体，最突出的特征便是具有"真性情"。崔莺莺（王实甫《西厢记》）、李千金（马致远

---

① 张少康：《中国文学理论批评发展史》，北京大学出版社1995年版，第163页。

《墙头马上》）、杜丽娘（汤显祖《牡丹亭》）、王娇娘（《娇红记》）……这些女子有的矜持，有的泼辣，有的娇痴，有的刚烈，但几乎都是"真性情"的化身。由于明清诗性文化融合道、释、易、儒，再由"性灵"统其关键的特征，明清"性灵佳人"的文化内涵也愈显丰厚了，甚至很多人物是半意象化的。如山黛（《平山冷燕》）、江蕊珠（《定情人》），不爱脂粉、不慕浮华，然而才学出众、胆识过人，"泼墨成涛，挥毫落锦"，在书斋过着学究式的生活，必待儒生中举，奉旨成婚，集中体现了"富贵风流"的儒生理想；婴宁（《聊斋志异·婴宁》）幽居空谷，爱花爱笑、无拘无束、一团天真，乃取《庄子·大宗师》中"其为物，无不将也，无不迎也，无不毁也，无不成也，其名为撄宁。撄宁者，撄而后宁也"之义，是一个具有明显文化符号意义的"道家女儿"；陶黄英（《聊斋志异·黄英》）宣称"自食其力不为贫，贩花为业不为俗"，精于种菊、卖菊并发家致富，"聊为我家彭泽解嘲"，体现着士人调整清高观念、向市民意识靠拢的倾向。《红楼梦》"大观园女儿国"更是对诸种诗性文化理想的总结和综合：这里有"英豪阔大宽宏量，从未将儿女私情略萦心上""是真名士自风流"的史湘云，充满了魏晋风骨；有能够"兴利除宿弊"的探春，颇具纵横家的才识气度；还有禅宗意蕴的妙玉、儒家气质的宝钗……而集灵秀风姿、本真性情与风流才气于一身的"性灵"体现者林黛玉，不仅成为叙述者理想中的"女儿国"翘楚，也成了明清"性灵佳人"的最高典范。

### （三）伪生态化：尊卑秩序的构入

但是，中国存在着延续五千年的父权制社会，也当然存在着男性权力对女性的统治。只是这种统治并非如西方那样，与人对自然的征服相对等。在中国传统文化中，人类，包括男性与女性，都被视为在生态系统之中的，是"道"/太极—阴阳—五行的宇宙共生体的有机部分,也都取法于自然。"乾道成男,坤道成女,"天/乾、地/坤这两个最大的自然物象,分别成为男女两性的象征;易象体系中还有几组象征,如雷/震与风/巽、日/离与月/坎、山/艮与泽/兑,也分别被赋予男性与女性的意义。那么,在自然界本是平等的"天"与"地"、在生态系统中本应平等的"阴"与"阳",是怎样变得不平等的呢?

这就需要讨论中国上古《周易》文化的衍化了。源自上古并带有原始形象思维特征的《周易》文化,就其最初形态来说是高度生态化的。但是,到了父权制秩序越来越稳固的夏商周三代,《易传》哲学开始出现一种伪生态化的倾向:那就是将父权制的人伦秩序投射到《易传》构筑的宇宙共生体之上,将生态系统人伦化,进而又以这个人伦化了的生态系统作为社会人伦秩序的合理化基础:

> 天尊地卑,乾坤定矣,卑高以陈,贵贱位矣。动静有常,刚柔断矣。方以类聚,物以群分,吉凶生矣。在天成象,在地成形,变化见矣。是故刚柔相摩,八卦相荡,鼓之以雷霆,润之以风雨,日月运行,一寒一暑。乾道成男,坤道成女。乾知大始,坤作成物。(《易传·系辞上传》)

在易的象征体系中,开始有了人伦化、社会化的尊卑秩序。生态就这样被人代言了。实际上,阳的性质为动、为刚,阴的性质为静、为柔,这只是一种自然差异,不具有社会人伦层面的尊与卑的意义。但是,中国传统的人与自然共在共生的浑融思维,在避免将人与自然对立起来、将人与生态割裂开来的同时,也造成了人与自然、人与生态的边界模糊。中国哲学将人伦(尊卑)投射于自然物态(刚柔、动静)的过程,是既无理论推衍,也无逻辑依据,更无实践验证的,然而囿于边界模糊的浑融式思维,这种投射几千年来却被认为具有不言自明的合理性。这个人伦化、社会化的宇宙秩序体系被建构起来后，中国的思想界就出现了分化，开始了"儒道互补"的传统。大体而言，道家对这种伪生态化倾向持批判态度，认为"智慧出，有大伪"，这个"伪"字本身就是"人为"的拆解；主张"自然"，尊重生态系统本来的面目，人不但不能试图阐释其"混沌"，而且人本身就在这系统之中，所谓"天地与我并生而万物与我为一"。先秦儒家也拒绝援用这个宇宙秩序体系，主张"六合之外，存而不论"。但自汉儒起，这个宇宙秩序体系就与经学完全整合了。从汉代经学繁复庞杂的谶纬系统，到宋明理学更具哲学思辨意味的象征系统，伪生态化的宇宙共生体成了社会尊卑之序的宇宙论基础。

由于男女两性也存在于这个象征系统中（男为阳，女为阴），男权统治也就被赋予了伪生态化的合理性。男性的阳刚与女性的阴柔，这本是男女两性生理—心理特征的自然差异，没有优劣、贵贱的意义。但是，父权制社会将尊与卑附加于阴与阳之上，并且以其自然差异作为佐证其尊卑有别的依据。因此，中国传统父权制社会的性别统治并不等同于人对自然的掠夺、人与生态系统的对立，而是等同于人与自然的边界模糊和人对生态的社会化、人伦化阐释。这一特殊性是建构中国本土化的生态女性主义所必须考虑的。

我们可以从最经典的两个公式——"男尊女卑"与"男女有别"谈起。五四运动以来，它们一直是被转换到现代女性主义的批判性话语体系中来认识的。"男尊女卑"是价值层面的论断，似乎相当于西方"男性优秀、女性低劣"的性别歧视。"男女有别"是更具体的现实规训，既包含了"男主外，女主内"的内外之别，相当于西方女性主义所说的性别分工和性别角色认定；也包含了"男女授受不亲"的隔离之别，大约相当于西方女性主义所概括的"女性活动领域"。这一转换既有合理性，又未能充分穷尽"尊卑有别"在中国传统文化语境中的含义。

男尊女卑与西方的男性优越论确有可通约性：它们都是掌握了文

化言说权力的男性单方面的宣言，宣布男性为主导的性别、女性为从属的性别。优越与"尊"，低劣与"卑"，在一定程度上是同位的，它们殊途同归地要宣示女性处于被动的位置："男人之气表现于统治，女人之气表现于服从"（亚里士多德），"阴卑不能自专，就阳而成之"（《白虎通·嫁娶篇》）。然而，二者也是有差异的：男性优越论的"男优女劣"，是二元对立格局组中的绝对性；儒家性别文化的"男尊女卑"，则是自然—人伦差序格局中的相对性。

现代女性主义热衷于探讨男性中心主义对男人优越、女人低劣的本体论定位，这其实是一个西方式的问题。西方文化从源头上就怀着一种强烈的本体论冲动，泰勒斯的"万物是水"被追溯为西方哲学的第一个命题，就是因为它"追问什么是宇宙最根本的建筑材料。实体（构成基础的东西）代表的是变化中的不变元素和多样中的统一性"[①]。寻找多样背后的统一、变迁之外的永恒，一切现象的、现世的有限事物之上的无限，从此成了西方传统文化的课题。这就导出了两个趋向：一是直接地形成了构成论的宇宙观。几乎每个思想流派都会将世界一分为二，一方是永恒的、绝对的，如毕达哥拉斯的"数"、柏拉图的"理式"、斯多亚派的"逻各斯"；另一方是变化的、相对的，是现象。而此二者之间显然是不对等的，在多数情况下前者享有价值秩序上的更高位次。基督教在传入西方世界后，又形成了价值上更加不对等的神/人、灵/肉对立，形成了"神义论"。即使在认识论转向之后，这种不对等性也由于"实在"而更多地由理性来认知，"现象"更多地由感性来接受，因而被置换成理性与感性的不对等，虽然关于哪种认识在先、哪种认识在后，存在着唯理论/先验论与经验论的区别，但是总体来说理性在价值上是优于感性的。二是间接地

---

① ［挪］希尔贝克、伊耶：《西方哲学史——从古希腊到二十世纪》，童世骏、郁振华、刘进译，上海译文出版社2012年版，第6页。

带来了认知事物上寻求变化背后的恒定、杂多之中的统一，即寻求事物本质特征的思维倾向。西方理论无论研究何种事物，都要先在概念上进行界定，定义这一事物的类本质。

这也就是西方性别文化总是要定义男人/女人本质特征的文化思维根源。一方面，西方文化本身就倾向于通过本质的探寻来将特定事物固化，使事物"各从其类"。另一方面，也只有在对两性的特征做出本质上的玄设，并将男性与实在的、超越的、高级的、肯定的一元相联系，将女性与现象的、现世的、低级的、否定的一元相联系，才能给"性别政治"以一个性别哲学上的合理化基础。因此，西方思想史上的许多流派都从不同的角度论证男性的"优越"和女性的"低劣"。在希腊—罗马时代毕达哥拉斯的数论中，"1"是神、善、创造、秩序的本原，也是男性的本原；"2"是人、恶、破坏、混乱的本原，也是女性的本原。亚里士多德运用他的"四因说"，认为在生育中男性提供了更高级的"形式因"（生命原则、灵魂），女性只提供了较低级的"质料因"（肉身载体）。基督教用蛇（从符号心理学上讲是欲望的象征）引诱女人、女人引诱男人偷禁果的神话，赋予女人以堕落的本性和双重的原罪：作为人类，她在神面前有罪，作为女人，她在男人面前也有罪。男人与神的关系更密切，"男人是神的荣耀"，他同理性和精神相联系；女人则与尘世关系更密切，她只是"男人的荣耀"，她同性和物质相联系。到了理性的时代，"男人是理性的动物、女人是感性的动物"又成了经典公式。总之，"性的政治获得认同，是通过使男女两性在气质、角色和地位诸方面'社会化'，以适应基本的男权惯例。就地位而言，对男性天生优势这一偏见的普遍认同保障了男性优势地位和女性的低下地位。"[①] 男优女劣，从意识形态上保障了父权制秩序的统治。

---

① [美]米利特：《性的政治》，钟良明译，社会科学文献出版社1999年版，第40页。

儒家性别文化的男尊女卑，与其说是一个本质论判定，不如说是一个关系论命题。儒家典籍实际上很少像西方那样从特质的层面界定男性或女性，即使《论语》中那句被现代女性主义者反复引用的"唯女子与小人为难养也，近之则不逊，远之则怨"，也不像理论总结而更像是特定情境下的感触。这也是由中国文化的思维模式和宇宙论基础所构形的。

需要说明的是，儒家文化也是具备体系性的宇宙论基础的，这要从三代建立起来的、很大一部分由《周易》传承下来的、成为宗法秩序之合理化依据的宇宙秩序说起。这是一个逐级生化、生气灌注的差序宇宙系统，"太极生两仪，两仪生四象，四象生八卦"，由于有着共同的生化之源，宇宙（太一/太极/道、阴阳）、自然（天地）、社会（群臣、主仆）、家族（父子、兄弟、夫妇）、个体（心物、性情）被视为同源同构的。儒家维系三代礼法，因此从原则上说，它也应该继承这个宇宙秩序。事实上也确实如此，虽然诞生于先秦的儒家开始时对这个宇宙秩序存而不论，但汉儒很快就将这一秩序借用了回来；《周易》《礼记》等表述这一秩序的经典也确实被奉为"六经"的一部分。

这一秩序也导出了两个倾向。一是生化论的宇宙观——道家生化论宇宙观留待下面的章节详述，此处关注的是由易及三代礼制奠基的儒家生化论宇宙观，其基本特征是用一个跨范畴跨领域的象征符号系统来表述这个"宇宙—自然—社会—家族—个体"逐级生成、同源同构的生化共同体，并将较高级的秩序作为较低层级秩序的依据。夏商周三代的宗法制以此为依据，三代之人相信"上下四方——六合——之内都有神秘的力量，这些神秘力量也像人间一样，有一个整饬的结构"①，他们以此建构了繁复的象征礼仪，"就在这重重叠叠充满了象征的仪式中，象征的意义就凸显出来，它在人们心理上暗示了秩序的存

---

① 葛兆光：《中国思想史》，复旦大学出版社1998年版，第60页。

在，也渲染着秩序的神圣"①。先秦儒家致力于将礼教的合理化依据由神秘秩序移交给人性，因而暂持"六合之外，存而不论"的态度，但汉儒很快又将那个宇宙体系"借"了回来，这一模式沿袭到了宋明理学，又突出了"心/物"的认识论维度和"性/情"的个体心灵维度。二是带来了生化性的思维模式。由于作为本原的"道""太一"，并不是理式那样的独立于现实世界的实在，而是呈现于生成万物的途径和法则中，寓于万物、随物而迁；宇宙共同体中的诸要素，如二仪（阴阳）、四象、五行（五气、五正）、八卦等也都不是变动不居的，而是处于不断的交互、融合、转化、生成之中。因此中国文化并不太关注赋予特定事物以某种变动不居的本质，并以此本质将事物固化，而是更关注事物在不同语境、不同关系中的生成。如儒家重要的概念之一"仁"，《论语》中并没有像《理想国》论"正义"那样的定义探讨，而是在不同的语境中赋予其不同的含义。事实上，古典哲学、伦理学、美学的许多概念都是生成性的、开放性的，包括"尊"与"卑"。

因此，"尊"与"卑"并不是男人/女人的固定本质，而是两性间的相对关系，是在差序格局的人伦关系网中生成的。就男/女这个尊卑差序组而言，男尊女卑是不可更改的。

男尊女卑，被认为是由阳尊阴卑、天尊地卑的宇宙自然秩序决定的。乾/阳之德为天德、君德，宜"自强不息"，威严、刚健、有创造力和统治力；坤/阴之德为地德、臣德，宜"厚德载物"，谦卑、顺从、成人之美、功成不居。因而以男为主，女为从，男效天德去开创，女效地德去顺承，才是天理自然。但是，在与宇宙差序格局中其他的尊卑次序组——君臣、主仆、长幼——的交互中，男尊女卑就是相对的了。第一种情况是，男性之间也有"尊中之尊"

---

① 葛兆光：《中国思想史》，复旦大学出版社1998年版，第60页。

与"尊中之卑",如君与臣、父与子;女性之间也有"卑中之尊"与"卑中之卑",如妻与妾、主与婢、母与女、婆与媳。第二种情况是,有时男反为卑、女反为尊。如后妃之于臣子、主妇之于家仆、母亲之于儿子。如希腊人那样给女人贴上"妇女物种"的标签,或者如中世纪神学家阿奎那认为的那样"女性自然要从属于男性,其地位比奴隶还要低,因为女性的从属地位是自然的,奴隶的从属地位是不自然的",这些在儒家性别文化中都是不可想象的。男人的"尊"与女人的"卑",都不是优、劣这样的固有属性,而是在现实的社会关系、家族关系中生成的。儒家的性别政治,其着力点不在本体论—价值论认定,而在更具现实性和此岸指向性的人伦关系约定。

### (四)男女有别:伪生态化性别文化的实践形态

"男尊女卑"的价值秩序,落实到人伦实践中便是"男女有别"。男女有别在日常语汇中经常被狭义化为性别隔离,其实"别"在古汉语中的含义要丰富得多,它顾名思义是"差别",指的是由礼制上的差别所象征的尊卑秩序的差别,对应着不同的服饰、器用、行止、伦理规范、权利义务等,以及由差别所决定的二者之间应保持的界限。《礼记·大传》说:"上治祖祢,尊尊也,下治子孙,亲亲也,旁及昆弟,合族以食,序以昭穆,别之以礼义,人道竭矣。"[①] 这里的"别之以礼义",可适用于一切尊卑差序关系,子对父孝而父对子慈,兄对弟友而弟对兄恭,君使臣以礼而臣事君以忠,"亲亲也,尊尊也,长长也,男女有别"[②]。各个角色都有各自的伦理尺度,各正其位。男女之别,也意味着与"男尊女卑"的位次相适应的性别角色、性别分

---

① 《十三经注疏》,中华书局影印本,第1506页。
② 《十三经注疏》,中华书局影印本,第1506页。

工、伦理义务和两性间的关系。

由男尊女卑所确立的男女之别,与西方现代女性主义所批判的、建构在男性优越论基础上的性别政治有殊途同归之处。首先是都确立了模式化的性别分工。当然,这种分工在生产环境和劳动条件恶劣的上古时代,有基于男女生理差异的合理性,但是,在父系统治秩序被建立起来后,这样的分工被固化了:一切具有超越性、创造性的活动都是男人的任务,如物质生产、政治活动、商业贸易、文化创造;一切循环性、重复性的活动都是女人的任务,如操持家务、抚育后代。进而只承认前者创造价值,只给前者以经济上和社会地位上的回报,女性被迫依赖于男性的供养和保护。这一境遇在儒家性别文化和西方性别文化中是一般无二的。《诗经·小雅·斯干》记载了商周贵族家庭子女的诞生礼:"乃生男子,载寝之床,载衣之裳,载弄之璋。其泣皇皇,朱芾斯皇,室家君王。乃生女子,载寝之地,载衣之裼,载弄之瓦。无非无仪,唯酒食是议,无父母贻罹。"将男孩放在床上、女孩放在地上,是象征男子与天同德、居尊居上,女子与地同德、处卑处下。让男孩玩玉器,是"君子比德于玉",提醒他修习君子之德,将来从政做官、振兴家业;让女孩玩纺锤,是提醒她学会操持家务"主中馈",将来理好家政。

其次是规定了两性不同的角色伦理。"夫义、妇听",丈夫的角色伦理是担当义务,妻子的角色伦理是服从。女性"未嫁从父,既嫁从夫,夫死从子",是附属的性别,她的价值不能靠自身直接实现,而只能靠"相夫教子"间接实现。这与西方的男性优越论所导出的男性是统治的性别、女性是服从的性别大同小异。

最后是对两性关系的限制,中西传统都十分重视女性的贞洁。只是儒家的贞洁观更严格一些。一是不仅要求对在场的丈夫守贞洁,而且发展至宋以后,对不在场(休妻、失踪或死亡)的丈夫也应守贞洁:"妇之从夫,终身不改;臣之事君,有死无贰……正女不从二夫,忠臣不事二君。"① 女性的贞洁是与男性的忠君具有同样的伦理高度的。二是不仅在性的层面要严守贞操（这是最基本的要求），还要扩展到"男女授受不亲"的性别隔离。"男女当远，嫌疑早避，不亲授受，不相游戏。食不共案，眠不共榻，衣不共架，栉不共匣。"（《女教篇》）成年女子即使只是与男子共同说笑游玩，或被男子触到衣物、身体，也有失"贞洁"。但总体而言，贞洁在中国与西方，是量的差异而非质的差别。

但是，儒家的男女之别也有一些西方传统中未出现的内容。如果说男尊女卑是价值层面的判断，要从文化思维模式中寻找根源，那么男女有别是社会层面的规范，就需从社会形态中寻找根源了。

中国传统社会形态最突出的特征，如韦伯所说，是一个"家族结构式的国家"，中间组织十分发达。孙中山曾论说，中间组织的不发达是西方社会的特征，"由个人放大便是国家，在个人与国家之间，再没有很坚固很普遍的中间社会"②。柏拉图《理想国》在探讨正义的过程中，由个人的正义（智慧、勇气、节制）推及城邦的正义（哲学家的统治、武士的管理、劳动者的生产），可见，个人与国家/社群是西方文化中的两个本位。亚里士多德将社会性定位为人的本质属性，而实现社会化亦即人的潜能现实化的过程要经历三个递进：家庭、村落和城邦。家庭只与人的基本需要相联系（也正是因此，他把局限于家庭的女人和奴隶置于男性自由民之下），城邦才与逻各斯、理性、灵魂原则相关联。这种等级论由后世继承，成为西方传统社会的文化共识。究其根源，西方传统社会是以狩猎、海上活动、商业贸易和军事征掳为主要内容的社会，需要大范围的群体合作，参与到群体合作中的人以个体为单位、由契约联结起来，每个个体都有约定的

---

① 《资治通鉴》卷291。
② 《孙中山全集》第9卷，中华书局1986年版，第28页。

权利与义务,这就形成了个体与社会群体(社团、城邦、国家)两个本位。而家族的作用和凝聚力就被削弱了。恩格斯在《家庭、私有制和国家的起源》中,将家庭的历史演进概括为四种形态:血缘婚姻家族、普那路亚家族、母系大家族和个体家庭。母系大家族结束便直接进入个体家庭阶段,因此西方家庭的重心关系是横向的,是通过婚姻形成的夫妻关系。作为农业社会的传统中国,由于农业生产主要以家族为单位进行,因而形成了家族本位的社会形态。家族是以血缘亲情而不是契约联结起来的,个体的权利和义务都较为模糊,削弱了个体本位;由于家族的"自成一体",社群本位在一定程度上受到了削弱。中国家族的核心关系是纵向的、由血缘形成的亲子关系,而非由契约缔结的婚姻关系。血缘关系为重而契约关系为轻,是中国家国文化的显著特征之一。

1. 以空间为核心的性别隔离

以空间为核心的性别隔离给儒家的"男女有别"带来的特殊性,在性别分工上,西方的着眼点在领域的划分,儒家的着眼点在空间的分割。由于以社会群体/城邦/国家为本位进行思考,西方文化最先考虑的是,哪些社会领域该属于男性/女性。希腊理性主义传统认为,男性是优越的性别,因而需要理性、灵魂原则、智慧、勇气、力量、美德的领域(如政治、军事、贸易、文化等)应该属于男性;女性在根本上缺乏从事这些领域活动的能力和品质,她们在满足基本需要的领域(如家务、生育等)就完成了潜能的现实化。信仰主义的希伯来传统则由于认定女性本质上更倾向于尘世、肉体、物质和堕落,而将宗教事务定位为男性的领域,宗教职务仅限于男性担任。由于增加了家族这个本位,儒家性别文化最先考虑的是,哪个空间应该属于男性/女性。所谓"男主外,女主内""男正位乎外,女正位乎内"(《周易·家人》)强调的是空间性,男性在家庭以外的事务上拥有主导权,"女不言外",女性不能轻易干涉外务;女性在家庭以内的事务上拥有主导权,"男不言内",男性也不宜过分插手内务。当然,由于诸如政治、军事、商业、文化、物质生产等超越性、创造性的活动大多在家庭之外进行,而家务、生育等内在性、循环性活动基本上是在家庭之内进行,因此,领域划分和空间划分是可通约的,它们给男女两性所带来的现实分工状况也基本是一致的。但是,切入点的不同还是带来了细微的差别。

第一,中国的女性相比西方女性更容易实现"领域僭越"。因为中国女性只是在空间上被要求"正位乎内",她们从事政治、文化等领域活动的能力和素质,并没有像西方女性那样遭到否定。中国女性的价值位次是"卑从",而不是低劣,儒家典籍并没有强调女性作为整体如何缺乏理性能力,如何软弱鄙陋。如果条件允许女性生在家庭空间之内而从事家务以外领域的活动,那么,虽然仍会遭到"僭越"的质疑,但至少不会被认为荒谬与不称职。"垂帘听政"这个典型的文化现象便是一个隐喻式的存在。实际上,由于女性之卑是差序格局中的相对性,她可以游刃有余地借用"卑中之尊"的角色(如后/妃、主、母)来僭取权力。文化领域的创造由于可以在家庭空间之内进行,更是为许多中国女性所涉足。西方人认定女性缺少哲学思考能力,缺少文学创造能力,在步入现代以前,女性思想家、文化家寥若晨星——仅有古希腊的学者希帕提亚、诗人萨福,中世纪基督教思想家圣希尔德嘉等寥寥可数的几位。即使到了18世纪,偏见也仍相当严重,以至勃朗特姐妹不得不使用男名出版作品,以免作品被先入为主地否定。但是,中国文学史上涌现出的女性学者、文学家虽然仍较男性少,比起西方古典时代和中世纪已相当多了:汉代有儒学家班昭、诗人蔡琰、才女卓文君,晋代有女名士谢道韫、苏蕙,近古更有薛涛、鱼玄机、李清照、叶氏母女等一系列女诗人、女词人,形成了一个绵延不绝的才女传统。

第二,中国的女性比西方女性更难实现"空间僭越"。由于重视两性的空间隔离，中国女性被严格圈禁在家里，不像西方女性那样可以自由地出入公共场合、参与社交活动。当然，西方女性如果过分热衷社交、不理家事，也会受到谴责，但这属于软性的道德约束，而对于中国女性来说却是十分严格的礼教规范。首先是不得随意外出。《礼记·内则》规定，女子无故不得走出中门（庭院中的第二道门），《论语·立身章第一》也主张："内外各处，男女异群，莫窥外壁，莫出外庭，出必掩面，窥必藏形。"其次是严格禁止女性与非亲族男性的交往，即使与亲族中男性的交往也受到"授受不亲"的规范。这种隔离还同女性贞洁观相结合，成为维护女性贞洁的要求，从而将女性更牢固地束缚在如同囚徒的生存状态中。

2. 以夫族为本位的人伦义务

在性别角色伦理方面，西方强调的"男性是统治的性别，女性是服从的性别"这一观念较抽象，具体化于现实的家庭层面，主要就是妻子服从于丈夫，为丈夫奉献、牺牲自我，成为"家庭天使"；而儒家性别文化的男女尊卑之别，虽然也有"妻从夫"这一方面的要求，但更重要的是跟从、服从、服务于夫族，做夫族的附属。实际上，由于家族本位主义社会—文化形态的约束，丈夫作为个体对妻子拥有的权力很有限；"妇"即媳妇这个称谓，并不专指丈夫的妻子，也可指公婆的儿媳，还可指通过婚姻进入某一家庭的女性（即"某家的媳妇"）。家族可以不问丈夫本人的要求而将一个媳妇娶进来，也可以不顾丈夫本人的意愿而将一个媳妇逐出去，更可以越过丈夫来决定媳妇在夫家的地位、声望、生活方式和生活质量。对于妻子来说，做夫族的"贤妇"可能是比做丈夫的"贤妻"更关键、更紧要的事情。《大戴礼记·本命》所规定的"七出"为：不孝（指不孝敬公婆）、无子（没有儿子，不能传宗接代）、多淫、嫉妒、恶疾（此为不洁，不能主持祭祀祖宗仪式）、多口舌（破坏家族成员关系）、盗窃（私取夫族财物）。除多淫、嫉妒两条涉及与丈夫的关系外，其余都指向女性在夫族中的失位。即使这两条也兼及夫族的利益，因为多淫不仅是对丈夫的背叛，也会破坏夫族血统的纯洁；嫉妒不仅限制了丈夫在性关系上的"权利"，也可能影响夫族人丁的兴旺。因此，中国女性做"贤妇"要比西方女性做"家庭天使"面临着复杂得多的局面。她要敬事公婆，赢得公婆的肯定，如班昭《女诫》反复告诫的那样："物有以恩之离者，亦有以义自破者。夫虽云爱，舅姑云非，此所谓以义自破者也。"她要协调好叔妹、姊娌间的关系，《女诫》对此同样反复强调："妇人之得意于夫主，由舅姑之爱己也；舅姑之爱己，由叔妹之誉己也。"她还要抚养教育好子女，做晚辈的表率……她是被编织在了一个复杂的人伦关系网络中。

3. 夫妻情爱的限制

在对男女关系的限制方面，西方只是禁止或限制女性与除丈夫之外的其他男性发生关系，儒家性别文化则实际上也限制了夫妻之间的亲密情感；男女有别，实际上也包括了"夫妻有别"。这是儒家性别文化区别于西方的最为独特之处，也是因为没有直接、明确论述而最容易被遮蔽之处，是相当值得深入探究的。

西方的家庭以契约联结的婚姻关系为核心，是鼓励并强调夫妻间爱情的。古代希腊社会由于认定女性"低劣"，而更倾向于传颂男性间的同性恋情（如阿波罗为阿都尼斯之死悲哀，阿喀琉斯为帕特罗克洛斯之死愤怒等），但夫妻之爱也是合理的。在基督教文化中，夫妻间的爱情更是被圣化了。其实早在基督教诞生前的《旧约》时代，丈夫应爱妻子就以律法的形式被规定下来。"神说，那人独居不好，我要为他造一个配偶帮助他……因此，人要离开父母与妻子连合，二人成为一体。"①"新娶妻之人，不可从军出征，也不可托他办理什么公

---

① 《圣经·旧约·创世纪》2；19—23。

事，可以在家清闲一年，使他所娶的妻快活。"① 到了《新约》时代，丈夫对妻子的爱被提升至神圣的宗教义务，与基督对教会的爱同构：

> 你们作妻子的，当顺服自己的丈夫，如同顺服主。……你们作丈夫的，要爱你们的妻子，正如基督爱教会，为教会舍己。用水借着道把教会洗净，成为圣洁，可以献给自己，作个荣耀的教会，毫无玷污、皱纹等类的病，乃是圣洁没有瑕疵的。丈夫也当照样爱妻子，如同爱自己的身子，爱妻子便是爱自己了。从来没有人恨恶自己的身子，总是保养顾惜，正像基督待教会一样，因我们是他身上的肢体。②

虽然妻子对丈夫是仰视性的"顺服"，丈夫对妻子是俯视性的"爱"，但这种爱如同爱自己的身体，甚至爱到如基督般"舍己"，不可谓不深刻、不真挚。对于西方家庭来说，横向的夫妻爱情的建立意味着纵向的亲子关系的削弱，但这是必然的也是被认可的，无论是《旧约》还是《新约》都反复提到"离开父母与妻子连合""合为一体"。在家庭领域，契约关系比血缘关系具有优先性。

然而，在儒家性别文化中，夫妻间的爱情并不具备重要地位。在儒家文化诞生的基础——家族本位的社会形态中，居于核心地位的是血缘亲子关系。婚姻与其说是为了作为个体的男人而设，不如说是为了家族利益而设。《礼记·昏仪》中是这样定位婚姻之人伦使命的："婚礼者，将合两姓之好，上以事宗庙，而下以继后世也。"给家族中适婚男子娶妻，是为了团结和联合两个家族，并得一个女人来为夫家

---

① 《圣经·旧约·申命记》24：5。
② 《圣经·新约·以弗所书》5：22—29。

祭祀祖先、孝敬老人、绵延子嗣。在婚姻中丈夫并没有"离开父母",没有削弱旧有的亲子关系,离开父母的只是"从夫"的妻子——也正因如此,她无论在娘家还是在夫家的族谱中都是无名者,因为对前者来说,她是个迟早要脱离家族的"外姓人";对于后者来说,她又是个居于附属地位的"外来者"。但是,夫妻既已结合,就可能产生亲密的情感联系,这就可能在客观上削弱家族原有的纵向亲子关系。这种削弱可能是情感上的,妻子把丈夫对父母的感情"抢占"了一部分;可能是地位上的,妻子借由丈夫的支持而在夫家拥有了一定的话语权;也可能是利益上的,妻子使外戚僭取了夫族的某种利益。一般情况下这些都是夫族不愿看到的结果。因此,儒家性别文化在根本上是恐惧夫妻爱情的,或者至少这种爱情不能强烈到等同于甚至超过了血缘亲情的程度,它在男性的生命中只能居于从属地位而不能占据核心地位。

儒家性别文化主要是从两方面限制夫妻爱情的。第一是从正面将夫妻的合理关系定义为"夫义,妇听"的人伦义务范畴,所谓"义"是伦理上、道德上的不相亏负,与"要爱你们的妻子"不同,它几乎不涉及情感范畴。即使较为民间化的"恩爱"一词,也是"恩"(伦理责任)在先而"爱"(情感联结)在后。礼教限制夫妻的关系发展得过于亲密。《周易·蒙卦第四》中六三爻辞说:"勿用取女,见金夫,不有躬,无攸利。"女子见到美貌的未婚夫而动心示爱,顾不上保持礼教规定的恭敬,这样的女子是不该娶的,将不利于夫家。《周易·家人卦第三十七》又说:"妇子嘻嘻,终吝。"象辞解释说:"妇子嘻嘻,失家节也。"这里是说随便与妻子、孩子嬉笑取闹,有违家中礼节。班昭《女诫·敬慎第三》也告诫女子谨守夫妻关系的界限:"房室周旋,遂生媟黩。媟黩既生,语言过矣。"夫妻之间过于亲密,就会产生随随便便的态度。理想的夫妻关系是"居家相待,敬重如宾",端庄严肃、不苟言笑。名士张敞只因给妻子画眉便招致名教之士的非议，可见即使夫妻之间，"男女有别"也被规定得十分严格。在这种观念的影响下，旧时一些地区甚至对夫妻也要进行空间上的隔离，男子在白天里无事不入闺房，只在就寝时才能与妻子共处，如果在白天里陪伴妻子则会受到讥嘲。在这种俨如君臣、敬如宾客的不自然的相处模式中，夫妻感情很容易被打磨殆尽。即使在当下，这种观念仍有影响，一些相对保守的文化群体仍会认为爱情只是恋人之间的事，已婚夫妇的爱情表达则是"不正经"的。

第二是从反面树立大量"红颜祸水"的典型来告诫男子不要被女人迷惑，在爱情中迷失。善于媚惑的女性被塑造为家国利益的损害者，对她们必须严加防范。这种"红颜祸水"的第一批典型是妺喜、妲己等，此时父权制统治刚确立不久，最无法忍受的就是女性僭取父系传承的家国权力。武王伐纣时用来引导舆论的《汤誓》所提出的依据，并非像后人重构历史时所想象的那样集中于谴责纣王的穷奢极欲、残民以逞，而是反复强调妲己的"牝鸡司晨"，通过纣王参与、把持朝政，压制大臣，以及纣王偏听"妇人之言"而拒绝贤臣之谏。之后又有褒姒、花蕊夫人、冯小怜、杨贵妃……这些女人都因受到了太多的宠爱而成了家国丧乱的"主谋"。希腊传说中斯巴达王墨涅拉俄斯因他的王后——"最美的女人"海伦被特洛伊王子帕里斯诱拐，而联合希腊各邦发动了特洛伊战争，在征战十年、死伤无数后，希腊将士们见到海伦却感叹为这个女人打十年的仗是值得的——在儒家性别文化传统中绝不可能有这样的叙述方式。且不说海伦是一个抛夫弃女、背叛邦国的典型"红颜祸水"，人人诛之而后快，墨涅拉俄斯为妻子而把希腊联邦拖入战争也该备受谴责。出于对"红颜祸水"的提防，夫族甚至可能以不守礼节、不安本分等理由强迫丈夫休弃那些过于多情深情、与丈夫感情过于深厚的女子。文学作品则有《孔雀东南飞》里的刘兰芝，现实中则有陆游之妻唐琬、《浮生六记》作者沈三白之妻芸娘，这样的例子不胜枚举。

但是，男人的情爱需求也需要得到满足，因为儒家文化是节欲的文化，而不是如基督教文化那样的禁欲文化。基督教文化在构成论宇宙观的思维基础上，设定了神/天国/灵魂与人/尘世/肉体的不对等，前者成为后者的尺度，后者与前者不可逾越的差距便成了后者的原罪。以彼岸天国来否弃此岸尘世，人就应当禁欲，否定和贬逐自己的现世肉体。但是，儒家文化是建立在现世基础上的，它的目标是家国秩序的和谐，它的途径也必然是中庸与调和。它要把个体的欲望限制在群体（家国秩序）允许的范围内，使"君君、臣臣、父父、子子、夫夫、妇妇"，各在其位、各守其分，秩序不乱。但它也要把群体的约束限制在个体可接受的范围内，因为这个文化并没有一个彼岸的上帝关注着沉沦中的个体，也没有一个超越性的天国作为个体的寄托，个体除了在现世是无法在别处获得满足的。如果个体受到过度的压抑，反而可能导致"穷则思变"进而造成秩序的混乱和崩解。这样的文化基因就决定了它不能禁欲，只能节欲。所以，儒家礼教在限制夫妻情爱关系的同时，也要保证有一个途径能使男性的情爱需求得以满足。除了在儒道互补的文化结构中，以道家文化的自然观衍生出对"真性情""任情越礼"的推崇，来对抗人伦本位的"男女有别"之外，最常见的途径就是在夫妻关系之外寻求情爱满足了，如纳妾、蓄养家姬、结交妓女——这些情爱关系是可以由男子自由选择的，并且一般以满足其个体需要为目的。

因此，在男性婚外（指与妻子之外）情爱关系的问题上，儒家文化要比基督教文化"宽容"得多。在基督教文化中，虽然女性失贞比男性不忠所受到的谴责要严厉得多，但至少两性的婚内忠诚在原则上是对等的义务。而儒家礼教不但肯定纳妾，不反对蓄养家姬，甚至对结交妓女也不置可否。中国历史上的爱情佳话，发生在夫妻之间如张敞为妇画眉、荀奉倩"出中庭自取冷"为病妻退烧、赵明诚与李清照的志同道合、沈三白与芸娘的风雅爱情等，虽然存在但只占少数，大部分却是发生在男子与妾、婢、妓女之间。王献之与桃叶,白居易与樊素、小蛮,苏轼与朝云,李之问与聂胜琼,周邦彦与李师师,姜夔与合肥姐妹,钱谦益与柳如是,冒辟疆与董小宛……这些佳话中的男子都已有妻室。最常见的情况是,男性与妻子谨守着儒家礼教的"相敬如宾",重家族义务而轻情感联系;与姬妾却是两情相悦、诗酒唱和。但是,由于姬妾通常出身低微,在夫族中的地位更加低下,她僭取夫族权益的可能性要比明媒正娶的妻子小得多。因此,让她们与男子心心相印、情深意长,对于夫族要稳妥得多。另外,这样的情爱关系也可以利用正妻来限制,这将在后面的章节中重点讨论。

在"阳尊阴卑、天尊地卑"的宇宙—自然—社会差序格局中的"男尊女卑",以及由此带来的"男主外,女主内""男不言内,女不言外"的空间上的性别隔离,男子娶妻以事宗庙继后世、女子嫁夫后服从并服务于夫族的性别角色伦理,以及对夫妻义务关系的强化、情爱关系的淡化——这些是儒家性别文化重要的特征。

只有到了五四以后,中国接纳了西方的现代性而步入现代社会,才出现了与西方现代性的等级二元结构基本一致的理性与蒙昧、文明与野蛮、人与自然的对立。只是在现代中国,这个二元等级结构的表述更具功利性,通常表述为科学征服自然、民主打倒专制。但是,"男性=理性;女性=蒙昧"命题并没有被纳入中国现代性的二元等级结构中,逻各斯中心主义在中国并没有直接转换出菲勒斯中心主义。相反,现代性与女性解放的浪潮合流了,两性关系被编入"民主/专制"的二元等级结构中,是"男性=统治者=专制的拥护者;女性=被统治者=民主的拥护者"。这与西方早期的女权主义是一致的。但我们也要看到,这一阶段的女性解放同样是建立在消灭女性的自然性别特征之基础上的,并且这种消灭在新中国成立初十年及"文化大革命"期间达到了极致。传统上属"阴"的安静、柔美、滋养、抚育、包容等特质被否定了,在五四时期,"新女性"就应有属"阳"的主动、积极、追求事功,男性化的自我主义，甚至抗拒作为妻子、母亲的职责；到了新中国成立后特别是"文化大革命"期间，女人就不再是"地"而是"半边天"，失去女性的性别特质而成了横眉立目、冷酷无情的"铁姑娘"。对女性的认识和定位虽然颠覆了传统，但对阴与阳、女性自然特质与男性自然特质的价值判断却仍囿于传统之中；简而言之，女人可以进入男人的社会并且表现得和男人一样优胜，但只有抛弃其生理命运和自然特质，才能获得准入。在这一阶段，中国的生态女性主义问题开始和西方接近了。

# 第三章

# 男性中心文学中女性的生态化失落

无论西方文化将自然与女性对等地置于等级二元结构中低劣、从属的一方，还是中国父权制文化以伪生态化的阐释将尊卑强加于阴阳、男女，在父权制社会中，女性，连同其与自然联结的生态化特质，都受到了贬抑。这在文学中当然是有所反映的。女性主义文学批评的第一阶段或称女权主义批评，就是建构在这种贬抑女性（同时也贬抑女性的生态化特质）的文化现象之上的。这其中有英美派"建立自己的文学史"的呼声，认为文学存在着一个"女性传统"，被埋藏在了由男性书写的文学史里，女性批评家的任务是把它挖掘出来。也有法国派女性批评家从潜意识理论入手，要从"她们自己的语言"里寻找女性，因为女性是一直被压抑着的，"哪里有压抑，哪里就有女性"。还有人认为，在男性中心的文学史中，写作本身就有性别政治的隐喻，是处女膜（纸）对阴茎（笔）的被动承载。也有人直接反对"大男子批评"以生物学态度看待女性作品的倾向："妇女的作品所受的待遇好像它们本身就是妇女，对它们的评论……往往始于对其胸围、臀部进行学术测量。……在讨论女人所写的书籍时，男人总是首先想到所谓'女人气'。在他们眼中，女人所写的书似乎本身也是女人。"其实，从生物学的角度探讨文学作品是否具有合理性，本身是值得论证和研究的，但在提倡理性、人文、社会性等"男性价值"

而贬低生物性的价值背景下，这就构成了一种性别偏见："生物学上的贬低在批评中向来都很走红，它往往以生物学的措辞来谈论女性的人物或作者。例如，有的批评家把福克纳笔下的女性分为母牛和母狗，有的则把艾米莉·狄金森的诗与她的月经周期相联系。但没有人把男性人物或作者降低到他们的生物功能或特征的层次上来议论。没有人把福克纳的男性人物分成种马和骟马，也没有人把卡莱尔的作品同他的消化不良相联系，尽管我们不难从他们的作品中找出上述现象的证据。"与本书即将采取的视角——从文学史上的女性人物形象切入来探讨女性的生态化失落——关联最紧密的是妇女形象批评和性别类比批评。妇女形象批评认为："妇女形象在男性作家笔下是两个极端：要么是天真、美丽、可爱、无知、无私的'仙女'，要么是复杂、丑陋、刁钻、自私的'恶魔'。……这两种截然不同的妇女形象均反映了现实中男性对女性的偏见、惧怕、压迫和不公，他们是在以男性的臆造来认识和再现女性。"[①] 肖瓦尔特将这种现象称为"文学实践的厌女症"和"对妇女的文学虐待和文本骚扰"。如果妇女形象批评探讨的是性别如何被赋予的某些特征，性别类比批评探讨的就是某些特征如何被赋予特定的性别了，认为人们倾向于将所有的现象、社会经验和个人行为以男性或女性的特征加以分类。这种性别歧视古已有之，然而在弗洛伊德以后却愈演愈烈："人们习惯地将男生同强壮、主动画等号，而将女性同弱小、被动相提并论。""'庙宇是为妇女所建造的。'妇女的思想常常被视为封闭的空间。在那个空间里，由男性思想所创造的一切被存放着或者受到顶礼膜拜。"[②] 在这些批评中，女性的生态化特质无论是被否认还是被肯定，都建立在一个共识之上，即男性中心主义的文学传统中，女性（无论是作者还是人物形

---

① 转引自王先霈、王又平主编《文学批评术语词典》，上海文艺出版社1992年版，第611—612页。
② 王先霈、王又平主编：《文学批评术语词典》，上海文艺出版社1992年版，第613页。

象）都是被征服、被贬抑、被改造的"自然"。

但是，文学毕竟是一个距离经济—社会基础较远的文化门类，文学中人与生态的关系、男性与女性的关系更为复杂。我们不能否认，即使在男性中心的文学传统中，也存在着大量游离于父权制秩序之外，甚至起而反抗这一秩序的女性；并且，她们没有被塑造为或评价为"妖妇""恶魔"，她们是得到欣赏、肯定甚至崇拜的角色。无论是在中国还是在西方，这样的女性形象都相当丰富：其中既有作品中的人物，也有优秀的女性作家，还有女作家、女名人被转化为"人物形象"进入传记、野史或诗歌的。她们有的是拒绝婚姻、不依靠男人的童贞女，如西方希腊神话中的阿耳忒弥斯，中世纪的修女作家希尔德嘉、特蕾莎，中国传说中求仙的女冠何仙姑，文学作品中出家的女尼妙玉、芳官；有的是才华或魄力足以与男性比肩的优秀女性，如西方的勃朗特姐妹、艾米丽·狄金森、奥康纳等被认为具有男性功力的女作家，中国的谢道韫、薛涛、李清照等个性鲜明、才情卓著的女名士，还有希腊传说中以希波吕忒为首领的亚马逊女战士，中国民间传说中女扮男装从军的木兰、考取状元的孟丽君等；最多见的还是大胆地向父权制说不的热烈情人，西方有海伦（特洛伊传说）、艾洛伊丝（中世纪修女作家）、苔丝狄蒙娜（《奥赛罗》）、海蒂（《唐璜》）、朱丽（《新爱洛伊丝》），中国有步非烟（唐传奇《飞烟小传》）、红拂（唐传奇《虬髯客传》）、莺莺、李千金（《墙头马上》）、杜丽娘（《牡丹亭》），形成了一个庞大的谱系。因此，对文学中的女性与父权制的关系，需要做更深入的剖析：这其中既存在着女性追求个性自由和人格独立的资源，存在着女性解放自身的资源；也可能存在着对父权制秩序的某种无奈妥协，或与父权制的权力规则的某种耦合。

对于顺服父权制的要求而成为"天使"或违背父权制的要求而成为"恶妇"的女性形象，既有的女性主义批评已经积累了很多研究，因此不再作为本书研究的重点；下文重点关注的将是在男性中心的社会—文化秩序下，文学作品中的女性如何艰难地获取自己的位置：无论是通过反抗还是疏离，重构还是内置。

我们采取的研究模型是女性自然生命的四个阶段：处女阶段，这是女性独身的"一人阶段"；恋人阶段，这是女性与男性结合的"二人阶段"；母亲阶段，这是开始生命繁衍的"三人阶段"；社会女性阶段，这在传统社会里是只有少数女人才会达到的，这些少数女人进入以男性为中心的社会，在文化、经济甚至政治、军事等"男人的领域"里与他们竞争、共事。我们可运用这个模型，对文学作品中的女性形象进行梳理。

处女阶段，是父权制秩序下女性相对自由的一个生命阶段。此时她生活在母女关系中，还未受婚姻的约束、男人的支配。就大多数女性的生命轨迹而言，这一阶段是暂时的，自由也是相对的：或是受到法律或社会规范的硬性约束（对于中国传统社会和西方的中世纪社会而言），或是受到伦理或经济的软性制约（对于20世纪前的现代西方社会而言），对未来的婚姻，她们通常没有自主权，这种自主权包括和谁结婚的权利也包括是否结婚的权利。但是，仍有女性选择停留在独身阶段，或退出婚姻回归独身阶段，以维持某种程度的自由和独立。这可以通过直接拒绝婚姻来实现（成为"老处女"），然而在传统社会里，更多的是通过献身宗教来实现的（古罗马时代的维斯太女祭司、中世纪的修女、中国的女冠和尼姑）。

恋人阶段，女性与父权制秩序的关系十分复杂，随之而生发出的激烈的情感张力和生命能量，也使这一阶段的女性最受文学的关注。一方面，她们为了爱情向父亲、向父权制社会的道德秩序宣战，成为同样向父辈（父权制秩序中的统治者）权威挑战的子辈（父权制秩序中的被统治者）的同盟，在这种相对平等的爱情同盟中部分实现了人格的独立和个性的自由；但另一方面，她们的性别劣势，使她们很容易成为这个同盟中的从属者，被整合入新的统治秩序中。这是男性中心文学中最丰富的一类女性形象。

母亲阶段，试图在父权制秩序中赢得一定权利的女性，相对较少地通过拒绝、疏离（处女/独身女性的方式）或对抗、宣战（恋人/爱情同盟中的女性）的方式来实现目的。她们更多地使自己内置于父权制秩序中，分享男性家长的权力，这尤其表现在对女性子辈（女儿、儿媳）的权利上。这种倾向会随着女性年龄的增加、在家族中的辈分和地位的提升而加强；在纵向的长幼尊卑秩序更重于横向的男优女劣秩序里，强调"孝道"的东方社会，内置的作用更为明显。由于认同了父权制秩序，作为母亲的女性形象会与女性形象批评中的"仙女""天使"与"妖妇""恶魔"的两极分化形象有一定范围的重叠：前者是遵照父权制社会的伦理标准，"正确"地运用女性家长的权力；后者则是对这一权力的滥用或过度运用。

社会女性阶段，女性进入男性主导的社会领域，与男性一样取得经济的、文化的或政治的成就，实现自我价值。虽然这一过程可能比男性取得同等成就更为艰难，却真正为女性在父权制秩序中争得了一席之地。这类女性在男性中心文学中虽然不多，但也偶尔可见，甚至为男性所津津乐道。

这四类女性形象，都是在父权制秩序中求取自身的地位、尊严和自由的范型，采取的分别是拒绝（处女）、对抗（恋人）、内置（母亲）和介入（社会女性）四种基本方式。对这四个类型的形象进行梳理，我们会发现一个共性：一方面，即使在最专制的父权制秩序之下，女性仍有获得地位、赢得尊严、争得自由的可能；另一方面，这种胜利却通常是以女性的生态化失落为代价的，特别是在拒绝（处女）、内置（母亲）和介入（社会女性）这三种方式中，生态性的丧失更为明显。也就是说，男性或可允许女性拥有权力，但绝对不允许她们以女性化的方式行使权力。或者说，父权制秩序可能既无法完全阻止女性独立于秩序之外，也无法完全阻止女性进入秩序的核心；但完全可以阻止女性在秩序之外享有其自然特质，完全阻止女性将生态化价值观带入秩序核心之中。

## 一 贞女：自我阉割的女性偶像

先来探讨拒绝的类型，这类女性通过拒绝婚姻、拒绝男人、拒绝两性关系，来使自己游离于父权制秩序之外。在这一类型中，我们排除因失恋而拒绝婚姻的女性形象，因为她们拒绝婚姻的动机是忠于自己的爱情，而不是这一类型的标志性动机：不服从父权制统治、要求某种个性自由或人格独立。她们实际上应被归入反抗父权统治的恋人类型。排除这一部分后，我们可以将拒绝男性的贞女分成两个子类型。第一类是凭借自身的胆识、力量或智慧来维持独立；第二类是托庇于宗教来拒斥世俗的秩序。在西方文学中，这两个子类型的界限相对明晰：第一类女性会表现出足以挑战男子的能力和个性，第二类女性则展现着宗教信仰的虔诚。在宗教世俗化的大背景下，中国文学中这两个子类型的界限是相当模糊的：很多出家为尼、为女冠的女性，都是才情卓著、个性鲜明的奇女子，皈依宗教只是一种手段，维护人格的独立才是目的。

### （一）"生育女神"的自我阉割

第一类中最早也最重要的典型形象，当属希腊神话中的月神、狩猎女神阿耳忒弥斯了。她身背弓箭、猎技高超，凭自身的强大，与一群女伴在山林里过着狩猎、嬉游的自在生活。她对任何试图接近她、猥亵她的男人都会施以残酷的惩罚：著名的猎人、英雄阿克特翁只因偷看她沐浴，便被猎狗咬死。她仅有的一次爱情是爱上了美少年恩底弥翁，然而她却使爱人永远沉睡，拒绝了任何现实的两性关系。由于她是一个神话人物，她可以被视为关于这类女性形象的一个隐喻。

然而，这个隐喻颇为吊诡：追溯月亮女神的源流可以发现，这个在父权制建立后的奥林匹斯神话谱系中守身如玉的月神，早期原本叫卢娜，掌管生育。在现存的原始雕塑中可见，月神卢娜体态丰腴、腹部突出如怀孕、拥有多个乳房，这象征着她的多产。她是女性生殖力量的象征。那么，到了父权制的奥林匹斯神谱中，最多产的何以失去了任何与性、与生育有关的意义，摇身变成了最贞洁的？如果将月亮视为一个代表女性、女性力量的符号，那么这一神话形象的变迁就可以索解了。从母系社会到父权制社会，生育这个在女性的自然命运、生理命运中占据最大分量的现象与女性力量之间的关系发生了变化。在母系社会中，女性力量与其自然生殖力是相统一、相协调的。孕育和哺养后代使她成为生命的创造者、保护者和维系者，并被认为拥有与自然相通的神秘力量。然而父权制秩序建立之后，女性力量反而与其自然生殖力相矛盾、相冲突了；也只有在这种社会背景下，母性才如波伏娃所指出的那样，成了导致女性沦为从属性别的原罪。

这可以从两个层面来认识。第一，父权制的家族谱系是以父系血脉传承为核心的，是通过婚姻制度来占有后代。女性的生育不再是一种自由行为，而是与父权制婚姻、与男方家族延续血脉的使命捆绑在一起。因此，如果女性拒绝服从父权制的婚姻制度，拒绝婚姻与男人，就必须同时放弃生育。也就是说，生育权被剥夺，是女性通过拒绝婚姻来保持自身独立所必然付出的代价。第二，即使生育本身的价值也遭到了贬抑，不再被认为是一种正面的女性力量。亚里士多德以降的生育哲学认为，女人只不过为后代提供了肉体（质料），男人才提供了精神（形式）；而社会性、超越性的文化生产和物质生产，价值也远远高于自然性、循环性的人种自身生产。所以，女性对父权制婚姻的不依从即使未导致她生育权的被剥夺，生育也仍然不但不能强化、反而削弱了她的力量。于是，独立于父权制婚姻的女性只能进行一场残酷的"自我阉割"，放弃自然赋予她的母亲角色及与之相伴随的生态化角色。如果前者让她的自我阉割显得悲壮、无奈——她不能接受一个丈夫/主人，所以她无法拥有子女；后者就让她的自我阉割成为自愿了（尽管很可能是一种异化的自愿）——她既不能接受一个丈夫/主人，实际上也不再希求拥有子女。阿耳忒弥斯形象的变迁即是一个生动的隐喻：她不屈就于任何男人，也就封闭了自己的身体，丧失了生育之神这个角色，切断了与大自然的生态化关联。

### （二）"阿塔兰忒"的抗争

尽管付出丧失生殖力的代价，月神阿耳忒弥斯也终究是一个神话。第一类抗婚守贞、拒绝男人的女性，并不总能逃脱父权制婚姻制度的羁绊。实际上，在古希腊神话中就出现了另一个效仿阿耳忒弥斯而不成的女子阿塔兰忒。她与阿耳忒弥斯一样美貌出众、猎技高超，酷爱山林中的生活，也发誓像月神一样终身不嫁。但她收到的神谕是："逃避丈夫吧，阿塔兰忒；可你逃脱不了！"她设下竞技，规定在赛跑中能赢她的男子可以娶她为妻，但若输给她就要被处死。许多年轻男子因此被杀；最终，英雄希波墨涅斯以三颗金苹果赢得了竞技，娶阿塔兰忒为妻。

阿塔兰忒的故事产生于父权制刚刚稳固建立的时代，其中固然残留着对古老女性力量的恐惧和防范，但更多的是作为男性的性别优越感和对父权制秩序的信心。因为这是一个"男人征服女人"的故事。就历史而言，它可能来自男性从女性手中夺取权力、建立以男性为核心的父系家族这场"性别战争"的集体记忆，这种集体记忆以象征的方式被讲述出来；男人以更强悍的体能征服女人，将女人变成自己的/父系家族的附属品，这种形式与父权制建构伊始的"抢婚"习俗相似。就现实而言，它也展示着男性对于父权制性别统治的武器之一——以父系为核心的婚姻制度——的得意。无独有偶，希腊神话中关于"抢婚"，以及男性/父系力量、女性/母系力量围绕着"抢婚"

进行斗争的故事比比皆是。宙斯迷惑伊娥，阿波罗惩罚拒绝就范的达弗涅（怒而折断她所化身的芦苇）、卡珊德拉（虽已传授她预言术，但令所有人都不相信她的预言），酒神狄俄尼索斯强占阿里阿德涅，这些都是男人与女人之间的较量；哈得斯抢劫珀耳塞福涅的神话更为典型，直接展开着父系与母系、父性原则与母性原则之间的较量。珀耳塞福涅是大地女神得墨忒耳的女儿（"大地"是最古老的女性隐喻，如第一章所述，它象征着母性、自然以及二者共同拥有的生化力量），天神宙斯协助冥王哈得斯虏去了她，娶为冥后（"天神"是个经典的男权象征；"冥王"象征着死亡，在无意识层面也与攻击/杀死生命相通，这是一个男性原则，与创造生命、守护生命的女性原则相对立）。悲愤的得墨忒耳以让大地冰封、万物枯萎作为报复，哈得斯只得妥协，让珀耳塞福涅半年回到得墨忒耳身边（形成发荣滋长的春夏），半年居于冥府（形成肃杀萧条的秋冬）。这似乎是一个折衷，但毕竟婚姻已是既成事实，父系权力、男性原则仍是胜利方。伊娥、达弗涅、卡珊德拉、珀耳塞福涅等女性虽然不是严格意义上的"守身不嫁"，但她们对男人的抗拒与阿塔兰忒相似，因此她们在一定程度上都是父权制婚姻的挑战者。

从古典社会到中世纪，我们看到，阿塔兰忒型故事在民间故事和骑士文学、市民文学中是作为一个类型大量存在的。不仅在欧洲各地，在阿拉伯世界、在中国少数民族中，这个类型也广泛存在着：才貌双全、心高气傲的公主或设难题，或设陷阱来考验求婚者，在许多男人都失败甚至因而丧命后，有时是一位英俊的王子，有时是一个机智过人的小人物（如格林兄弟搜集改编的童话中，这个角色可以是小裁缝、"傻瓜"等）；而最终的结局都是男人通过了公主的考验，与公主结婚。总之，女性凭个人意志或力量来抗拒婚姻，很少再获得成功了。她们总会被男人征服。

### (三) 从维斯太的贞女到基督的新娘

事实上，在西方，无论是在文学中还是在现实中，女性拒绝男人、逃避婚姻的更有效方式都是皈依宗教。从古代希腊、罗马开始，女性就有一条获得"独立"的途径：成为灶神维斯太的女祭司。一旦做了女祭司，她的父亲或其他男性家长就不再对她拥有权力，她也不需要服从任何男人。进入基督教时代，西方社会更是长期处于宗教权力与世俗权力的博弈之下：世俗权力需要人口的繁衍、血脉的传承和父系家族权力和财产的承袭，重视婚娶；宗教权力不反对婚姻，但认为无论男女，保持独身都比结婚更神圣。早期基督教在使徒传教的时代，就有了赞美独身的观念萌芽：

> 我愿你们无所挂虑。没有娶妻的，是为主的事挂虑，想怎样叫主喜悦；娶了妻的，是为世上的事挂虑，想怎样叫妻子喜悦。妇人和处女也有分别。没有出嫁的，是为主的事挂虑，要身体、灵魂都圣洁；已经出嫁的，是为世上的事挂虑，想怎样叫丈夫喜悦。……若有人以为自己待他的女儿不合宜，女儿也过了年岁，事又当行，他就可以随意办理，不算有罪，叫二人成亲就是了。倘若人心里坚定，没有不得已的事，并且由得自己作主，心里又决定了留下女儿不出嫁，如此行也好。这样看来，叫自己的女儿出嫁是好，不叫她出嫁更是好。①

只是这时，为了宗教信仰而独身还没有体制化。当基督教成为官方宗教，修女守贞也就得到了舆论、道德的支持和制度、法律的保护。

---

① 《圣经·新约·哥林多前书》7：32—38。

但是，这里却存在着两个悖论。一是在修女守贞的问题上，她们自身可能具有的潜在的独立诉求与男性中心主义的宗教理念和伦理是悖论式的关系。宗教提倡女人守贞，是因为把女性看作不洁的、罪恶的，特别是中世纪早期教父，他们将婚姻视为女人对男人的诱惑与玷污："婚姻是不道德的，肉体是污浊的，谁在肉体上播种，谁就必然造下罪孽。在人世的上帝王国中，正如在天堂里一样，没有娶亲，也没有婚嫁。"①"女人是令人愉悦之物，是肉体的诱惑。因此请注意，与女人交媾会消磨你的意志。"② 所以，女人守贞具有宗教上的赎罪意义。圣哲罗姆用结婚、守寡和终身守贞来比喻《圣经》中关于30倍、60倍和100倍收获的寓言，这个比喻在整个中世纪一直盛行着："12世纪德国的一份手稿就用图示形象地体现出了这样的价值观：图中不同女性占据了三种不同的价值地位，颇具寓意。位于顶层的是收获了无数谷物的处女，中间则是获得较少谷物的寡妇，最底层的已婚妇女和她们的丈夫们收获的谷物最少。"③ 这种建立在性别优劣论基础上的守贞观，与现实中部分女性出于对世俗婚姻中女性地位和境遇的绝望而进入修道院，其实是矛盾的。二是依靠宗教信仰而拒绝婚姻的女性，与父权制统治的关系是悖论性的：一方面，她们借用宗教权力来对抗世俗权力，使世俗权威（男性家长、丈夫、丈夫的家族）不能驾驭她们；另一方面，她们又被置于宗教权力的统治之下。她们也与阿耳忒弥斯这样的以个人意志和能力拒绝婚姻的女性一样，放弃了性和生育。但如果阿耳忒弥斯的放弃是在父权制秩序之下做出这样选择的一个通常结果，那么修女们的放弃，就更有受宗教教义、宗教机构规

---

① ［美］斯图尔特·A.奎因、罗伯特·W.哈本斯坦:《世界婚姻家庭史话》，卢丹怀等译，宝文堂书店1991年版，第227页。
② E. Joyce, "Salisbury: The Latin Doctors of the Church on Sexuality," in *Journal of Medieval History*, 1986（12）, North-Holland, p. 283.
③ ［美］玛丽莲·亚隆:《老婆的历史》，许德金、霍炜等译，华龄出版社2002年版，第70页。

则强制的意味了。

因此,在前现代宗教文学中,修女们抗拒婚姻、追求独立的声音,大多被宗教的贞洁观掩蔽了;她们只能让自己处于"失语"状态,借"赎罪"来掩护自己脆弱的独立。赞美守身不嫁成为"基督新娘"的作品很多。这其中有的是以现实人物的生平事迹为基础、经过加工而成的圣女传记;也有宗教剧,其中的这类女性人物也和其他人物一样是无名者,只被冠以"女圣徒"或"修女"的称号。同时,禁欲主义使这类女性的个性特征大多被遮蔽了,只是作为一个宗教精神的载体出现,丧失了女性抗拒父权约束、寻求自由的意义。

不过,也有少数著名的修女展示出了独立的人格魅力和不凡的个人成就。她们不仅成为大量传记的主角,而且本身留下了丰厚的作品,为前现代的贞女文学提供了另一个面向。如德意志皇帝奥托二世的女儿、用本尼狄克院规管理修道院的女院长苏菲,中世纪著名的女性哲学家、文学家和社会活动家希尔德加,哲学家阿尔伯特的爱人、女诗人爱洛伊丝,被视为"圣女"的宗教家特蕾莎等。她们虽然是少数,但却是女性通过皈依宗教来获取个人独立的代言者。她们鲜活的个性在主导的禁欲文化下发挥着"边际效应"。如希尔德加的很多行为实际上打破了修道院的禁欲主义传统,甚至打破了当时社会对女性的规范。她让自己管理的修女们披着未束的头发,穿着华丽、佩戴冠冕首饰,并且辩护说:"这些(对女性打扮)限制并不适用于室女,因为她处于天堂的纯洁无瑕之中,充满了爱和生机,她风华正茂呢。"① 她打破《新约》对"不准女人施教"的禁令,处处宣讲布道,在权贵中间特立独行。她创作的节奏烦杂的复调音乐,韵律松散近于自由体的诗歌,激情四溢的散文,在当时也是独具一格的。爱洛伊丝

---

① [美]托马斯·卡西尔:《中世纪的奥秘:天主教欧洲的崇拜与女权、科学及艺术的兴起》,朱乐华译,北京大学出版社2011年版,第86页。

拒绝世俗的婚姻，给哲学家阿尔伯特写信说：

> 我一心所求的是您。……我所追求的，不是婚姻的约束，不是婚内的财产；我要满足的，不是我自己而是您的喜好和愿望——这您都清楚。在我看来，妻子的名分显得过于神圣和束缚人，而朋友的称呼却迷人得多，如果您不反对，干脆叫情妇甚或娼妓。天主可以为我作证：倘若奥古斯都大帝有心要娶我为妻，并把普天下的土地都永远交到我手上，我也会觉得，更甜蜜、更体面的是做您的娼妓，而不是获得皇后的封号。①

虽然她因此进入修道院，但她写给阿尔伯特的书信仍然文笔生动、热烈大胆，既迥异于中世纪的风格，也不受宗教教义和父权制伦理的约束。

文艺复兴以降，文学出现了世俗化倾向。《神曲》中的圣女贝雅特丽齐以作家暗恋的未及婚嫁便夭亡的少女为原型，其情感——审美意义与宗教意义几乎是并重的。文学中的修女形象也越来越世俗化，有女性为了逃避婚姻或追求独立而做修女的社会现象得到了书写；在一些作品里，这些修女甚至是不遵守宗教戒律任性而行的。如在《十日谈》中那样，不守戒律的修女大多属于被讽刺的对象。但是，行文中那种津津乐道的态度、"劝百讽一"的效果，却展示了对这类修女在某种程度上的宽容，实际上也起到了张扬人欲与解放个性的效果。

## （四）中国文学中的拒婚女性

与西方相比，中国文学中拒婚的独身女性形象要少得多，也单薄

---

① ［美］托马斯·卡西尔：《中世纪的奥秘：天主教欧洲的崇拜与女权、科学及艺术的兴起》，朱乐华译，北京大学出版社2011年版，第177页。

得多——当然，因未婚夫去世而守节不嫁的"贞女"和因丈夫亡故而不肯再嫁的"节妇"，无论是在文学中还是在社会伦理中都占据着重要位置，但这是父权制婚姻对女性更为残酷的束缚，与女性为保持个性独立而拒婚无关。排除这一类后，首先，在中国本土的神话体系中，并没有像阿耳忒弥斯、雅典娜那样的童贞女神；男神与女神通常都是作为夫妻而"成双成对"出现的，如盘古夫妇、伏羲与女娲、帝喾与羲和、东王公与西王母等。其次，中国文学作品中特别是近古的叙事文学中，的确不缺乏为保持个性独立而拒绝婚姻的女性，但她们大多不作为作品的主角而出现，位次较边缘化。如《儒林外史》中的沈琼枝，《红楼梦》中的惜春、妙玉、芳官、鸳鸯、紫鹃等。少数作为主角出现的仍是"阿塔兰忒"式的并未对抗到底的类型。如《平山冷燕》中的才女山黛，独居书房过着儒士般的生活，持着皇帝赐的尺子"打走"求婚者，终究还是与才貌相配的平如衡成婚；弹词《再生缘》中女扮男装逃婚的孟丽君连中三元、位及三台，却终暴露了妇女身份，而被皇帝逼迫入宫为妃；《儿女英雄传》中心高气傲、自由不羁的侠女十三妹，最终还是与安骥成婚，并成为恪守三从四德、追求夫荣妻贵的贤妇。但是，中国文学作品中的拒婚女性也有不同于西方的特色。如前所述，中国宗教具有世俗化倾向，因此以个人意志拒婚的女性与借宗教信仰拒婚的女性之间并没有一个明确的分野，女性也不会因此被宗教的言说淹没其个人的言说。如《红楼梦》中几位出家的女性，妙玉是孤高傲世，惜春是厌倦了大家族的生活，芳官等女优是反抗主人主宰她们的命运、任意把她们拉出去"配小子"成婚。但是，这些形象在前现代中国文学作品中所占的分量太少了，因此，中国文学中的拒婚"贞女"，不再作为本章的主要讨论对象。

## 二 恋人："弑父"同盟中的附属方

爱情是文学作品的一个重要主题，因此，无论西方还是中国的文学作品中，作为恋人的女性形象都是最丰富的，这种形象也与父权制的社会伦理、性别伦理构成了最强烈的张力。这是可以理解的，文学作为文化系统中的一个特殊的子系统，其特质之一便是具有某种程度上的"反题性"，在既有的社会—文化中发挥着某种边际效应。从中国古典文论的"发愤说""物不平则鸣"说，到亚里士多德的文学描写"可然"及"应然"的事情，直到阿多诺的"艺术是现实的反题"，种种表述都是对既有的社会—文化秩序的不同程度的偏离、反拨甚至颠覆，是文艺的题中之义。在前现代社会，为社会伦理所认可的婚姻基础并不是爱情，而是经济上的或繁衍上的需要。

这一点在中国古代社会尤甚，因为中国古代社会是一个以家族为本位的社会："国民与国家结构的关系，先有家族，再推到宗族，再然后才是国族，这种组织一级一级地放大，有条不紊，大小结构的关系当中是很实在的。"①"中国的社会单元是家庭而不是个人……中国的家庭是自成一体的小天地……家庭才是当地政治生活中负责任的成分……是一个微型的邦国。"② 家族的核心关系是纵向的血缘/亲子关系，而非横向的婚姻/夫妇关系；婚姻与其说是为作为个体的男人而设，不如说是为了家族的利益而设。《礼记·昏仪》对婚姻的定义为："婚礼者，将合两姓之好，上以事宗庙，而下以继后世也。"婚姻是两个家族（而非作为个人的男女双方）的事务，其目的是祭祀祖先、孝养老人和繁衍后代。这个秩序本质上是排斥男女爱情的，因为横向的

---

① 孙中山：《孙中山全集》第9卷，中华书局1986年版，第28页。
② 费正清：《美国和中国》，世界知识出版社1999年版，第22—28页。

夫妇关系如果变得过于牢固、过于亲密，则可能造成外来的"媳妇"僭越了夫族的权益，横向的姻亲凌驾于纵向的血亲之上。对夫妻关系的限制，一是正向的界定。经典的表述是将夫妻的合理关系定为"夫义、妇听"，这是道德上、伦理上的不相亏负，不涉及情感范畴；民间化地表述"恩爱"则相对自由与人性化，但仍是以伦理责任（恩）为先、个人情感（爱）为后。二是树立反面的典型。对于国族，则是将历代亡国的责任推给一批"红颜祸水"，来告诫男子提防女人的魅惑。陷溺于对女人的爱情之中会败坏家国利益，夏桀与妹喜、商纣与妲己、周幽王与褒姒、蜀后主与花蕊夫人、北齐后主与冯小怜、唐明皇与杨贵妃……历朝的覆亡总要被归因于对一个"红颜祸水"的过度宠爱。对于家族，夫妻之间过于亲密也会招致非议。《周易·蒙卦第四》中六三爻辞说："勿用取女，见金夫，不有躬，无攸利。"女子对男子动心，不顾礼教而主动示爱，这样的女子被认为会给夫家带来不利。《周易·家人卦第三十七》又说："妇子嘻嘻，终吝。"象辞解释说："妇子嘻嘻，失家节也。"家中礼节，是不认可男人与妻子、孩子随便嬉笑取闹的。班昭《女诫·敬慎第三》也告诫女子谨守夫妻关系的界限："房室周旋，遂生媟黩。媟黩既生，语言过矣。"夫妻之间过于亲密、随便，会导致妻子失去对丈夫应有的恭敬。即使在礼教较为松动的晋代，名士张敞为妻子画眉这样的举动还招致了名教之士的非议。

西方社会并未强调要将血缘关系置于姻亲关系之上，但是在社会—文化的价值体系中，男女爱情是被置于较次要位置的。在古典社会里，如亚里士多德的宇宙等级论所阐释的那样，以肉体的滋养、繁衍为目标的家庭，是低于发挥理性的社会的。在当时的社会观念中，男子之间的同性爱情甚至被认为比男女爱情更高尚，阿喀琉斯为帕特罗克洛斯之死而愤怒、重返战场毁灭特洛伊的故事被传为佳话。《圣经》肯定爱情，甚至表达了类似于姻亲高于血亲的观念："神说，那人独居不好，我要为他造一个配偶帮助他……因此，人要离开父母与妻子连合，二人成为一体。"①

> 你们作妻子的，当顺服自己的丈夫，如同顺服主。……你们作丈夫的，要爱你们的妻子，正如基督爱教会，为教会舍己。用水借着道把教会洗净，成为圣洁，可以献给自己，作个荣耀的教会，毫无玷污、皱纹等类的病，乃是圣洁没有瑕疵的。丈夫也当照样爱妻子，如同爱自己的身子，爱妻子便是爱自己了。从来没有人恨恶自己的身子，总是保养顾惜，正像基督待教会一样，因我们是他身上的肢体。②

但及至天主教获得了统治地位，爱情还是受到了贬抑：它终究是属肉体、属尘世的。天主教会给夫妻之间的情爱设置了许多禁忌，其中有一些如经期、孕期的禁忌，虽然是从宗教上的"不洁"出发，但从当下的科学视角看是有其合理性的；但更多的如哺乳期的禁忌、某些宗教斋期的禁忌等，则是视夫妻间的情爱为一种堕落和罪恶了。

夫妻之间的爱情尚且受到提防、限制或贬抑，男女出于爱情的自由结合就更有违社会伦理和性别伦理了。这种状况即使进入现代社会也没有立刻消失，而是一直持续到19世纪甚至20世纪：自由恋爱虽被允许乃至提倡，但在某些关系中，宗教约束或社会等级偏见却仍是难以逾越的障碍。从这个意义上说，爱情是对父权制秩序的某种叛逆。

在男性中心的文学传统中，男人为何如此沉醉于女性的反叛，并且让男主人公与她们结为反叛的同盟？从根本上说，父权制秩序是一

---

① 《圣经·旧约·创世记》2：19—23。
② 《圣经·新约·以弗所书》5：22—29。

种等级秩序，它不仅包含着男性对女性的横向统治，同样也包含着居于权力中心的男性（"父"）对居于权力边缘的男性（"子"）的统治。这种统治既通过现实的权威（君/父）来实现，也通过虚拟的父性权威（神）来实现，更重要的是通过父权制的社会—文化秩序来实现。因此，父权制本身就意味着优胜与劣汰、征服与归顺、导引与皈依、统治与服从，男性实际上也受着这个秩序的压抑，这是一种文学"弑父"的内在动力。男性在文学的反叛中很可能会认同同是被统治者的女性，乃至认同生态化的母系价值观，因为在女人/自然的母性中，有他们所渴求的爱的融合与无差别的平等：

> 母系文化的特点是强调血缘关系，人和大地的联系，并被动地接受一切自然现象。相反，父系文化的特点是尊重人为的规律，追求理性思维和改造自然的能力。……在母系社会的观念里，所有的人都是平等的，因为他们都是母亲的孩子，同时也是大地母亲的子女。……在父系社会中，我们看不到平等原则的影子，相反我们所能找到的只是宠爱的概念和森严的等级制度。①

所以，即使在男性中心文学的时代，这些恋人形象中，就已经蕴含了丰富的生态女性主义资源。

### （一）自然与自由：西方恋人的爱情体验

梳理西方文学中的恋人形象，我们会发现一些共性：在这些理想女性的身上，很多带有某种生态化倾向。这主要体现在两个方面。一是她们常在某种意义上与自然相通，且这"自然"通常是如在原始的

---

① ［美］弗洛姆：《被遗忘的语言》，郭乙瑶等译，国际文化出版公司2000年版，第151页。

母系时代一般的被神秘化了的"返魅"的自然；二是她们通常彰显着爱、同情、包容、平等一类的女性价值观、母系价值观，恋爱双方在爱情中体验到的也不是征服者、统治者（男人）与被征服者、依附者（女人）的关系，而是人格的平等与情感的互融。

西方文学史上最早的反叛恋人之一——海伦，随帕里斯私奔到特洛伊。在古代希腊人视讲希腊语的民族为文明人而视非以希腊语为母语的民族为野蛮人的历史语境中，希腊与特洛伊的战争，也是一场西方对东方（小亚细亚）、文明对野蛮、理性对愚昧的战争；海伦与特洛伊的结合，不能不说具有无意识的象征意味。如果说希腊人如夺回一件战利品一样夺回海伦，是文明在野蛮面前的自负；那么对海伦与帕里斯之间恋情的传颂，彰显的就是海伦隐藏在古典美质之下热烈如火、自由不羁的女性力量与"野蛮"之间的某种联结了。来自野蛮世界的恋人构成了古典文学中极富魅力的一个群体：拥有迷宫般智慧的克里特女子阿里阿德涅，会魔法巫术、野性未泯的喀林斯公主美狄亚，迦太基女王狄多……比起忒修斯、伊阿宋、埃涅阿斯等希腊男子，她们更接近魅化的自然，有着神秘而令人着迷的自然力量。

文艺复兴以降，反叛式爱情的生态化意蕴更明显了。这首先因为历史进入了一个打破旧秩序的时代：文艺复兴以人本位讥讽神本位，启蒙主义以理性代替信仰，古典主义以君权排斥神权，浪漫主义以自我、激情取代秩序，现代主义以非理性因素挑战逻各斯中心主义……一波接一波的"文化弑父"浪潮不断出现。这就带来了男性与女性的结盟，理性化/社会化向自然化/生态化的认同：女性，以及她背后的平等、融合的生态化价值观，再次成为挑战现有的父权制秩序的一种力量。文艺复兴时代《十日谈》中谈情说爱的修女，《故事集》中嘲讽宗教和道德权威的巴斯妇，虽有纵欲堕落之嫌，然而在宗教禁欲主义的背景下，却是第一批解放自然人欲的女性形象。《威尼斯商人》中不以财富地位挑选心上人的鲍西亚，《奥赛罗》中抛弃种族和门第偏见私奔摩尔人奥赛罗的苔丝狄蒙娜，传达出跨越父权制等级鸿沟的平等信号。《新爱洛伊丝》中"自然的女儿""真理的女儿"朱丽对父权制的两大权威——"父亲"和"贵族"，发出了启蒙主义者抗议的呼声。浪漫主义在理性与激情、文明与野蛮、（秩序化的）人类社会与自然的现代性二元架构中更是醉心于后者，许多作品中的女主人公都如同自然的精灵。她们或者长于乡间、天真纯朴，如《叶甫盖尼·奥涅金》中听着保姆的民间故事长大、相信梦和月亮的预兆的达吉亚娜；有的来自幕天席地的蛮族或神秘的东方，充满了理性、文明的欧洲已经丧失的生命活力，如《俘虏》中的高加索少女，《巴黎圣母院》中会跳神秘的东方舞蹈、在街头自由流浪的埃及姑娘爱斯美拉达，《高龙巴》中智勇双全的科西嘉姑娘，《嘉尔曼》《茨冈》中自由不羁的吉卜赛女郎，《唐璜》中以希腊海盗的女儿海蒂为翘楚的诸多东方女子。这些浪漫主义的女性往往是大胆地、无拘无束地奔向来自文明世界的男子，进行一场叛逆的、无望的爱恋。即使现实主义文学中也不乏这样的恋人典型，她们往往有着生动鲜明的个性，或无视或自由地突破文明欧洲特别是欧洲上流社会的秩序。如《前夜》中追随革命者英沙罗夫走出贵族家庭成为战士的叶莲娜，《战争与和平》中纯真任性、自然活泼、爱好狩猎和民间舞蹈的娜塔莎，《安娜·卡列尼娜》中厌恶上流社会虚伪、渴望真情的安娜，《德伯家的苔丝》中纯洁、质朴、正直、在权势威压和社会偏见面前始终保持高傲的农家女苔丝……另外，还有一类女性没有如此强烈的个性色彩和叛逆精神，她们是以母性的博大的爱、宽恕与包容，冲击着父权制社会善恶对立的正义观和优劣分别的等级观。如《欧也妮·葛朗台》中的葛朗台母女以她们的温柔宽仁为这个冷酷的家庭保留着些许人情味，《红与黑》中的德·瑞娜夫人以她无条件的爱与宽恕滋养着陷入绝境的于连的心灵，《罪与罚》中的索尼亚追随拉斯科尔尼科夫到西伯利亚并用基督的圣爱来引导他……她们大多是虔诚的基督徒，但她们对宗教的理解和践行与服从作为统治工具的神义、教条无关，更多地出于人性中自然的同理与真情。更重要的是，无论是个性自由的类型，还是母性仁爱的类型，男人与她们的爱情都是建立在自由选择和人格平等的基础上的，他们在爱情的沉醉中体验到的都是自然情感的互融。这与父权制婚姻重视门第、财富、地位和以家族繁衍、产业传承为目标的本质是相冲突的，也是对冷硬的父权制原则最生动的挑战形式。

### （二）存意之象与性灵佳人：中国恋人形象的特质

恋爱双方的自主选择、人格平等，在关系中经验到的自然情感的互融及其对父权制婚姻观和统治原则构成的冲击这一点，是中西爱情文学的共性。而且中国古典文学中的女性对父权制秩序的反抗，就总体而言甚至比西方文学中的更普遍也更强烈。她们中最大胆的是直接挑战夫权的姬妾，如《飞烟小传》中将军武公业的才女小妾步非烟与隔壁书生才情志趣相投，遂生恋情，被鞭打至死却无悔；《虬髯客传》中贵戚杨公家的小妾深夜私奔，贬斥杨公不过"尸居余气"，唐传奇中这些特立独行的女性体现着唐代开放的社会风气。更多的是父系家族权力和礼教规范的违逆者，如《墙头马上》中泼辣豪爽、捍卫"私奔"所成婚姻之名分权利的李千金，《西厢记》中不顾相府小姐身份的崔莺莺，《聊斋志异》中娇娜（狐女）、婴宁（狐女）、翩翩（仙女）、白秋练（鱼仙）、陶黄英（菊花精）等生活在人类礼教之外、敢爱敢恨自由婚恋的狐鬼花妖们，《红楼梦》中自主择婿的尤三姐、犀利任性的晴雯、撞壁抗争的司棋等。还有一些女性的反抗没有那样鲜明直接，如《倩女离魂》中的张倩女、《牡丹亭》中的杜丽娘都是梦恋，《红楼梦》中的林黛玉更多地以诗文表达她的爱情而在行动上却十分羞涩、顾虑重重，但她们本质上也都是任情越礼者。另外还有以真实的人物生平为基础而被传为佳话的，如卓文君（听司马相如琴曲而与之私奔）、"洛神"甄氏、桃叶（与王献之相恋并向其学习书法)、谢姿芳(能作《团扇郎歌》，不顾身份悬殊与王珉相恋的才婢)、"秦淮八艳"等(明代一批灵心慧性、才貌双全的妓女，都有与当时著名文人之间的爱情佳话)。中国文学中这些恋人形象有一个突出的特点，即她们都被称为"佳人"，构成了独特的"佳人文化"：她们的气韵、才华、性灵，通常是道家文化人格的典型体现。在上一章中，我们已经探讨过道家"自然"观所蕴含的生态美学意蕴；这些性灵佳人也同样承载着中国文化中的生态化人格美。

我们可以先从"存意之象"这个中国美学中的重要范畴说起。这个范畴起源于中古：先秦道家的自然观强调的是"无待"，体道的境界无须借助任何有形、可感的物质手段。到了汉初黄老之学的"以无应有""尚无"的传统才被打破。至于魏晋，自然观与《周易》的"象"思维被结合了起来：这是有其基础的，因为《周易》中的象，本来就将宇宙、自然、社会、家、国与个体心灵视为同构的，将自然中的主要物象抽象为符号(如天/乾、地/坤、雷/震、风/巽、日/离、月/坎、山/艮、泽/兑等)，是可以统摄与其同构的自然、社会、人文之物的，这使自然之象获得了无限的生成、生发功能。中古美学即以"存意之象"的生发性来解决从先秦道家开始提出的言不尽意困境："故言者，所以明象，得象而忘言；象者，所以存意，得意而忘象"[①]。与《周易》的宇宙观相似，道家也认为"山无蹊隧，泽为舟梁，万物群生，连属其乡"的自然界与"复归于婴儿"的自然人性是"道通为一"的；"道"可以成为人与自然的互构互通的基础，可使人在"疏瀹五藏，澡雪精神"的体道境界中"物以貌求，心以理应""情往似赠，兴来如答"，达到心物交融。于是，山水林泉、鸟兽虫鱼、诗酒丹药，全都成为名士们适性逍遥的"存意之象"。这种美学范式在近古演变成了重要的"意境"说、"情景交融"说，虽然由唐宋至明

---

① 张少康：《中国文学理论批评发展史》，北京大学出版社1995年版，第144页。

清，走了一条不断世俗化的路线，但基本范式是一直延续着的。

那么，"佳人"可不可以成为一种特殊的"存意之象"？答案当然是肯定的。实际上，当山水林泉作为心、道媒介进入中古名士的视野时，一个庞大的"佳人"群体就产生了，她们同样可以"以形媚道"，使士人在她们身上寻求心与道的契合。从外在形貌上看，魏晋士人欣赏的佳人肤如冰雪、细骨轻躯、衣袂飘举、风神超逸的"状若飞仙"之美，这是寻求高蹈出尘的名士理想的形象化。从内在精神上看，佳人们和风流名士一样不拘礼法、任性逍遥，"越名教而任自然"。魏晋叙事文学尚未充分发展，因此文学中的佳人群体基本上由现实中人物的传记、传说、佳话构成。她们有的是世家旺族的贵妇，如谢道韫、张彤云；有的是风流名妓，如苏小小；也有的是姬妾婢女，如绿珠、桃叶、谢姿芳。但她们都富于才情、敏于识见、勇于逾礼、深于性情，实际上成了魏晋士人的玄学追求和人格理想的寄托，并且与自然之象同样具有令人遐想的生成性。唐代同样是个体自由精神张扬的时代，但较之智慧超脱，唐代士人更追求个人生命价值的最大化。相应地，以薛涛、李冶、鱼玄机等浪漫不羁的女诗人和唐传奇中莺莺、李娃、红拂、步非烟等大胆追求真爱的女子为代表的唐代的佳人群体，除了智慧与才情卓著外，性情也更加真挚。宋代的诗性文化主要是追求一种"中隐""隐于朝"的儒道融合的范式，朝云、柔奴等佳人便兼备了儒家淑女的娇柔含蓄、温文尔雅和道家名士的纵于大化、超逸洒脱。元明清文化越来越倾向于世俗化，道家诗性文化也成了士人的自然、生命意识和市民的情调、趣味的整合，"自然"观更多地发挥了人性的自然、人欲的自然这一面（"本心""童心""情""性灵"等）。因此，元明清的佳人群体，最突出的有两大特征。一是具有"真性情"，她们对爱人一往情深，杜丽娘（《牡丹亭》）、王娇娘（《娇红记》）、林黛玉、尤三姐、晴雯、司棋，都不惜为爱情而付出生命，"生者可以死，死可以生"。二是一些人物的半意象化，而其中的意蕴又往往是儒、释、道的综合，体现了近古文化的整合倾向。如《聊斋》中既有婴宁这样的幽居空谷、爱花爱笑、一团天真的道家女儿，又有阿绣这样的以德报怨、成人之美的具有儒家美德的淑女，还有黄英这样的向市民意识靠拢、种菊卖菊发家致富的女商人。《红楼梦》中的大观园女儿也是诸种文化理想的综合：有"英豪阔大""是真名士自风流"的魏晋风骨的史湘云，有"兴利除宿弊"的纵横家才干的探春，还有具儒家气质的宝钗、禅宗意味的妙玉、隐逸风度的岫烟……而风姿灵秀、性情本真、才气过人的林黛玉，更是明清士人"性灵"理想的化身。

总之，中国叙事文学中的"佳人"群体与抒情文学中的自然之象/境具有相似的功能，往往是一个充满生成性的"象"，生发着被伪生态化的社会—文化秩序所排斥的自然之道、性情之真。她们的人格，是一种生态化的人格，与秉承庄禅精神，追求自由、适性、超脱的士人是一致的；或者说，这类士人将她们引为同道知己，共同抗拒学问、礼教和功名欲望对人的控制。这种男性主动与女性结成的自然化—生态化人格的同盟关系，与西方是内在一致的。

### （三）同盟中的附属方

但是，爱情同盟带给女性的平等、自由与女性特质的释放，并不是绝对的。不可否认，在具体的关系中，她们与爱人是平等的；但一个以男性为中心的社会文化秩序，使她们有可能成为爱情同盟中的附属方。

第一种情况是，男人对自然、自由、爱或本真的追求是自主的，他们可以通过参与社会、从事文化活动甚或通过出家、归隐等不同的方式来追求；而女人对这一切的追求，在很多情况下却只能通过爱情同盟中的男人。社会没有为她们提供与男人对等的从事社会、政治、文化活动的机会，她们选择皈依或隐逸也受到比男人更多的限制和制约，所以，当她们失去爱情同盟，就可能丧失了一切。西方文学中的许多纯情女子都在痛失恋人后或自杀或郁郁而终,如在爱情与宗教誓言不能两全的冲突中自杀的阿达拉(《阿达拉》)、因唐璜离去而忧伤至死的海蒂(《唐璜》)、对爱情绝望而自杀的安娜(《安娜·卡列尼娜》)。另有一些人物虽然活了下来,却失去了恋爱阶段的诗意美质:达吉亚娜(《叶甫盖尼·奥涅金》)嫁给一个"肥胖的将军",变成了上流社会的淑女;阿涅丝(《窄门》)成了一个朴实无华甚至虔诚到刻板的基督徒;娜塔莎(《战争与和平》)与彼埃尔结婚后变成了一个相夫教子的贤妻良母。中国文学中殉情而死的女性更是不胜枚举:步非烟、杜丽娘、王娇娘、林黛玉、晴雯、尤三姐、司棋……她们对自然、对爱的追求,她们的诗性理性,比男性的更经不起现实的冲击。

第二种情况是,男人的自然/自由理想实际上并不彻底,他们会以各种形式向父权制社会文化的规范妥协;而在妥协中,他们会将爱情同盟中的女人重新置于牢笼里。他们的爱人虽然摆脱了某种束缚(如父权的束缚、社会伦理和性别偏见的束缚等)而投向他们,却落入了他们的束缚中。这种情形在叙事文学文本中较为少见,因为文学文本(尤其是传统的文学文本)通常会塑造一个理想化的男主人公,主要见于以现实人物为基础的传记、史话。这样的情况在中国古代文人逸事中最为常见。实际上,儒道互补的社会文化结构通常使中国男人同时需要两个类型的女人:一类是兑现家族期待,完成"事宗庙,继后世""主中馈"任务的贤妻良母;另一类是满足个人情感,提供美的享受和自然、自由精神共鸣的性灵佳人。而男人通常的选择就是将贤妻良母中心化,作为正妻;将性灵佳人边缘化,作为姬妾倡优。卫泳《悦容编·博古》中说:"白首相看不下堂者,必不识一丁;博古者,未必占便宜。然女校书最堪供役。"① 李渔《闲情偶记》对此

---

① 吴龙辉主编:《花底拾遗——女性生活艺术经典》,中国社会科学出版社1993年版,第93页。

更是直言不讳：

> 娶妻如买田庄，非五谷不植，非桑麻不树，稍涉游观之物，即拔而去之，以其为衣食所出，地力有限，不能旁及其他也。买姬妾如治园圃，结子之花亦种，不结子之花亦种；成阴之树亦栽，不成阴之树亦栽。以其原为娱情而设，所重在耳目，则口腹有时而轻，不能顾名兼顾实也。尤展成云：叶天寥以德才色为妇人三不朽。笠翁以德属妻，以才色属妾，更为平论，且可息入宫之妒矣。①

文坛中才子佳人的佳话，有相当大一部分发生在男子与姬妾倡优之间：王献之与桃叶，王珉与谢姿芳，赵象与步非烟，白居易与小蛮、樊素，李之问与聂胜琼，苏轼与朝云，冒辟疆与董小宛，钱谦益与柳如是，吴梅村与卞赛赛，冯千秋与冯小青……而男子在家庭义务与个人情感的矛盾中，往往会牺牲所爱女子：王珉任由谢姿芳被主母鞭打；赵象畏惧将军权势独自逃亡；李之问得到风雅惜才的妻子的允诺，方才将聂胜琼迎娶回家；冒辟疆在举家逃亡的途中为了自己方便，两次要抛弃董小宛；冯小青被遣送到西湖别馆孤独至死，冯千秋毫无办法。比起贤妻良母，性灵佳人似乎更自由自适、任性逍遥。但在一个女性必须依附于男性的社会中，这不但会给她们带来更多的独立，而且可能使其更弱势、更边缘化，甚至沦为无足轻重的"玩物"。

## 三　母亲：消失于父权制秩序中的女人

20世纪之前的文学多涉及爱情主题，女性人物形象往往在爱情中

---

① 吴龙辉主编：《花底拾遗——女性生活艺术经典》，中国社会科学出版社1993年版，第169页。

展示出她们自然的灵性、本真的情感和丰富的才思。看似因为这个原因，比起少女，母亲这个群体在文学中的诗性光彩减弱了许多，也较少作为女主人公出现。但实际上，这种反叛、自由的诗性光彩减弱的原因更为复杂。我们可以从两个角度来分析。一是深层心理角度，父权制文化心理有一个"崇女抑母"的结构。二是从社会现实角度，她被内置于父权制统治秩序中了。

### （一）光彩的黯淡：从童话原型说起

这里，我们以文学中的女性之美为切入点进行分析。这需要我们先做一个界定：文学中的女性之美，指特定的女性人物是审美性的，通常既包括美丽的外貌，也包括某种经由诗化处理而可被审美地注视、欲求与欣赏的精神内容。这可以是某种人格特质，如性情、才智、美德等；也可以是某种情境特质，如恋爱中的激情、失意下的忧郁甚至需要保护的无助。关键是文本是否做出诗化处理，使这种精神内容经由外貌而显现，使人物形象灌注某种能唤起诗意欣赏的质感。例如，同样是女性才华，在才子佳人小说中是与形貌交相辉映的美，在一个女作家的传记中就可能是智力性而非审美性的要素。实际上，不论性别，当一个人物被诗化地书写时，我们立刻就会以欣赏的态度看她/他，并凭惯例辨识出这是一个审美人物。

以这个界定考察童话文本，我们就会发现一个现象：作为审美人物出现的女性角色，绝大多数是家庭中的女儿，未曾婚育的少女；而她们的母亲通常是一个缺少形貌与特征的苍白人物，或平庸的陪衬人物，甚至已经死亡的影子人物。她们偶尔也会拥有美貌，却因与美丽少女的恶意竞争而成为"恶母"。鉴于这种现象在童话文本中相当普遍，我们可以视其为一种结构，暂且将这一结构命名为"崇女抑母"结构。

崇女抑母的结构不仅存在于童话、民间故事里①，也在精英文学中有所呈现。20世纪之前，精英文学中作为诗化人物、审美人物出现的也多是未婚育的少女，中西皆然，这在西方18世纪的浪漫主义文学及以《红楼梦》为巅峰的中国古典佳人文学谱系中发挥到了极致。已经婚育的女性可以是道德楷模，是家庭天使，但很少是美的典范。只有中世纪骑士小说及以女性历史人物、文化人物为依托的文学作品是例外：前者书写贵妇与骑士间的"典雅爱情"，后者无论人物婚育与否都需尊重其真实生平。无论对于民间文学还是对于精英文学，我们都可以假定，这种现象是叙事的需要，因为爱情通常是叙事文学的核心主题之一，人物的未婚身份便于爱情情节的展开；我们也可以假定，由于传统社会中的婚育女性承担了更多循环性的、非创造性的事务，她们普遍远离了诗性的心态、行为与文化活动，这种结构在一定程度上符合社会真实。这些解释都有部分合理性。但是，为何青春的爱情对女性人物是不可缺少的诗化要素？婚育女性的审美失落在多大程度上建立在现实基础之上，在多大程度上来自一种刻板印象？以女性历史人物、文化人物为依托的文学作品对女儿与母亲一视同仁，似乎也暗示了刻板印象在现实面前的失效，以及女性之美确实存在着不同于青春/爱情之美的其他范式。

因此，我们可以假设，崇女抑母不仅是一种文本结构，这种文本结构的背后也存在着一种社会性的语言—象征结构。这并非没有根据的，因为崇女抑母结构在相当长的历史时期里都有着深刻的社会心理基础。一方面，是存在一些关于"少女与少妇的区别""女人生了孩子就损失了魅力"的似是而非的刻板观念，贾宝玉的"鱼眼珠子论"并非无人可懂的"怪话"；另一方面，社会建构的女性审美范式，从外在的形貌气质到内在的精神性情，都较倾向于少女之美，而对成熟

---

① 历史传承下来的经典童话文本，曾是一般性的民间故事，其接受对象不仅限于儿童。

女性的审美建构相对匮乏，这导致做了母亲的女性——尤其是较年长者——似乎"真实"地失败了。总体来说，一个社会的文明开放程度越低，对母亲或成熟女性的审美贬抑就越突出；但直到今天，这种贬抑仍然大量存在着，女性群体对"熟女""辣妈"的反复强调恰恰佐证了它仍有强烈反拨的影响力。

这里选取经典童话为个案，一是它们具有在历史中经久不衰的影响力，足以佐证它们与人类无意识的深度契合，它们形成的机制如同梦境之于个体；二是它们作为象征秩序最典型的部分之一，必然参与儿童精神世界中象征秩序的建构，将这种结构植根于儿童的无意识。对它们的探讨既有文学批评意义也有心理教育意义。我们不能简单地将这一结构归于"乳房嫉羡"，也不能简单地将之归于恋母情结所造成的超我焦虑与乳房嫉羡的共谋，但这仍是一个可以帮助我们揭示与探索这一结构的视角。

"乳房嫉羡"有个复杂且持续发展的理论体系，其中与文学的审美特质、诗化特质较为相关的，是对乳房之美的嫉羡、内摄与占有。这一观点来自克莱因学派的 Meltzer 对"乳房嫉羡"的细化。克莱因认为，过度的"乳房嫉羡"的后果之一是混淆：自体与客体的"地域混淆"，内部与外界的"区域混淆"，口欲与性器冲动、迫害感与罪恶感的"形式混淆"。"对纳入心理性食物的不信任与恐惧，可以追溯到对受到嫉羡与毁坏的乳房提供的东西的不信任。如果最初好食物与坏食物是相互混淆的，那么以后的清晰思考和发展价值标准的能力就会有所缺损。"Meltzer 将区域与形式混淆依前后顺序分成了兴奋问题、所有权问题和相互理想化问题。他认为，在儿童所有权的发展中，乳房是第一个要求被独占的内摄客体，而在前俄狄浦斯式嫉羡与俄狄浦斯式嫉妒的混淆中，儿童关注的焦点是乳房"作为一客体，具有的可以为人所见的社会性价值，以便把妒嫉和嫉羡投射在别人身上"，"其中最棒的属性是乳房的美丽，乳房的美轻易地让人将它们与臀、眼睛、脸颊、腿、手等形状对称，满足肉欲、充满色泽的身体部分混淆。"在嫉羡的层面，将乳房的美内摄为自己的，同时把对这种美的嫉羡投射给母亲，是对"乳房嫉羡"最常见的防御之一；在嫉妒的层面，占有、保存和抵御抢夺的要求，也让儿童把嫉妒投射给父亲或其他竞争者。这就形成了一个在儿童中很常见的信念：儿童比成年人美丽，"没有体毛的身体"值得炫耀。成年人也经常会接受这一投射认同，从而对这一信念推波助澜。

在克莱因理论中，"嫉羡—嫉妒"的发展依次以对乳房的原初嫉羡、对乳房/母亲中有阴茎/父亲及婴儿的幻想嫉妒、对父亲及兄弟姐妹的现实嫉妒为聚焦。将两套理路结合起来，我们可以得到这一结论：如果兴奋的问题——儿童自恋地[①]相信自己在快感享受上超过成年人——防御的是嫉羡层次的问题，那么所有权问题——儿童对自身美丽的虚荣感——防御对象就在由嫉羡向嫉妒过渡的节点上了。在这个节点上，美第一次成为核心主题。对人的美——无论是自体的还是客体的——的意识发端了，我们可以这样理解：美的主题既有原发自恋的注视和沉浸，也有继发自恋对自体—客体"神入—回应"的期待，它意味着原发自恋的发展、完成与继发自恋的产生，是自恋结构中的一个关键点。如果我们承认科胡特等人的当代自体心理学观点，承认恰当的自恋是人保持抱负心、才能、理想及过一种创造性的完整生活的终生需要，那也就意味着美的主题不仅在人的精神发展中具有很重要的作用，而且是一个具有终生意义的主题。

从这种聚焦于美的"嫉羡—嫉妒"切入，我们可以分析经典童话中崇女抑母的结构了。这一结构几乎不允许一个人物既是母亲又是美

---

[①] 克莱因学派包括 Meltzer，使用的自恋概念是经典精神分析的"原发自恋"，即利比多转向客体爱之前指向自身的阶段；而后文引述的科胡特的观点，使用的自恋概念是自体心理学的"继发自恋"，指向对自体—客体的需求。本书依据当代精神分析的一些观点将两种自恋综合起来，即假设自恋的发展有一个从原发到继发的过程。

的典范，让人推测它可能建立在一种嫉羡—嫉妒的心理基础上：孩子把对母亲的嫉羡—嫉妒投射出去，所以，母亲的美必须被遮蔽、否认、剥夺，她在美的主题上必须让位于女儿；这种投射模式植根在成年人的心理结构中，并与象征秩序结合，形成了"少女比母亲美丽"的审美定势以及对母亲角色整体性的审美忽略。太多无形貌的母亲在文本叙事中被隐去，所幸我们还有一些未被隐去的"恶母"形象可供选择：最为经典的是《白雪公主》《灰姑娘》和《野天鹅》三个文本。这三个文本的共性是都遗留着前俄狄浦斯世界的气息：显得遥远而苍白的不是母亲形象，而是父亲形象；母女间的二人关系被凸显，其形式是激烈的嫉羡—嫉妒争夺；而最终都有替代父亲成为"第二客体"的男性介入，于是女儿"从母亲逃到其他被爱慕和理想化的人"身边来防御或结束母女间的嫉羡—嫉妒纠缠。我们大可忽略她们在文本中的继母身份而直接视她们为母亲，不仅因为有研究认为她们在原初的文本形态中本来就是生母，更因为继母身份很像造梦机制中的防御加工。

这三个文本当中最典型的又是《白雪公主》，聚焦于美的嫉羡作为主题贯穿始终。当然，故事情节是王后/母亲对白雪公主/女儿的嫉羡。但是，从文本间的视角考虑，鉴于童话乃至前现代文本中崇女抑母的结构及其背后的嫉羡投射，我们是不是可以提出一个疑问：究竟是谁不能容忍谁的美丽？故事中母亲嫉羡女儿的心理意义，其实可能是女儿嫉羡母亲：站在崇女抑母的社会—心理象征秩序这一边，白雪公主无法接受自己有一个特立独行的美人母亲，她没有因女儿的成长而甘愿退下"最美的女人"的宝座。于是，围绕着无法容忍的"乳房嫉羡"的投射认同游戏，一组所谓"双人共构的精神违常"（Meltzer 使用的是法文 folie a deux）展开了，我们可以从王后与镜子的关系中观察出来。镜子具有镜映的心理意义，镜子的言说是王后从客体/白雪公主眼中看自己，也形成了她的自体表象。这里隐藏着一个有趣的无意识信息：王后在镜子中看到白雪公主的形象，恼羞成怒的少女向她宣布"不是我，是你不够美丽，是你嫉羡我"，她用投射认同来反转嫉羡与被嫉羡的关系。王后尽管如此高傲，却认同了白雪公主投射过来的角色，从此在镜中只能看到一个丑恶而且恼羞成怒的自体表象。而在白雪公主，"乳房嫉羡"引发破坏冲动，破坏冲动又惧怕被发现、被惩罚而诱导出迫害焦虑，此三者的相互强化也被投射给王后，嫉羡对象转化为迫害者。王后再次在这个"双人共构的精神违常"中接受了她被附加的迫害者角色，她开始试图谋杀白雪公主。但是，她一直没有成功，她无意识地也不想成功：她把女儿托付给好心的猎人，她送给女儿的物品看似有毒，其实无害。因为她的无意识智慧已经向她揭示了这场投射认同游戏的真相，她内心深处知道这可怕的嫉羡来自于谁，也知道如果要修复这种嫉羡，她该做什么。于是，她在无意识的驱使下做了相反的事情：让白雪公主"获得乳房"，成为一个美丽的女人。她把白雪公主推向男性第二客体，小矮人年龄与身高的不协调似乎暗示了他们是父亲与小兄弟的合体；她给白雪公主缎带、梳子和苹果——一个比一个更具有女性诱惑的意味——让她一步步走向她的王子。在婚礼上，嫉羡消失了，王后也不必再被投射为迫害性的客体，游戏终局。

但是，我们不能不承认，王后遭受的自恋损伤是真实的。在一个崇女抑母的文本结构、审美—文化结构中，她没有得到意识化这些无意识信息的机会，一如在漫长的历史中无数读者也没有那样。作为母亲，作为成熟女性，她一直没能在意识层面赎回自己"最美的女人"的身份。少女的投射认同游戏其实本不足以让她遭受到严重的自恋损伤，但这一游戏与象征秩序的合谋却有这种力量：王后的自恋损伤让她只敢装扮成老太婆——一个似乎暗示着"你长大了，所以我老了"的歪曲的自体表象——出现在白雪公主面前，也让她最终走向疯狂。

如果我们继续在嫉羡投射的假设下分析，我们就会发现，《野天鹅》所叙写的王后与艾丽莎的冲突虽然与《白雪公主》相似,但其中的迫害焦虑更强烈、更残酷:艾丽莎的角色有抑郁—受虐意味,她受的折磨是真切的、疼痛的、血淋淋的,甚至一度被绑上火刑架——一个赎罪的意象,却不为自己申辩;认同了迫害者角色的王后也没有像《白雪公主》中的王后那样将少女推向男性第二客体来修复嫉羡,相反却在艾丽莎成婚后继续破坏这一过程,这暗示着嫉妒议题已经产生。《灰姑娘》的故事在心理发展谱系上比《白雪公主》《野天鹅》进了一步,虽然美仍是聚焦点,但这里的母女关系同时涉及嫉羡与嫉妒。《灰姑娘》中来自女儿的嫉羡也更接近于叙事的表层,因为这个女孩明白地告诉我们:"继母的两个女儿"拥有一切,而我一无所有。"继母的两个女儿"的心理意义,从数目上、从她们由母亲"自带"而来的情节设置上,似乎让人联想到母亲的两个乳房:"(孩子认为)它将与好乳房联系的乳汁、爱和照顾全都留给了自己。他怨恨、嫉羡那个乳房,觉得它是吝啬的,是不情愿给予的。"在嫉羡的张力下,灰姑娘用魔法——一个暗示心理幻想的意象——使自己在子夜来临前暂时成为舞会上最美的女郎,并引入了一个嫉妒层面的投射议题:在围绕男性的竞争中击败母亲/乳房,让母亲/乳房嫉妒自己。但是,"继母的两个女儿"的数目和设置也并不排斥"母亲内在的婴儿"的心理意义,这就更多了些嫉妒的意味,这种嫉妒与更原始的"乳房嫉羡"混淆在一起。总之,这两个文本从不同侧面呈现出一些比纯粹的对"乳房之美"的嫉羡更复杂的信息,但是,它们基本的无意识信息是一致的。

综上所述,"乳房嫉羡"及其向嫉妒层面的发展,关涉到了"美"这个主题,孩子会防御性地形成"孩子比成年人/母亲美丽"的信念。这种信念如果未能在后期的发展中获得修通,而固着于潜意识中,就可能会造成对母亲角色的审美贬抑。在相当长的历史中,这种审美贬抑被社会化,被写入了语言象征秩序中,在审美上形成了崇女抑母的文本结构和文化结构。结构化地相信"少女比母亲美",相信成熟甚至生育、做母亲对女性都意味着美的损减,实际上暗示了女性在美的领域里是不断贬值的,因此,这可以被理解成文化厌女症的表现形式之一。女性当然不甘心失落她们的美,但是,如果一个崇女抑母的语言象征秩序从她们幼年时就通过文本植入她们的无意识结构,并与她们的某种幼稚信念相契合;如果一个社会文化的人物在审美中充斥着青春少女的影像,而缺少母亲/成熟女性的审美范式——那么觉察自身的美,建构一个美好的、诗意的自体表象,对她们来说将是困难的,甚至她们只能满足于曾经的少女之美的最大限度的遗留,追求"你还像二十岁"。我们尚未能评估这对女性所造成的自恋损伤程度,因为这种损伤通常被视为自然而然且无关紧要的,所以它的强度和张力或已被压抑在无意识里;王后面对镜子的强烈痛苦,或许只是以疯狂的形式呼喊出的属于女性的古老痛苦。

最后要指出的是,我们还有一些问题未探讨。如前所述,不能将崇女抑母的人物审美结构简单地归因于"乳房嫉羡"的投射、内摄与认同,这并不是一个不可修通的情结,我们也不承认简单的生物决定论;它为何及怎样被写入语言象征秩序中,成为一种文本结构和社会—文化结构,是需要进一步探索的。一个历史现象是,越是在女性处于从属地位的社会文化形态里,对母亲/成熟女性的审美贬抑会越突出:不仅在 20 世纪前与 20 世纪后的文学对比中,而且在当下西方与中国的大众文学对比中都呈现着这个差异;在少见的例外——中世纪骑士文学中,已婚育的主妇会被奉为美丽的女神,而此时的城堡女主人正由于男性长期外出游猎、征战等原因,在城堡统治和管理中发挥着举足轻重的作用。所以,崇女抑母结构可能关涉到女性客体化的"被看"地位,关涉到女性对自身的美缺少话语权。美,无论在其身体层面还是精神内容层面,都是一种社会文化的、象征秩序的建构;女性美随着为人母和成熟而失落不是自然命运,而是审美建构的结果。同样，我们也可以有另一种审美建构，在这种建构里，女性美会因做母亲、因成熟而升华。这个建构过程需要女性自己的声音。

### （二）崇女抑母、崇妾抑妻：中国性别文化的悖反形态

由道家性别文化衍生出的"佳人文化"为女性提供了一条追求个性独立与精神自由的可靠的、具有一定普遍性的出路，提供了在成为夫族"财产"之外的另一种选择？从上两节的论述中看，似乎确实如此。但是，道家性别文化也是具有两面性的，它在衍生出一个性灵佳人谱系的同时，也建构了它的对立面——"俗妇"谱系。"俗妇"又可以分为两种：一种从儒家性别伦理的尺度来衡量其实可以算作"贤妇"，她们是"内置"于父系统治之中的，致力于协助或代替男性尊长维护礼教，主持家政、相夫教子，其代价是本真性灵的泯灭和个性自我的丧失；另一种连"贤妇"也算不上，她们是"泼妇""悍妇""妒妇""恶妇""贪妇"，或泼辣悍妒、心胸狭隘，或满眼利益、满心计较，或汲汲于名利但求夫荣子贵，或抱持偏见唯恐败坏家声……她们在文本中的角色，往往成为"性灵佳人"的阻碍者或迫害者，破坏"性灵佳人"与风流才子的结合。在"女清男浊"的道家性别文化观念的框架内，她们是"清中之浊"，比起持诗性超脱精神的男性，更远离与道相通的本真，受礼教传统、功名利禄、日常俗务的浸染也更深。俗妇谱系的形成，使道家性别文化生成了一个"男反为清，女反为浊"的悖反形态。

如果佳人与俗妇的划分只是将女性分成了两部分，即一部分女性本质上是佳人，另一部分女性本质上是俗妇，那也为女性提供了某种可靠的选择权。从各个具体文本的形态上看，佳人与俗妇的划分确实只是把女性按照清与浊的标尺两极分化了，但如果跨出单个文本去探究女性的文化处境，问题就更加复杂了：佳人与俗妇都具有较强的角色化与身份化的特征，即在文本设置的不同角色、不同身份的女性

中，有某种角色、某种身份的女性总倾向于成为"佳人"，而另一些角色、身份的女性又总倾向于成为与之对立的"俗妇"。在大多数文本中，如果出现了妻妾关系，则多是妾为佳人而妻为俗妇；如果出现了母女/婆媳关系，则多是女/媳为佳人而母/婆为俗妇。这与西方性别文化将审美/超越型女性（所谓"永恒女性"）做特质性的定位是有区别的。

当然，就单一文本而言，由于其中的妻妾、母女、婆媳身份是固定的，佳人、俗妇也似乎各自依据其人格与性情而固定在各自的位置上，这给人以特质性定位的错觉。但是，在文本之外，在现实的文化环境中，女性的身份、角色却是流动的：妾并不一定终生为妾，女、媳更是很少永远不上升到母、婆的位置。然而，佳人与俗妇既然具有角色化与身份化的倾向，一个女性随着年龄的增长、身份角色的变迁，也就会由倾向于成为佳人的群体迈入倾向于成为俗妇的群体。对一个具体的女人而言，从佳人变为俗妇并不是一个必然的命运，事实上也确实有很多性灵佳人在为人妻、为人母乃至做了婆婆之后仍是佳人，她们的美貌、性情和诗意的心灵品质、高超的人格境界并没有因身份的改变而打了折扣，但这是一种个体性的选择。女性从佳人变成俗妇，是中国道家文化以及由之衍生出的性别审美文化的群体性判断，是一种虽然秘而未宣，却渗透在文学创作中、社会意识里的文化基因。它会影响男性社会对女性的模式化认知和判断。

倾向之一：崇妾抑妻。

比起明媒正娶的妻子，妾婢、姬人、妓女等处于婚恋边缘或外围的女性更容易被塑造为性灵佳人。这与儒家性别文化的"妻尊妾卑"形成鲜明反差：正如在男女两性的差序关系组中一样，处于卑位的女性为"清"而处于尊位的男性为"浊"，在妻/妾的差序关系组中，也同样是卑者为清而尊者为浊。这种观念在士人中得到了较多的认可。

一方面，士人群体认为妻子更重要的是贤良淑德、善于持家，符合儒家的"贤妇"标准;妾、婢、姬、妓更重要的是灵心慧性、才气横溢,并且与自己情真意切。卫泳《悦容编·博古》说:"白首相看不下堂者,必不识一丁,博古者未必占便宜。然女校书最堪供役。"①认为妻子应该无才,才可安于家室;而文化修养较高的女子的最佳位置是"供役"即充当婢妾。李渔的《闲情偶记》更是直言不讳地提出要着力把姬妾(而不是妻子)培养成风流才女:

> 娶妻如买田庄,非五谷不植,非桑麻不树,稍涉游观之物,即拔而去之,以其为衣食所出,地力有限,不能旁及其他也。买姬妾如治园圃,结子之花亦种,不结子之花亦种;成阴之树亦栽,不成阴之树亦栽。以其原为娱情而设,所重在耳目,则口腹有时而轻,不能顾名兼顾实也。尤展成云:叶天寥以德才色为妇人三不朽。笠翁以德属妻,以才色属妾,更为平论,且可息入宫之妒矣。

从表面上看,这是不偏不倚的价值评定,但是在文本的语境中,言说者显然是更认同审美文化所衍生的"性灵佳人"之标准的。嫡妻被给予了德行上的肯定,但这对于偏爱并欣赏"性灵佳人"的士人来说,与其说是真正的赞许,不如说是委婉的贬抑:他们以一个在他们眼里次一等的价值尺度来"肯定"那些女性,实际上是把她们固定在次一等的评价上,让她们为了更好地服务于夫族的利益而放弃诗性追求,放弃真爱的权利,放弃个性的自由和精神的超越,甘愿成为为夫族"事宗庙""继后世""主中馈"的工具。这就为妻子成为俗妇提供了基础。实际上,由于超越性的诗性审美文化尺度被认为"不适用"于妻子,中国性别文化并不能在价值尺度上保证"贤妇"不同

---

① 吴龙辉:《花底拾遗——女性生活艺术经典》,中国社会科学出版社 1993 年版。

时成为"俗妇"的,也不能保证做不成贤妇的女性不堕为"恶妇"。

另一方面,士人群体也更热衷于传颂才子与姬妾、妓女、伶人等边缘女性的风流韵事。在这些佳话中,妻子往往是缺席的、隐没的,消失在叙事之外的:王献之与桃叶,白居易与小蛮、樊素,苏轼与朝云,姜夔与合肥姐妹,冒辟疆与董小宛,吴梅村与卞玉京,钱谦益与柳如是……当这些才子与性灵佳人们诗酒唱和、实现着诗性心灵的融合时,他们的妻子却在文本视野之外,这实际上包含着一种潜叙述:他们的妻子与他们难以实现精神的契合,在他们眼里,妻子只是很平常的"主中馈"的女人。如果妻子跳出来干涉才子佳人的爱情,那就不是贤良的凡妇,而是迫害才情女子的妒妇甚至是凌驾于夫权之上的恶妇了:如在王珉与谢姿芳的传说中,才婢谢姿芳因与王珉相恋而被主母"鞭之过苦",作《团扇郎歌》(当然这个传说中的"俗妇"不是王珉妻子而是其嫂,因此,此处不涉及嫉妒,而是涉及维护门风和礼教);又如在冯通与冯小青的传说中,冯小青为冯妻所妒,赶出家门,居于西湖别馆,一对恋人因一水之隔而不得相会,致使冯小青因思念而死,冯妻也成了士人千古唾骂的对象。对这样的妻子,儒、道性别文化教育的贬斥是一致的:一个从人伦的角度来谴责,一个从人文的角度来鄙弃。

倾向之二:崇女抑母。

在文学文本中,比"崇妾抑妻"更普遍、更多出现的一个倾向是"崇女抑母"。这里的母/女包含了婆/媳,因为儿媳或儿子的恋人与婆婆或准婆婆的关系通常牵连于儿子与其母亲的关系,因此母/女关系一样可以划入亲子关系的范畴来研究。在这样的关系中,女(年轻一代女性)更倾向于成为性灵佳人,而母(老一辈女性)更倾向于被塑造成俗妇。我们可以注意到,与男女、妻妾差序组的"崇男抑女""崇妾抑妻"一样,在母/女关系组中,道家性别文化的取向也是与儒家相反的:处于尊位的母反为浊,而处于卑位的女反为清。

这种角色化倾向表征在文学文本中，"性灵佳人"几乎都是未婚少女形象。当然，在规模较小的文本中，出于叙述恋爱情节的需要，作为女主人公的"性灵佳人"必须被设置成少女，如《西厢记》《牡丹亭》及众多才子佳人小说；如果女主人公已婚，则爱情中最易成为文学素材的"相识—钟情—追求"阶段便无法成立了，而描写婚外恋情又是传统伦理所无法接受的（除了观念较为开放的唐代，出现了《虬髯客传》中的红拂夜奔、《飞烟小传》中的步非烟与隔壁书生相恋等，但其前提也是这些女主人公都是妾）。因此，我们似乎可以假设，将"性灵佳人"普遍设置为少女是一种叙事学需要，是为了突出主人公，而不一定是出于某种性别文化判断。但是，有两种文本更能说明问题。一种是规模更小的散文化文本，它没有涉及恋爱，只书写关于才情女子的片段，表达诗意的欣赏，但这些欣赏仍以少女（或根本不可能婚嫁的仙女）居多。这种形象在《聊斋志异》中非常多见，《狐谐》中爽快机敏的狐女、《仙人岛》中灵心慧性的仙姑，都是年轻少女的形象。另一种是较具规模的文本，这些文本中人物较多，少女、少妇、中老年女性在叙事中都占据了重要位置，但"性灵佳人"仍然只留给少女角色。如《镜花缘》中虚构武则天开女科录用由百花仙女转世的百位才女，其中文有才情卓著的唐小山、妙解音律的井尧春、精通多邦语言的枝兰音，武有打虎女杰骆红蕖、神枪手魏紫樱、剑侠颜紫绡等，而她们大多是年轻未嫁的处子。《儿女英雄传》则不仅将自由不羁、爽朗天真、挣脱名教束缚而沉醉于"英雄至性"与"儿女情长"的十三妹设置成少女角色，而且让她在"整顿金笼关玉凤"的婚后失去从前的真性情，竟然对安骥吟出"对美人，美人可做夫人"，成为一个助夫兴家的贤妇——同时也是一个寄望夫荣妻贵的"俗妇"。这更直接地反映了士人认为未婚少女和已婚妇人应有不同的评价尺度，前者才应该追求成为"性灵佳人"的观念。最极端的是《红楼梦》：在作者的叙述中，少女们——无论贵族小姐还是年轻婢女——都是充满诗情画意的,她们有的富于玄心、洞见(如妙玉),有的满怀妙赏、深情(如黛玉),有的"是真名士自风流"颇具魏晋风骨(如湘云),有的"兴利除宿弊"颇具纵横家的气质(如探春),即使宝钗、袭人这样的谨遵礼教的淑女,也不失女孩子天生的可人气质。其余如晴雯、芳官、司棋、鸳鸯等一批敢爱敢恨的性情女子,也是各有可取之处,作为陪衬与大观园小姐们共同构成了"性灵佳人"的群像。然而,中年妇女们却无一例外都是"俗妇"。其中有的是贤良的俗妇,如薛姨妈、王夫人、邢夫人,她们有疼爱子女的一面,但是缺少才情、谈吐贫乏,精神世界也十分狭隘。如王夫人在对宝玉的教育上满脑子礼教规范、男女大防,对黛玉、晴雯、芳官等一直提防甚至不惜迫害;邢夫人愚昧鲁钝、怯懦曲从,丧失了个性意识,只知一味讨好丈夫。也有的是"恶妇",如阴险恶毒、心胸狭窄的赵姨娘,以及一大批或趋炎附势,或精于算计,或泼悍粗鲁,或媚上欺下的中年仆妇。不仅如此,作者还借贾宝玉之口直接表达了女性会随着年龄的增长、角色的转变而失去自然性灵、变得庸俗的观念:"女孩儿未出嫁,是颗无价之宝珠;出了嫁,不知怎么就变出许多的不好的毛病来,虽是颗珠子,却没有光彩宝色,是颗死珠了;再老了,更变的不是珠子,竟是鱼眼睛了。分明一个人,怎么变出三样来?"并且将女儿嫁为人妻视作性灵丧失的标志性转折,在迎春出嫁前变得"痴痴呆呆","又听得说陪四个丫头过去,更又跌足自叹道:'从今后这世上又少了五个清洁人了。'"

还有一些文本中,母辈成为少女诗意情感追求的阻碍者,在情节的推动中建构出"女=性灵佳人;母=俗妇"的对立模式——无论这个母辈女性是女方母亲(岳母/准岳母)还是男方母亲(婆婆/准婆婆),或其他代行母权的中老年女人。《李娃传》中贪财诡诈的老鸨,《西厢记》中道貌岸然的老夫人,《墙头马上》《倩女离魂》中按照礼教要求对女儿严加约束的李千金母、张倩女母,《红楼梦》中对黛玉十分提防排斥并迫害晴雯、芳官、金钏儿的王夫人等,是比较典型的例子。也有的母辈女性并非严格意义上的"俗妇",只是不能理解年轻女性的诗意心境。如《聊斋志异·婴宁》中王子服的母亲,也喜欢婴宁天真烂漫、无拘无束,只是出于世俗常情对她进行劝诫,却不料导致婴宁"虽故逗,亦终不笑"。在对照中,女辈/年轻少女与母辈/中老年妇女在性情、人格与心灵境界上的差距似乎成了不可逾越的鸿沟。

"性灵佳人"的角色化、身份化,固然有一定的现实基础,因为确实有一部分女性因为经历的增长(由少女到妻、母、婆婆)或家庭地位的变化(由婢到妾、由妾到妻),而逐渐减损从前的纯真性情,甚至连才气也被磨钝,思想也越来越倾向于整肃门风、夫荣子贵等务实的内容。但是,有两个问题仍是值得探讨的:

第一,就道家性别文化本身而言,为什么要将这一现象固化成一种模式化的角色/身份特质认定?文化史上有大量的事实是不符合这样的特质认定的,很多真正的"性灵佳人"的气质、性情和才气、智慧并未因身份的改变而打了折扣。魏晋的谢道韫("王夫人")、张彤云("顾家妇")、卫夫人、郗夫人、管道升等女名士,关于她们的佳话大多发生于她们成婚之后;李清照、朱淑真、沈宜修(叶氏母女中的母亲)等现实中的才女,通常是在经历了人生、婚姻中的种种幸与不幸,才迎来了文学上的成熟;如在《浮生六记》这样的纪实性作品中,也不乏芸娘这类妻子身份的性灵佳人。道家性别文化做出这样的认定,除了依据发生在一部分女性身上的事实外,还应该与某种文化心理定势与价值判断有关。但其动因应该不只是男性对于处女的偏好,否则,将性灵佳人的角色派给未婚少女固然可以理解,派给妓女、优伶又当作何解呢?这个动因需要从道家文化的特质中去寻找。

第二,也是更关键的,如果跨出道家性别文化的视界,从性别审美本身的角度来看,对少妇乃至成熟女性的贬抑并不是一个必然的文化现象。审美判断总是建立在特定的审美尺度基础上的,妻、母作为一个整体,平均而言比妾、少女更缺少诗性审美价值,这种认定在于使用了特定的审美文化尺度,即道家自然观所衍生出的以自然、纯真、任情为主导的"性灵佳人"尺度。从纵向上看,现代文化中已经开始出现认为成熟女性作为整体更加优雅、智慧、富于内涵这样的性别审美观念(这与道家性别文化所认为的女儿更有诗意正好相反)。即使从横向上看,引入西方性别审美文化作为参照,情形也不尽相同(这将在下一小节中详细讨论)。是什么样的尺度带来了这样的差异?这也同样需要探讨中国文化特别是与诗性—审美之维密切相关的道家文化,包括其理论形态与实践形态。

首先,为什么道家衍生出的审美文化更欣赏年轻的女性,而且最好是未婚少女?这与道家文化崇尚"自然"是分不开的。在《庄子》中萌芽至魏晋定型的人物品藻审美中,无论对于男女,受到欣赏和推重的都是素朴、天真、率性、至情的"婴儿"式人格,也就是社会化程度比较低的人格。这也是道家审美文化崇女抑男,认为女清男浊的原因,较少参与社会政治经济活动的女性,社会化程度也是普遍比男性低的。但是,并非所有女性在超越或脱离社会—家族事务和日常生活的程度上都是一致的,因此,社会化程度更低的少女当然成了审美文化的首选。

我们可以在与西方文化的参照中进一步了解这个问题。首先,尽管有的学者会将西方文化的"两希传统"与中国文化的"儒道相济"进行同构性的解读,其实二者的作用机制是完全不同的。其不同的根本还不止在于前者是相互斗争、此消彼长的"更替式"发展而后者是齐头并进、和谐共在的"互补式"发展——实际上,更替中也有互补,如希腊哲学发展到斯多亚派和新柏拉图主义时已经出现了信仰主义的萌芽,而天主教神学是建构在希腊哲学的概念和思辨方式基础上的；互补中也有更替，如汉代的"独尊儒术"、魏晋的"贱礼平而贵逍遥"，反映的都是儒家与道家相互替代成为主流——更在于功能构成的差异。西方文化无论希腊传统还是希伯来传统，都同时拥有各自的现世之维与超越之维：希腊传统更关注什么是个人的"好""善"与社会的"正义"，但也关注理式、逻各斯，而且前者通常来自后者，是对后者的"忆起"（柏拉图的理式论）或者"分有"（新柏拉图主义的实体论）；希伯来传统更专注于上帝、来世、天国，但是也注重现世的人生，人在现世以爱与宽恕培育对"神爱"的信心，是通往天国的阶梯。在很大程度上也正是因为它们有各自的现世观照和各自的超越之维，所以它们才能实现"更替"，不在一方占主导而在另一方趋于消沉的时候出现严重的"功能真空"——那是一个文明社会所不能允许的。儒道互补则是一个"蔽于人而不知天"，关注现世、人伦而缺少诗性的超越之维；另一个是"蔽于天而不知人"，追求自然超脱而排斥人文、反对人的社会化。因此无论儒家还是道家，都不可能在一个太长的历史时期取得绝对的压倒性地位，因为这样会造成文化结构上的"功能真空"。

由于诗性—审美文化所具有的超越性，只有具备超越之维的文化，才能衍生出它的诗性审美尺度，包括人物审美尺度。两希传统都是有各自的人物审美尺度的。对于希腊传统来说，是以完美的形象和高贵的仪态来展示宇宙的和谐，这样的人是阿波罗或阿弗洛狄忒在人间的翻版，是"美的理式"在现象世界的投射形式，因此也是值得欣赏乃至膜拜的崇高的形式。对于希伯来传统来说，则是洋溢在人身上的彼岸神性的光辉，人的形体与内在的神性形成了表与里、感性显现与理性内核的结构关系，她那超越尘世、光辉圣洁的美质仿佛是她"圣女"人格的外化和象征，类似于阿尔贝对莫艾乐的描述："她在灿烂光波的摇篮里，快活的目光环视四周事物……在她转变的容貌中，乌黑的大眼睛发亮，光芒投射无穷远……她已不再是人类的女儿，而是优越的生命，是与上帝直接沟通的先知处女。"① 但是，在儒道互补的文化结构中，最重要的诗性审美尺度却大部分来自道家的衍生。儒家也有它的"充实之谓美"，但是儒家人物品藻尺度赋予人的更多的是仁、义、礼等人伦范畴、现世范畴的善，而不是诗性精神层面的、超现世层面的美。女性人物品藻中也是如此。具有温良、勤勉、孝敬、贞洁等女性美德的，可以是贤妇但不一定是佳人；佳人最核心的特质还是清逸的相貌（"以形媚道"）、纯真的性情、过人的才气，儒家美德只是一种补充。如著名的佳人才女冯小青，她固然作为贞妇、节妇被传颂，但她仍是以她的才貌和性情而居于佳人之列的。

其次，与之相应，中西传统文化对于社会化（现世性）与超越性关系的认识也是截然不同的。对于两希传统来说，超越性不是人一来到世上就已完成的形态（如道家所主张的那样），而是一种有待现实化的潜能，社会化不但不与之相抵触，有时还是将这种潜能现实化的必由之路。因此，两希传统不可能排斥人的社会化过程。对于理性主义传统来说，人的社会化过程即是理性获得的过程，虽然柏拉图称之为忆起理式世界的内容，亚里士多德称之为人的理性的现实化，斯多亚派称之为参与逻各斯，但其共同点都是人必须经由社会化才能与终极实在相连接。对柏拉图来说，哲人（能忆起理式的人）的统治是城邦正义的一部分；对亚里士多德来说，"人们为了实现他们最好的潜力，必须经历三个递进的社会化阶段：必须先经家庭，后到村落，最后到城邦，人才成为一个全面发展的人"②。"从基本需要（家庭）到复杂需要（城邦）得到满足的过程，也是人性的不断实现过程。"③ 对斯多亚派来说，集体责

---

① 格雷斯、阿尔贝：《上帝的美女》，《交流》杂志美丑专辑1995年第60期。
② ［挪］希尔备克、伊耶：《西方哲学史——从古希腊到二十世纪》，童世俊、郁振华、刘进译，上海译文出版社2012年版，第105—106页。
③ ［挪］希尔备克、伊耶：《西方哲学史——从古希腊到二十世纪》，童世俊、郁振华、刘进译，上海译文出版社2012年版，第106页。

任已经不再局限于城邦,它"提倡一种世界主义的团结和人性。所有的人被认为都参与了一种宇宙—逻辑的和道德的整体,他们对此具有一种宗教的信仰。……斯多亚派在个人和宇宙间建立起和谐。"[1] 这已经近似于后来的基督教理念了。而对信仰主义传统来说,上帝是居于彼岸的不可知者,现世与天国的鸿沟只有借着基督的恩典才可交通,因此人要先在现世追随基督的榜样。在现世施爱、宽恕,这是"入世"的而不是"出世"的行为。近代的各种思潮不再具有如理式/逻各斯论和基督教那样明显的彼岸指向,但仍构形于理性、信仰两个模式——这两个模式直到20世纪的人本主义和科学主义思潮出现,才被打破。有的将对实体的探索转向对人类理性的尊崇,如古典哲学和启蒙主义;有的将对上帝的信仰、对神圣的崇拜转向对人性某一方面的准宗教式的推崇,如文艺复兴的人欲、浪漫主义的天才与激情、批判现实主义的人性与道德之"善"等。既然继承了两个传统模式,它也就继承了经由社会化(或现世性)走向超越性的基本思路。古典哲学似乎十分"形而上",然而,康德的"实践理性"与黑格尔的以"否定之否定"作为走向绝对精神的阶梯,实际上都展示了从现世性走向超越性的过程;文艺复兴、启蒙运动和浪漫主义都热衷于社会问题的探讨和变革,即使向自然寻求孤独的卢梭,提倡的也是"爱的教育"而不是绝圣弃智。总之,西方文化传统中很少有道家那样通过排斥或拒绝社会化、"不婴世务"来实现精神超越和诗性生存的。

然而,道家的理路是相反的,它认为超越性的精神自由本是人生而具有的,不需通过社会化寻回(如柏拉图的"忆起"和基督教的"回归上帝"所主张的那样),相反却要防备它因社会化而丧失。道家文化批判的对立面——"伪",从字面上看即是"人为":凡是人为的事物,

---

[1] [挪] 希尔备克、伊耶:《西方哲学史——从古希腊到二十世纪》,童世骏、郁振华、刘进译,上海译文出版社2012年版,第135页。

知识、人文也好，道德、人伦也好，功利、人欲也好，都是反自然的、与道背离的。当然，从理论形态上讲，道家自然观也不应因此得出人会随着社会化程度的加深而丧失自然本真的结论，因为道家向往的真正的逍遥游是"无待"的，体道之人唯有不受时空、环境乃至世俗角色、身份的限制，视一切境况为"一"，在一切境况下做到"心斋坐忘"，才是真正的"逍遥"。但是，从衍生形态上看，道家自然观确实导向了对现世义务的排斥：承担现世义务可能会使精神脱离道境。"无待"是最高的理想形态，在实践中很难达到，绝大多数人要回归本真、体验物我一体的诗性境界还是需要特定的条件支撑的。这就造成了道家诗性精神的下行：从"无待"到"有待"。从思想史的谱系上看，这个下行的过程——从先秦道家到魏晋玄学，再到两宋的道家儒化，最后是衍生的元代的市民主义、明清的性情论——是十分迅速也很顺利的，这与道家经典本身的局限有关。"复归于婴儿""无身""逍遥""坐忘"等道境是很难达到的，然而《道德经》对其途径并无直接阐释；《庄子》则通篇对其状态有十分精彩的描绘（如"天地与我并生而万物与我为一""大浸，稽天而不溺，大旱，金石流、土山焦而不势。是尘垢秕糠将犹陶铸尧、舜也"）却几乎暗示其过程非常简单，是自然而然的。在目的上崇尚"自然"固是道家的价值指归，而在途径上也任其自然，就使这一文化思想的实践在一定程度上丧失了反思之维，使其尺度和标准的下行也成了一件过于"自然"的事。这一下行实际上从《庄子》就开始了，一是他在提出"达生"的同时又倡导在乱世中自我保全的"贵生"，体道到底是需要现世肉体生命作为基础的；二是他鄙弃出仕，这在庄子认为惠施惧其争夺相位是"以腐鼠吓鹓雏"等寓言里多有表示，几乎成为全书每篇都要出现的主题之一，从而奠定了中国士人的"出世"传统。到了魏晋，逍遥的媒介就更多了。庄子认为，高士应该"无江海而闲，不导引而寿"，然而魏晋士人流连山水、视自然景物为道之显现并借以"观道"，烧丹炼汞，以求得道成仙享有永寿。先秦道家所否定的人文艺术("五色令人目盲,五音令人耳聋")也为魏晋士人所推崇,人文艺术成为"言可明象,象可尽意"中的言、象,虽然终究要得象而忘言、得意而忘象,但是也不能否认"意以象尽,象以言著",不可否认人文艺术是士人借以让心灵达于道境的媒介。而对仕途与世务的厌恶更是被魏晋士人发展到了极致。他们有的以拒不出仕来保持人格的高洁纯粹与个性的自由任诞,如嵇康;有的虽然身居高位却仍"不婴世务",在其位而不谋其政,沉醉于玄思、清谈,关注于自我保全,以致出现位居三公的王衍不关心国家安危只谋求营造三窟、被俘后仍推说自己"少不豫事"的荒诞事件。有学者这样概括这一代士人:"用老庄思想来点缀充满强烈私欲的生活,把利欲熏心和不婴世务结合起来,口谈玄虚而入世甚深,得到人生最好的享受而又享有名士的声誉。潇洒而又庸俗,出世而又入世。"① 这种说法不无道理,魏晋士人的"任性逍遥"确实建立在相当的现世基础上,包括物质基础(保全生命、经济无忧)和自由基础(无论是否出仕都不理俗务),这就带来了精神的诗性自由与现世的人伦义务之间的矛盾。从魏晋士人的表现来看,他们没有处理好这一矛盾,虽然魏晋玄学仍可以很"无待"地宣称"可以御一体,可以牧万民,可以处富贵,可以居贫贱"(《晋书·潘尼传引》),可他们的实际行为却不是身在仕途而仍能保持心境的清静,而是在职而不尽责,只享受职位带来的利益而放弃职位要求的义务,特别是牵涉个人安危时只求自全。西晋乱亡、东晋偏安、五胡乱华、神州陆沉,在这种形势下仕人群体却普遍寄情于山水、琴书、清谈、悟道而对时局漠不关心,可见,由道家衍生的这种诗性文化对现世义务的排斥可以达到何种程度。至宋代,道家儒化的"中隐"使这种排斥略为缓和,但并没有从根本上消除。近古社会的市民化使自然观念继续下行,至元代和晚明,自然已经不再被理解为纯粹清静的,而是充

---

① 罗宗强:《玄学与魏晋士人心态》,南开大学出版社2003年版,第222页。

满原欲的，不管是高雅的喜好还是低俗的欲望，只要是发自本性的，能够任其自然而不顾众口诽谤，也不失为一种显现"性灵"和本真的方式。这就更使很大一部分士人的性灵和本真与他们的人伦义务、现世责任发生了冲突。纵酒、豪奢等"愚不肖之近趣"的方式，只不过是最极端的表现形式。儒道互补一直不是两个功能完整的文化的相互借鉴和充分融汇，更不可能像西方"两希传统"那样把社会化包容在超越性之中；而是两个功能不完整的文化不得不寻求的整合与平衡，一个关注社会化，一个主张超越性，士人仍是越"出世"越少履行现世人伦义务，在人物品藻上就越具有诗性美。

### （三）内置："温柔母亲"与"强权母亲"

内置于父权制秩序中的母亲形象，可以分成两个类型来探讨：第一类并未运用其内置后的（作为母亲、婆婆或主母）的权力，第二类则充分运用了这种权力（姑且不论她是正面运用还是滥用）。第一类充分保有了由女性的生理特征所塑造的作为母亲的自然特质：充满慈爱和悲悯，尊重自然情感与平等人格，对生命、爱情和亲情尽心守护。一方面，她们这种特质已经不再具有青年女性或恋爱中的女子那种鲜活的生命力和自由的反叛性，因而不再被居于父权制秩序之中并感到压抑的男性选做缔结诗性—情感同盟的对象；另一方面，如前所述，父权制统治通过贬抑女性生育的价值及夺取后代的所有权，使母性沦为这个权力秩序的附属品。前者让她们在男性书写的文本中很难成为女主人公——如海伦（特洛伊传说）、爱玛（《包法利夫人》）、安娜（《安娜·卡列尼娜》）、查太莱夫人（《查太莱夫人的情人》）、伊娃（《德米安》）等寻找婚外恋情的女性当然是例外，但她们只是有过生育的女人，她们在文本中的主要活动不是作为母亲而是作为恋人的活动，她们的实际角色仍是恋人而非母亲。后者让她们在男性书写的文本中无法成为推动情节发展的主要角色。典型的母亲形象经常是苍白、脆弱的：她对儿女的爱、对自然情感的尊重、对世俗观念和功利倾向的超脱，使她往往支持女儿与其恋人结成爱情同盟，甚至成为这个同盟中的一分子；但是，比起爱情中的男女双方，她又往往更懦弱、更无力，几乎不敢与夫权对抗、向男性家长说不。如《欧也妮·葛朗台》中纯洁、虔诚的葛朗台夫人，她的精神境界虽然远远高于贪婪吝啬的丈夫，却无法对这个家庭发挥任何实质性的影响。《牡丹亭》中杜丽娘的母亲、《拜月亭》中的尚书夫人，也都是疼爱女儿的慈母，但是面对丈夫对女儿婚姻选择的横加干涉，她们只能噤声。《红楼梦》中的贾母往往偏爱具有自由、叛逆倾向的晚辈如王熙凤、宝玉、黛玉、湘云等，但她仍无法阻止他们逐一陷入悲剧命运：在迎春的婚姻问题上她拗不过贾政；黛玉不受王夫人的喜爱，宝黛结合也不被家族上下看好，她来不及成全。这一类母亲真实地证明了自然母性在父权制秩序中被压制的命运。

第二类是拥有权力的"强权母亲"，她们已经认同并内化了父权制的社会—文化原则。这类母亲主要出现于中国文学传统中。其中一部分对这些原则进行了正面的运用：她们实际上是儒生理想的女性翻版，是儒家道德的典范，代替父亲成了或仁德或严厉的家长。这一类母亲经常来自以现实人物为基础的史话和佳话，如作为古代"四大贤母"的孟母（孟子母亲）、岳母（岳飞母亲）、欧阳母（欧阳修母亲）、陶母（陶侃母亲），《三国演义》中徐庶的母亲等。另一部分在文学文本中的形象更为丰富，也更受人关注，她们对这些原则进行了滥用。她们发挥的最常见的作用是成为男女青年爱情同盟（有时是女儿与其恋人，更多情况下是儿子与儿媳）的破坏者。《孔雀东南飞》中乖戾蛮横的焦母，《李娃传》中贪财诡诈的老鸨，《西厢记》中道貌岸然的老夫人，《娇红记》中对子女看管严密的申纯、娇娘双方的母亲，以及文坛掌故传说中逐出唐琬的陆游母亲、嫌恶芸娘的沈三白母亲等，扮演的都是这个角色。《红楼梦》中的中年女性无论主仆上下，更多的是面目可厌的"俗妇"形象："女孩儿未出嫁，是颗无价之宝珠；出了嫁，不知怎么就变出许多的不好的毛病来，虽是颗珠子，却没有光彩宝色，是颗死珠了；再老了，更变的不是珠子，竟是鱼眼睛了。分明一个人，怎么变出三样来？"王夫人、邢夫人、薛姨妈虽都疼爱子女，但其精神世界却十分狭隘。王夫人满脑子男女有别、礼教大防，对黛玉的印象很差，对晴雯、芳官、金钏儿、司棋、入画等"不守规矩"的奴仆更是一直提防甚至不惜迫害，终把儿子宝玉喜爱的女子一一逼走。邢夫人愚昧鲁钝，只知讨好丈夫，眼看着女儿陷入婚姻悲剧，更不惜牺牲婢女鸳鸯。诸如探春之母赵姨娘，以及芳官、春燕等人的母亲（也包括发挥了"母亲"作用的晴雯、鸳鸯的嫂子），更是一群或趋炎附势、精于算计或泼悍粗鲁、媚上欺下的下层妇女。

"强权母亲"还有一个变种，就是"强权主母"：她们作为正妻，是对姬妾仆婢拥有权力的，而她们既可以发挥贤良大度的美德，成为"不妒"的典范，也可成为迫害"性灵佳人"的"妒妇"。前者如李之问妻，读名妓才女聂胜琼的《鹧鸪天》非常喜爱，主动出嫁妆为丈夫迎娶聂胜琼。后者如冯千秋的妻子，将冯小青赶出家门置于西湖别馆，让佳人相思至死。实际上，后一种"妒妇"在文学史上是相当常见的，因为如上一节所述，儒道互补的性别伦理让男人更倾向于将妻子定位为辛勤持家、孝养老人、传宗接代者，属于其家族；而将姬妾倡优定位为诗词唱和、琴书逍遥、情真意切者，属于其个人。所以，妻子对姬妾仆婢的迫害，也就经常与"俗妇"对佳人的迫害重合了。

那么，男性中心社会容许"强权母亲""强权主母"的存在，甚至在一定范围内容许她们突破"夫死从子"的教条，包容她们在纳妾问题上偶尔凌驾于夫权之上，这是为什么？第一，除非发生类似于女帝登基、垂帘听政的偶然状况，女性家长的"强权"很少能真正威胁到男性的统治。因为"男不言内，女不言外"的限制使女性被隔绝于政治、军事、文化和社会活动之外，而这些领域才是男性生命中的核心领域——她们在这些领域里往往是缺少发言的能力的。更多的情况是，她们只能在男性家长缺席的前提下,在诸如婚姻、家族关系、个人生活等家庭内部事务上为子女做主。而以这些领域为生命中核心领域的多是作为"卑中之卑"的女性,如女儿、儿媳、姬妾奴婢等。所以,被内置于父权制秩序中获得强权的女性,她们所获权力的更大意义不在于统治男性,而在于统治女性。这是一种十分微妙的性别政治,它是将被统治者中的一部分纳入统治者之中,实现被统治者内部的"自治",从而消解了对立面,实现了更为稳定的单向度统治。"单向度"这一概念本是出自马尔库塞对当代资本主义统治的论述,认为当代资本主义将一部分工人纳入有产者队伍,即是消解了统治的对立面,实现了一个政治上、文化上都"无对抗"的单向度世界——这种策略与中国传统上的性别政治是异曲同工的。这也是之所以男性中心社会能在一定程度上容忍迫害姬妾,甚至因姬妾问题凌辱丈夫的妒妇,能在一定范围内放纵欺压儿媳,甚至因儿媳问题威逼儿子的婆婆,至少这种容忍和放纵的程度要远远高于排挤正妻的姬妾和虐待婆婆的儿媳。将女性内置于父权制统治秩序里的性别政治,其核心规划即是让那些已经被充分地内置并且认同、内化了这一秩序的女性(妻、母、婆),去治理那些还没有被充分内置因而更容易"任情越礼"成为叛逆因素的女性(姬妾、女、媳)。这样,作为"卑中之尊"的正妻、母亲、婆婆当然成为男性的助力,挥起礼教之鞭来代他们管理那些"卑中之卑";然而作为"卑中之卑"的姬妾、少女、少妇的反抗意愿也同时被削弱了。因为虽然作为一种身份,姬妾、女儿、儿媳受着来自男人与来自女尊长的双重管制,但作为拥有某一身份的个体,她们却未必永远停留在这一身份中。她们都得到了这一秩序带给她们的"权力期许":姬人、婢女可能会升为妾,妾可能会被扶正,女儿总有一天会成为母亲,多年媳妇终会熬成婆……所以,她们也要以份自守、耐心等待,争取被父权制秩序"收编"。

第二,也是与本章的主题密切相关的,即女性作为孕育、哺养的性别所具有的尊重生命、珍惜自然情感、富于爱心、守护本真等自然特质,同理、共鸣等心灵能力,以及爱、平等、宽容等女性化价值观,与内置于父权制秩序中的母亲角色之间的关系。是否认同父权制秩序并使自己被这一秩序所同化,是母亲们所面临的选择。坚守作为母亲的自然特质以及与之相伴随的女性化价值观,可能导致她们在这一秩序中被更加边缘化。但如果要获得权力,她们就需要以父权制文化和价值观所认可的方式来行使权力:对年轻的女儿辈"行监坐守",防范她们做出越轨的行为;约束、管理姬妾和儿媳,限制她们与丈夫或儿子的亲密关系,使之不会达到可能僭越夫族利益的程度;以正统的伦理观念教化晚辈、仆婢,保持家风的整肃。她们发挥的作用不再像自然特质中的母亲,而更像父亲的延伸:父亲作为一个"男不言内"的男性,他的权力和原则借助一个女性而向家族内务领域延伸。因此,"强权母亲""强权主母"所行使的权力通常并不是女性自身的权力,而是父权的一部分。

### (四) 单向度的性别统治

儒家的"男尊女卑"并不是一个独立的尊卑差序组,它还要与君臣、主仆、父子(母子)、长幼等其他尊卑差序组产生交互。当女为君(实际上通常是后、妃)、为主时,她就居于尊位,臣、仆无论为男为女都处于卑位,此时忠的伦理作为交互之维发挥作用;当女为长、为母时,她也居于尊位,晚辈无论为男为女都处于卑位,此时孝的伦理作为交互之维发挥作用。这些内容在儒家经典中并不是作为性别文化而加以论述和规定的,但它们仍是儒家性别文化的重要内容,交互出现于其他人伦文化的范畴之中。

在将"男人是优越的/统治的性别,女人是低劣的/服从的性别"形而上学化的西方性别文化语境下,王后、母亲是不可能获得如中国的家国秩序中一样的权力和威严的。父权制统治一建立,男性便开始从女性手中争夺子女,他们以女性没有真正的生育能力,只是后代产生的载体和"质料因"的种子/田地做隐喻，否定了女性对子女的权利。雅典国王阿伽门农被王后克吕泰涅斯特拉杀死，儿子俄瑞斯忒斯杀母为父报仇，成了一个典型的案例。俄瑞斯忒斯被裁定为无罪，因为孩子应该属于父亲，"孩子呼之为母的那个女人，并非其亲人，她不过是新播的种子的看护者。亲人是配种的他。男女实同陌路，她代管一粒种子而已。"① 即使圣母（耶稣的凡人母亲）也不过是给予圣灵一个肉身的"田地"，她在耶稣面前并不拥有特殊的地位。"……他们就告诉他说：'看哪，你母亲和你兄弟在外边找你。'耶稣回答说：'谁是我的母亲？谁是我的弟兄？'就四面观看那周围坐着的人，说：'看哪，我的母亲，我的弟兄。凡遵行神旨意的人，就是我的兄弟姐妹和母亲。'"② 只有父神的旨意才是核心，母亲则与其他信众无甚区别，她也一样要称耶稣为"主"并谦卑地信靠他。这样的观念在儒家文化语境中则可能是"大逆不道"了。在儒家的家族伦理中，父母作为孝的对象一向是并提的，虽然总是父在先、母在后，且礼制上对男性长辈尽孝礼数的规定总是要比同级别的女性长辈高一些，但毕竟母/女性长辈也分享了父/男性长辈在家族中的地位。推而广之就是主母在家族中身为女德之范与皇后的"母仪天下"。中国女性借由差序秩序网在家、国中所获得的尊荣，是对她们牺牲、奉献的极大肯定和褒奖。

但是，我们并不能简单地得出结论，认为在儒家性别文化中，中国女性的地位一定高于传统的西方女性。这种交互之维带给中国性别文化的影响是复杂的。从微观角度讲，确实不可否认中国女性作为个体可以获得更高的地位、更多的尊重。但从宏观角度讲，这不但没有颠覆甚至没有削弱男尊女卑的秩序和男权的统治，相反，由于女性被内置并同化于男权统治中，参与了这种统治，反而使之加强了，实现了性别统治上

---

① 《古希腊悲剧》，北京辉煌前程图书发行有限公司，2004年。
② 《圣经·新约·马可福音》3：31。

的单向度格局。

首先，虽然作为女主人、女长辈的女性能够"反卑为尊"地统治作为臣仆或晚辈的男性，但是她们的权力并不是无限的，因为儒家性别伦理为她们设置了一个"女不言外"的权力边界。也就是说，除非大胆突破性别角色的伦理限定，她们就只能"主内"，即只在处于卑位的男性之婚恋问题、家事问题上拥有发言权。事实上，由于长期"主内"所带来的外务意识、外务能力的退化，很多女性即使有条件突破这个限制，也不想或不能突破。然而男性是"主外"的，除非也突破性别角色的模式化设定，否则那些"内事"不会成为他们生命的重心。也就是说，男性的核心事务与女性尊长的合理权力通常是不发生交集的。女性"反尊"后对"反卑"男性所拥有的统治权也因此常常成为本质上无效的统治。

《红楼梦》对传统大家族的反映是较为全面的，在书中，贾母是荣宁二府中辈分最高的"老祖宗"，晚辈、仆从对她无不言听计从，即使对在外权力最高、官职最显的贾政，她也可以把他训斥得狗血喷头、诚惶诚恐。但是，她教训贾政多是因袒护宝玉等家中小辈，却没有什么心思去过问贾政在官场上的外事；甚至对家族中晚辈的婚姻问题，如果涉及了政治联姻，她也无法充分做主。如她并不希望迎春嫁入孙家，却因这是贾政的主张而只能任由迎春出嫁，使她在只知斗鸡走马、奸淫婢妾的恶少孙绍祖手中受尽欺辱。王熙凤、探春都是精明强干的女性，她们主持家政所表现出的能力和魄力，赢得了仆人们的敬畏。但她们的权力也仅限于这个家族的内事，王熙凤对大局考虑不多，根本没有意识到贾府衰败的危机；探春虽然预见到了危机，但以她的身份和位置，也无法选择有效的途径来干预和扭转，只能从节省开支、利用大观园内部资源兴利等细节着手，杯水车薪难以起到实质性作用。总之，这个大家族内虽然有若干女性掌握了内权，却没有一个掌握了"外权"，没有一个能在权力领域真正实现与男性的对话。

女性在家外事务上话语权的缺失，使她们虽然可以内置到父权制统治中，却无法参与制定这个统治的规则，无法在社会建制上、法律法规上、伦理规范上和文化观念上发出女性自己的声音。她们只能是"代父行权"，虽身为女性，却以男性的伦理道德规范来实施他们的统治。如果她们自身具备完善的妇德，以"修齐治平"的圣贤之道来教育后代、以温良恭俭的道德风范来影响家人，她们就会获得尊重。类似孟子母亲、岳飞母亲、杨府佘太君这样的女性，在深明大义的同时安守相夫教子的女性职责，才是女性"反卑为尊"的理想范本。当然，也有一小部分女性确实突破了"女不言外"的权力边界，涉足到男性世界的权力角逐中，在外部事务上统治了"臣"或"子"。但是，由于这是极少见的个例，这些女性的统治只能是个体行为，并不能使儒家性别文化的大框架有所改观。吕雉掌权、窦太后摄政、武则天称帝、孝庄摄政等女性统治的时代，男尊女卑的价值秩序也没有从根本上被改写。

那么，成为"卑中之尊"的女性最普遍的统治对象是谁呢？是那些处于"卑中之卑"角色中的女性。既然女子主内，那么家内事务就是女性生命中的核心事务，因此女性对女性的统治和管理，并不像女性对男性那样只主导他的事务中通常并非最重要的一部分；这种统治和管理才是实实在在的。实际上，中国古典的历史传说和文学文本中最为普遍的"滥施母权"的案例，并不是女性对男性在官场仕途、商业活动、文化创造等"外事"上的干涉，而是对男性的婚恋问题——他们与女性的情感关系问题的干涉。在这个领域，且不说母亲可以阻止女儿与准女婿结合，可以决定儿媳的去留，即使对丈夫与姬妾的关系也可以横加干涉：虽然过多的干涉会背上"妒妇"的骂名，但如果丈夫对姬妾过度宠爱、用情太深以致使姬妾的地位升到了正妻之上，那么妻子还是可以打出礼教的旗号向姬妾发难的，这时丈夫往往也不得不服从、让步。因此，女性对男性的权力（母对子、岳母对女婿）基本上可以看成女性对与那些男性发生婚姻或情感联系的女性的权力（婆婆对儿媳、母对女),这才是女性权力最常见的形态。

从微观视角切入,一个中国传统女性作为个体,她拥有的权力通常是随着她角色的历时性推移而增加的:以遵守男尊女卑与男女有别的性别秩序、做夫族的贤妇为前提,她逐渐成为"卑中之尊",被内置于父权制统治秩序之中,这满足了她一定的心理需求。但是,中国的父权制秩序不同于西方的微妙之处也在于此:它以这种满足来促成女性内部的自我治理,让女性对女性执行男性的权力意志,让女性对女性实施男性的统治原则,反而消解了男权统治的"对立面",使父权制秩序得到了强化。我们可以从女性角色的历时性变迁中探析女性内部的权力关系运作,以及这样的运作对父权制秩序的意义。

1. 妻与妾:以人伦义务制约情爱关系

女性进入夫族后,首先出现的是由"父母之命,媒妁之言"聘娶的妻与通常是由丈夫自主选择的妾(有时还包括家姬、婢女)的关系。前文已述,娶妻更多的是家族性的行为,夫妻之间未必有情爱基础,而相敬如宾的夫妻伦理约束又在很大程度上限制了夫妻情爱在长期相处中的发展;纳妾则更多的是男人的个体行为,男人与姬妾间通常有情爱基础。所以,家族本位的社会为了保证个人服从于、归属于家族,保证男女关系不至于削弱亲子关系,保证外来的女子不致僭取夫族的利益,就必须保证这些与男人有情爱基础的姬妾处于边缘位置。因此,嫡庶有别成了儒家人伦秩序中的常态。

一方面,是建构一个理想的妻妾、嫡庶关系秩序。妻居于尊位,她的美德是"不妒";妾处于卑位,她从进入这个家族起就应该明白,正室无论表面上是否接纳她,她本质上都是一个"入侵者",她应该诚惶诚恐地尊重、顺服于正室,以求淡化她本能的排斥。理想的妻妾关系佳话是如李之问与妻子、与名妓聂胜琼这样的关系:妻在得知李之问、聂胜琼的情感纠缠并得到聂胜琼所作的《鹧鸪天》后,"喜其词理句清健,遂出妆奁资费,后往京师取归",而聂胜琼嫁入李家后,"既弃冠栉，捐其妆饰，奉承他公之室以主母礼，大和悦焉"。而妾所出的子一方面要尊妻为母亲，另一方面却与妻所出的子女在继承权上不能平等。在国家宗族权力层面，占据主流地位的是"嫡长子继承制"；在家族财产层面，对嫡出的子女也有一定偏重；甚至庶出的女子在婚姻上也可能遭遇歧视。嫡庶之别得到礼法的保障，男人不可因一己的情爱偏向而"纵妾虐妻""废嫡立庶"，否则不仅礼法不容，连他的妻子都可以起而反抗。

另一方面，如果不争不妒的理想妻妾秩序被打破了，那么妻与妾受到的责难和惩罚是不对等的。妻对妾的排挤和欺压是"以尊治卑"，为"顺"，只要不严重到泯灭人性、凌驾夫权之上甚至影响了夫族的传宗接代，就不会受到过于严厉的指责。大量古典文本对此体现出的倾向都是教育和感化，如南朝虞通之的《妒记》虽开宗明义地点出是受帝命而作警示悍妇的，实际上在行文中却对妒妇们颇多宽容，以诙谐的喜剧笔法来写妒妇，有时甚至对妒妇的性情和机趣颇多欣赏（如南郡主对李氏女说"我见犹怜，何况老奴"，谢太傅刘夫人说"若使周姥撰诗，当无此语"）；李渔世情小说里的"妒总管"费隐公向男人们广授"弭酸止醋之方"，率领众"信徒"向邻家妒妇淳于氏"兴师问罪"，其铺设计谋使妒妇悔改的过程也颇具戏谑色彩。而此时妾应当采取的态度却是谦卑隐忍、甘受凌虐，如《聊斋志异》中的邵氏女，虽受大妇的百般虐待却未生憎恨之心，反而在大妇遭受天谴病倒后，运用自己的医术给大妇治病，终于让大妇心生感激，换来妻妾和睦的结局。但是反过来，如果妾妒性大发则是以卑凌尊，为"逆"，会受到十分严厉的遣责。这在古代文本中同样有反映。《醒世姻缘传》里晁源的妾珍哥排挤嫡妻计氏，逼得计氏自缢，来世遭到了极重的果报，被计氏转世的童寄姐逼死。《金瓶梅》中大兴醋海的潘金莲、李瓶儿、庞春梅等诸妾大多结局凄惨。《聊斋志异》中的《恒娘》讲述洪大业宠爱妾宝带，妻子朱氏嫉妒，其结果也只是洪大业"虽不敢公然宿妾所"却更加爱妾，致夫妻反目；而后来朱氏在狐女恒娘的指导下施展媚术夺回夫心后，宝带的怨恨却给自己带来更严重的后果，洪大业对她"渐施鞭楚"。

总之，妻妾虽然各自负有一定的伦理义务，但这种义务是不对等的。妻对妾拥有的权力在很大程度上是被认可的，甚至妻对妾的威压也是在一定范围内被默许的。因为这虽然有时会限制男人情爱上的"自由"，但是从整体上说却有利于人伦秩序的稳定：对于女性而言，这能使备受压抑的妻子得到一点最基本的尊重和重视；对于男性秩序而言，这能利用女性之间的权力制衡，有效地把情爱关系置于人伦义务关系的统辖之下，使个体意愿服从于家族利益。

2. 母与女：父权制伦理的同性间传达

女性成为母亲后，她又拥有了一种新的权力。其中对儿子的权力，在很多情况下由于"女主内"的限制而并非全面的，这将留待后面关于"婆与媳"的内容中进行分析；对于女儿的权力在一个阶段即女儿未出嫁的阶段里却是全面的。儒家文化圈中母亲对女儿拥有权力，比起西方文化单独强调"父权"，实际上更有利于父权对年轻一代女性的约束。因为当女性被内置于父权制统治秩序中并已接受这一规则后，她们向年轻一代女性传达的，也多是男性中心主义的妇德规训。这既可能是因为她们对此已真心认同，也可能是因为她们为了女儿辈婚姻稳定、名节不损而不得不向她们传授此道。贤女班昭作《女诫》来教导女儿们如何与夫家上下相处，告诫女儿们"卑弱第一"，并明确提出妇德、妇言、妇容、妇功四德。母仪天下的后妃们则尽力以妇道训导天下女性，如唐代李世民的皇后长孙氏撰写长达36卷的《女训》，唐女学士宋若莘撰写《女论语》。而且与父亲相比，母亲对女儿的教导具有空间上的优势：她主内的角色使她能够更深入女儿的生活领域，对女儿进行更细致、更全面的"行监坐守"。

西方文学文本和历史传说中反映未婚女性受到父亲或其他男性长辈压制的较多。在古希腊神话及传说中，有阿伽门农为了联军出征而将女儿伊菲革涅亚推上祭坛，宙斯默许冥王哈得斯抢劫其女儿珀耳塞福涅。在中世纪哲学家阿尔伯特与其学生爱洛伊丝的爱情传奇中，竭力反对并阴谋残害阿尔伯特的是爱洛伊丝的兄长。到近现代，又有朱莉的父亲出于门第偏见而拆散女儿与平民知识分子圣普乐（《新爱洛伊丝》），有海蒂的父亲破坏女儿与唐璜的恋情并致使她抑郁而死（《唐璜》），有欧也妮的父亲使家庭陷入窒息般的氛围（《欧也妮·葛朗台》）……在这些文本中，母亲或者是缺席的，或者成为女儿的同盟和护佑者：如得墨忒耳以大地枯萎来胁迫冥王，使其同意每年让珀耳塞福涅有半年时间返回阳间；克吕泰涅斯特拉杀死阿伽门农为女儿报仇；虔诚温顺的葛朗台夫人与欧也妮相依相伴、彼此支撑。母亲干涉女儿的自由与自主选择的例子极少见。而在中国古典文本中，虽然父亲仍是女儿最主要的管理者和监视者，但严厉的母亲形象也十分常见。《西厢记》中的老夫人以"非礼勿视，非礼勿听"来教育莺莺，更以"不招布衣女婿"为由逼张生考取功名，否则便不会将女儿嫁给他。类似的准岳母对准女婿提出功名上的要求、才子必得中举后才与意中人喜结良缘，几乎成了一个模式化的情节套路，在才子佳人小说、戏剧中被来回重复。

不过，由于母亲与女儿间深厚的情感联系，母对女进行严格的礼教约束者多，滥施母权压迫女儿者却极少见。母亲对女儿的管理并非女性间统治的主要维度。母权滥用，大多数是越过儿子加于儿媳头上的。

3. 婆与媳：纵向亲子关系主导地位的维系

儿子长大、恋爱或成婚后，就出现了婆婆与儿媳的关系。这是古代家族中最难把握的女性间关系之一，其难度仅次于妻妾关系。我们的研究可取其广义，既包括已婚儿媳与婆婆的关系，也涵盖未婚的恋人与男方母亲的关系。

成为婆婆，是家族给予女性的又一项新权力，女性在父权制统治秩序中的内置也达到了顶峰。与前面论述的妻、妾关系一样，婆、媳的伦理义务也是不对等的；而且，妻妾关系之间毕竟还有着一个"夫权"，妻可能出于"夫为妻纲"的伦理约束,怕背上"妒妇"的骂名而有所忌惮,而儿子却由于孝道的制约,对母亲向媳妇"滥施母/婆权"的约束力有限。理想的婆媳关系是儿媳的绝对服从和自我牺牲:男性的孝是指向自己的父母,女性的孝是指向丈夫的父母,因此女性的孝更带有义务约束的意味,当事人也更加小心翼翼。《礼记·内则》对服侍公婆有更加详细的规定:"妇事舅姑,如事父母",要"下声怡气,问衣燠寒,疾痛苛痒而敬抑搔之;出入则或先或后而敬抑扶持之。进漱,少者奉盘,长者奉水,请沃漱;漱卒,授巾。问所欲而敬进之,柔色以温之。"且仪态举止要如同臣下侍奉君王、奴仆侍奉主人一样恭敬:"在父母舅姑之所,有命之,应唯敬对。进退周旋甚齐,升降出入揖游,不敢哕噫、嚏咳、欠伸、跛倚、睇视,不敢唾咦。"婆婆能够善待儿媳固然好,即使不能,儿媳仍应曲从尽孝。《孔雀东南飞》中的刘兰芝受婆婆驱使"鸡鸣入机织,昼夜不得息""三日断五匹,大人故嫌迟",疲役不堪,却仍对婆婆以礼侍奉;《琵琶记》中的赵五娘受公婆误解而不申辩,仍是自食糟糠为公婆省下救命粮;《聊斋志异·珊瑚》中的珊瑚受凶悍婆婆的虐待却仍极尽孝敬,遭休弃后婆家另娶一泼悍媳妇,婆婆受到百般欺辱后才恍悟珊瑚的好处,而珊瑚不计前嫌又回到家中继续尽孝……这样的儿媳被当作妇德的典范来赞赏。

婆婆对儿媳拥有权力,实际上也是有利于强化父权制秩序的。如前所述,中国家族本位的父权制秩序是以纵向的亲子关系为核心的,横向的婚姻关系虽然也必须存在,但毕竟媳妇来自其他家族,可能带来不稳定因素。因此,必须保证亲子关系重于夫妻关系,以礼教淡化夫妻情爱。婆婆与儿媳虽然都是外来者,但相对儿媳而言,婆婆已经充分内置于这个家族的秩序当中,她获得了地位上的满足,因此也更倾向于维护既有的权力关系格局。她已成为家族中较稳定的因素。因此,由婆婆来制约进入家族时间相对较短、资历相对较浅、对既定秩序和人际格局更有可能缺少适应力的儿媳,就成为父权统治的一个颇为有效的性别政治策略。

儒家性别文化之下老年妇女的心态，也使婆婆特别适于承担这项性别政治任务。父系家族限制和约束的，主要是年轻夫妻间可能出现的过度亲密的情感。由于中国传统婚姻的缔结，重人伦义务而轻情爱满足，也确实导致大量夫妻情爱关系的淡泊。在这种情况下，亲子关系的被强化，就自然而然地使女性将情感投注在了儿女（特别是儿子）身上。精神分析学所论述的子女对同性双亲的嫉妒——男性的恋母/弑父情结和女性的恋父/弑母情结——其实更适用于以婚姻关系为家庭核心关系的西方人，在儒家性别文化统摄下的中国人身上反映得则不是很强烈。因为在中国旧式家族里，无论对于男性还是女性，配偶在情感上的重要性经常不及子女；即使确实很重要，也可能碍于礼教的约束而羞于表达和表现，不会给子女带来太强烈的无意识刺激。中国古典文本中并无类似俄狄浦斯传说或厄勒克忒拉传说这样的母题。普遍存在的是另一种情结，我们可以称之为"恋子情结"，它伴随的是对儿媳有意识或无意识地排挤和嫉妒。因此，我们看到大量古典文本都重复着同一个母题：母亲破坏儿子与儿媳的幸福，似乎年轻夫妇或恋人情爱愈亲密、关系愈富于诗性浪漫色彩，就愈容易遭遇阻碍、被离间甚至被拆散。

在中国古典文本中，通常婆婆对儿媳的嫉妒既非完全无意识的，连自己都羞于承认、害怕面对；也非完全有意识的，以麦克白夫人一样的清醒来直视自己的恶，承认自己就是在作恶，而且要作恶到底。她们是半意识半自欺的：她们知道并承认自己不喜欢儿媳，又以礼教将这种排挤合理化。这又可分为两种情况。一种情况是，儿媳本是符合儒家妇德规范的贤妇，婆婆却仍吹毛求疵，所提供的理由怪异得不近人情。焦母与刘兰芝、蔡母与赵五娘属于这种情况。刘兰芝"十三能织素，十四学裁衣，十五弹箜篌，十六诵诗书"，德言容工俱全，勤勉、贞洁、孝敬，焦母仍主观地评价其为"此妇无礼节，举动自专由"；赵五娘在饥荒中为省下粮食给公婆而宁肯自食糟糠，蔡母却怀疑她独吞食物。虽然以尊治卑为"顺",但是这样的恶母还是受到了一定程度的谴责。另一种情况是,儿媳或儿子的恋人不完全符合儒家贤妇的标准,而是属于道家文化衍生的"性灵佳人"一类,有才情、重性情、追求爱情,传统性别文化对她们的伦理定位本应是中性的,她们不是规矩的贤妇但也不是恶妇。但是,她们更容易成为夫族打压的对象:对于人伦本位的礼教,她们越礼任情、重视个体生命体验的人生态度具有一定的叛逆色彩;对于婆婆,她们过于热烈浪漫的爱情又容易触动婆婆潜意识里的"恋子情结"反弹。因此,对此类女性的打压,往往成了礼教规范与心理驱力"共谋"的任务。《红楼梦》中王夫人与大观园里诸女子的关系属于这种情况。王夫人不仅对黛玉没有好感,为宝玉选择了宝钗这个门当户对、温柔敦厚、符合儒家淑女标准的妻子,而且将可能与宝玉有情感纠缠的性情型女子几乎扫除殆尽:金钏儿受责投井、晴雯抱屈夭亡、芳官出家……《浮生六记》中才子沈三白之妻芸娘与公婆的关系也是如此,这个灵心慧性、富于逸趣的女子不过由于纯真、适性而犯了一些无心之过,就为公婆所忌,致使沈三白长期带着妻子别居另处、颠沛流离。王夫人、沈母这样的女性并非严格意义上的"恶母",客观上却造成了年轻一代女性的悲剧,这才是更能体现性别政治之悲剧性的。

综上所述,儒家性别文化通过主仆、妻妾、母子、母女、婆媳等交互之维将女性内置于父权制统治秩序中,其核心规划是让那些被父权制秩序内置和同化程度更高,因此对这一秩序相对更安全的女性(妻、母、婆)去治理那些被这一秩序内置和同化程度较低、更容易"任情越礼"成为叛逆因素的女性(姬妾、女、媳)。这样,已被同化的"卑中之尊"当然成为男性的助力,挥起礼教之鞭来代他们管理那些"卑中之卑";然而"卑中之卑"对父权制秩序的抗拒性也遭到削弱,因为虽然作为整体,姬妾、女儿、儿媳等在这一社会文化秩序崩解之前将永远处于"卑中之卑"的位置,受到男性与已然内置的女性尊长的双重管制,但作为身在其中的每一个个体,她们都得到了这一秩序带给她们的"权力期许":姬、婢可能会升为妾,妾可能会扶正,女儿总有一天会成为母亲,多年媳妇终会熬成婆……她们要以分自守,耐心遵从人伦规范,以便获取成为"卑中之尊"的资格。这样,女性也就被男权秩序完全地同化了,借用马尔库塞的概念,我们可以说,中国的男权统治成功地消解了它的对立面,实现了单向度的、不遭阻力不遇反抗的性别统治。

西方的父权制统治将女性定位为"他者"和对立面,极力从本质层面贬低女性(低劣、堕落等),使她们要融入中心秩序显得极为困难。这就造成了两性间的长期对抗,男性一方面以"优越的性别"自居,另一方面积淀了对女性的恐惧,这种恐惧甚至是神秘的或集体无意识性质的。古典时代有阴暗可怖的命运三女神、复仇三女神,她们代表着地下的、黑暗中的神秘破坏力;有打开灾祸之盒的潘多拉,她把一切苦难带到人间;有歌声动人的海妖赛壬,她们能引诱路过的水手跳进大海;有骁勇善战的亚马逊女战士,她们只将男性当作繁衍后代的工具来囚禁,并且只将女婴留下抚养。中世纪的女巫传说一直不断,女性被认为拥有邪恶的超自然力,以至中世纪后期出现了大规模的猎巫运动,其中女性受害者远多于男性。直到近现代,文学文本中令人畏怖的恶之花形象还是相当丰富的,如麦克白夫人(莎士比亚《麦克白》)、卡门(梅里美《卡门》)、莎乐美(王尔德《莎乐美》)等。男人在她们面前或经不住诱惑而自投罗网,或因她们的力量而胆战心惊,她们被当作可怕的对手。中国文化没有这种对女性的集体恐惧,即使为害家国的红颜祸水,如妹喜、妲己、冯小怜等,她们也并非以独立的女性力量来"作恶",而是假手一个宠爱她们的男人。她们的形象与其说是可怕,不如说是可憎。至于武则天、孝庄这类掌权或摄政的女性,她们也不是作为男性社会的对立力量而是同化力量出现的。中国男权统治无须怀着对女性的恐惧,因为她们作为对立面已经被充分地消解和同化了,为了兑取男权社会给她们的"权力期许"而心甘情愿地遵从这一秩序。这就形成了比起西方将女性整体边缘化的强势性别压制更有弹性、更安全的性别文化格局,以及两千年来高稳态的性别统治。

## 四 走上社会的女人:去性别的反抗者

20世纪之前的文学特别是男性文学中,文学塑造的走向社会的女性角色是很少见的。因此,本节的研究除了涉及相当少的一部分女性人物形象外,更多地还要涵盖两部分的内容:一是以现实中存在的女性历史人物为基础的文学作品、传记、传说、佳话等;二是女性文学家,她们不但经常出现在传说与佳话中,而且成为男性文学批评和研究的对象。将这几类女性整合在一起进行总结,我们确实会发现许多既具女性的自然特质,又确实在男性世界中取得成就的杰出女性。如古希腊—罗马传说中的迦太基女王狄多和埃及女王克里奥佩特拉,她们来自欧洲文明世界边缘的东方,也就被构入了"自然—野蛮民族—女性"这个与"文明—希腊罗马世界—男性"相对立的等级结构中,有着魅化的自然赋予女性(特别是文明世界之外的女性)的性感和妖冶,令人迷醉;但她们同时也是杰出的政治家。中世纪的女杰、狮心王理查的母亲埃莉诺尔不但拥有倾国倾城的美貌,也善于运用她的女性魅力来征服各国的王室和贵族,成为丈夫亨利和儿子们的臂膀。《木兰诗》中代父从军的花木兰投身沙场、屡立战功,但她也有着少女的多愁善感和对家乡对亲人的眷恋,战事一结束就只想回到父母身边;她回到家里的第一件事就是"当窗理云鬓,对镜贴花黄",重拾女子的爱美之心。《镜花缘》中虚构武则天开设"女科",引出以"百花仙子"唐小山为魁首的一百名或才高八斗、或学富五车、或技艺出众、或武功超群的女子,她们像男子一样文能治国武能安邦;但作为百花之神转世的她们,又都不失女子的美丽温良、浪漫多情。作为一个群体,她们是"学而优则仕"的儒生理想、"德言容工"的儒家淑女典范与"才气性灵"的道家佳人风范的完美融合。《红楼梦》中的王熙凤、《儿女英雄传》中的何玉凤，都属于泼辣、犀利、敢作敢为，颇具男儿心性的女子。但不同于男性"泼皮"，她们的"泼"表现更多的是女性化的机俏伶俐。历史上的女性文学家更是以女性特有的风格得到了以男性为中心的文学界的认可。希腊诗人萨福以女性丰沛的情感和对韵律、节奏等形式美感的细腻感知，创造了在古典世界后期广为流行的"萨福体"。卓文君、谢道韫、张彤云等女名士创造了名士风流的女性翻版。女词人李清照因女性更微妙、更自然、更具流动性的情感特质而表现出对词的偏好，"别是一家"提升了与诗相比属于"小道"的词体的品位。这些女性将女性化的人格气质、价值取向、行为方式和情感特质，或多或少地带入了男性世界，发出了另一种声音，这又是男性中心的文学传统中一份重要的生态女性主义资源。

一个值得注意的倾向是，女性历史人物或女性文学家在被男性进行文学上的再塑造时，经常会被情色化：这实际上构成了"恋人"型的一个特殊的子类型。西方较为典型的是上面提到的狄多和克里奥佩特拉。她们都是居于古欧洲文明——希腊—罗马文明边缘的民族中重要的历史人物，但在欧洲的文学视野中，她们被广为传诵的主要是狄多为埃涅阿斯的离去悲伤而死，以及克里奥佩特拉与恺撒、与安东尼的传奇爱情。女诗人萨福对法翁的恋情，及因失恋而自杀的传说，也成了她生平叙事中极关键的一笔，并与她的诗歌创作联系在一起。11世纪以后，由于欧洲骑士阶层的男性经常外出征战，领地与城堡的统治权经常落入女主人手中，这种社会潮流下也出现了很多权力女性。但她们在骑士文学中亦多作为骑士所崇拜的女恩主出现，这种崇拜伴随的是无可掩饰的爱情想象：她们也许是拥有经营天赋、管理才干甚至军事才能的杰出女性，但在文学的塑造中，她们首先是美丽高贵的妇人，唤起骑士们狂热的爱。同时，有关富于魅力的女性领袖的情色化传说仍旧流行，埃莉诺尔就是一个例子，她与前夫离婚而和亨利结合的故事广为流传。中国的情形也有一些类似，不但在古代文学中，关于吕雉、武则天、萧燕燕等政坛女性的风流传说不绝如缕，而且即使在清朝覆亡之后的现代，孝庄、慈禧等清代政坛上重要的女性也被附加了许多或有实情可考，或凭想象虚构的风流韵事。女性文化人更是如此，她们当中本来就有相当一部分并非以其文学上或文化上的特殊建树，而是以其与著名文人的恋爱关系而扬名的。典型的"秦淮八艳"即是如此，她们虽有文才，但在文学史上的贡献其实有限，她们与冒辟疆、钱谦益、侯方域、吴梅村等明末文学家的恋情，在很大程度上放大了她们的才名。总之，在这些传说中，这些来自不同领域的女性对父权制的政治、文化和伦理秩序所构成的冲击，是被描述成以爱情同盟的形式进行的。只不过比起一般文学作品中单纯热情的恋人，她们是更有力量的同盟者，而且她们很少会处于同盟中的附属位置。她们与恋人或是势均力敌，如克里奥佩特拉与恺撒、安东尼，埃莉诺尔与亨利，萧燕燕与韩德让，孝庄与多尔衮；有的甚至是更有力量的一方，如骑士文学中才干出众的城堡女主人与将她们奉若神明的骑士；至于《镜花缘》里百名才女身边相形见绌的男性追求者，《儿女英雄传》中婚前靠何玉凤保护、婚后靠何玉凤督促的安骥，反而成了爱情同盟中的从属方，让女性成为主导。

但也要看到，这些女性为了进入父权制社会、政治或文化的中心，还是或主动或被动地让渡了一部分女性特质的。活跃于政坛或掌握家族大权的女性，如历史人物克里奥佩特拉、埃莉诺尔、吕雉、武则天或文学虚构的贝姬（《名利场》）、王熙凤，她们表现出的通常不是仁慈、悲悯、平等、自由等"女性化价值观"与母性原则，而或是比强调等级和威严的父性原则更胜一筹的铁腕甚至残忍，或是比看重竞争和优胜的男性野心更胜一步的嫉妒与贪婪。这让她们成为"半个男子"，认同并内化了父权制统治的原则和策略。尽管文学处理可以对此进行艺术夸张，如野史、传说中武则天谋杀女儿陷害皇后的故事实际上无信史可考，吸血鬼传说中风华绝代的李·克斯特伯爵夫人用沐浴人血来成就美貌、压制新教徒的苏格兰玛丽一世化身恶魔，更是无稽之谈；但是，即使排除夸张成分，也不能不承认，在父性原则主导下的社会和文化秩序中，女性如果试图取得一席之地，其前提就是不同程度地放下母性原则而遵从父性原则。即使对女性文学家，"写得像男性"也是一个赞许性的评价。如卓文君、谢道韫、薛涛等人的诗作，即常因其宏阔的境界、深远的意味、峭拔的风格而被评为无"脂粉气"（相反，男性文人如果被评价为"脂粉气""女郎诗"，则具有贬低的意味了）。但无论如何，中国文学中还有一个源远流长的才女传统，西方却认为女性在根本上缺少文学才能（这也是勃朗特姐妹最初使用男性笔名发表作品的原因）。女性主义批评家阿特伍德在其《自相矛盾和进退两难：妇女作为作家》中指出，"男人气"和"女人气"经常成为评判作品优劣的标准：

> "男性"风格当然是勇敢、有力、明晰、充满活力，等等；"女性"风格是模糊、脆弱、过分敏感、柔和，等等。在成对的特点中你可以加入"客观"或"主观"，"广泛"或"精确的社会描写"和"忏悔的"、"个人的"甚至"自我陶醉的"和"神经过敏的"等概念。……描写"男性"的形容词与日俱增地用于评论男性作家的作品；女性作者的作品却越来越多地获得诸如"女性风格"或"女性情感"之类的评语，也不管她们的作品是否与之匹配。
>
> 评论家们习惯称一个好的女作家"像一个男人在写作"。这是一个模式：好的就是男性，不好的就是女性。……它实际上是一句赞誉之词，再看看"她的思想像个男人"，表示这位作家的确在思考，不像大多数妇女，她们被认为是不能客观地进行思考的（她们的本分是情感）。……因此，在这类评论家的心目中，妇女作家有两副面孔：她可以很坏，但是个女人，一个具备"女性情感"毒素的女人；或者她也可以拿男性的形容词来说"很好"，但是个无

性别的人。换句话说，没有批评词汇来表达"好/女性"的概念。

这是承认了个别女性具有文学才能，但前提是她们扬弃了女性特质。这实际上是把优秀的、为男性社会所认可的女作家"去性别化"了。更极端的"去性别化"倾向发生在 20 世纪的中国。尤其是中华人民共和国成立以后至"文化大革命"的这段时间里，"打倒贤妻良母"的呼声甚嚣尘上，绘画里、影视里的正面女性形象都是浓眉大眼、粗犷豪放，并且她们的活动完全与性别、与爱情无涉——她们或者是未婚的少女，或者虽然已婚，但丈夫死去了或远在异乡。虽然女性被称为"半边天"、被宣传为与男人平等，但在那个语境里，与男人平等的女人只能是去性别化而变得和男人一样的女人。

纵观这几类女性典型，我们可以得出一个结论：一方面，在男性中心的文学传统中，确实存在着丰富的生态女性主义资源，无论是以拒绝婚姻来维护女性自由的处女，还是以自然的真情、鲜活的个性向父权制秩序说不的恋人，还是温雅慈爱、尊重真情、以母性原则化解父性原则的母亲，或是闯进男权社会施展女性特有魅力的社会化女人，她们都给男性社会带来了一种生态化特质的平等、和谐与自由。但另一方面，这种生态化特质的介入是有限的。充分保有其作为女性的"母系价值"和自然本真的女人，经常是无力的：作为恋人时，她们在爱情同盟中是附属方；作为母亲时，她们无法充分地内置于父权制的统治秩序中，对家国现实发挥不了决定性的影响。而那些成功地对抗甚至介入了父权制秩序的女人，又不得不牺牲其部分作为女性的自然特质：拒绝通过婚姻被收编入父权制秩序的处女，就必须放弃做母亲的权利；内置于父权制秩序中分享男性家长的权力，就必须按照父性原则和男权社会的性别伦理来统治辈份、地位低于她的女性；走进"男人的领域"并取得成功，就得像一个男人那样竞争、统治、管理、思考、创作、交流，认同等级原则和逻各斯中心主义秩序，或多或少隐去其女性/自然的特质。父权制秩序偶尔会允许作为个人的女性"越轨"，但不能让女性化的生命原则、女性化的价值观太多地介入这个秩序，从而颠覆男性的统治原则。这是男性对女性的征服、父性对母性的征服、社会化/文明对自然/生态的征服中一个秘而不宣的潜在规则。

第四章

# 当代社会文化与女性的"反生态化"焦虑


## 一 生态化还是个体化：一个问题

（一）分离—个体化：一个动力心理学议题的社会与性别面向

分离—个体化是客体关系心理学提出的一个重要概念，马勒（Margaret Mahler）用这一概念替代经典精神分析较为粗略并且是驱力—冲突模式的"肛欲期"概念，将其变为更加细化的学习处理客体关系的过程。客体关系心理学理论认为，婴儿经历过无法将自己和母亲区分为独立个体的"共生期"，在七个月左右开始意识到"缺席"的存在，分离—个体化过程就开始了。婴儿会经历分离焦虑，会探索并爱上外在世界，但又担心安全堡垒"抛弃"他，一次次的离返后，内化并且认同了稳定而有支持性的父母。并且，"当幼儿的分离经验愈来愈多时，他渐渐会看见这个世界存在着许多独立的个体，每个人都有他自己的观点——当他慢慢形成了自己的'主观我'时，他就开始觉察到别人也有他们的'主观我'。"[①] 他由此接受了父母为个体，自

---

① Anthony Bateman，Jeremy Holmes：《当代精神分析导论——理论与实务》，林玉华、樊雪梅译，五南图书出版公司2004年版，第67页。

已也成长为心理意义上的个体。但是,联结与分离、融合与个体化的冲突与平衡将会是持续一生的议题,并在成年期以更广阔的视野呈现出来。成年人能否"从情感上将自身与客体区分开来",能否找到一直影响他的内化客体并"与之完成心理上的适当分离"①,是客体关系心理学最为关切的议题。

目前,国内外女性主义批评与精神分析的关联,多集中在经典精神分析的驱力—冲突理论模式上,对拉康学派、荣格学派也有所涉及。但是,20世纪下半叶以来,精神分析——广义上也被称为动力心理学——已沿着克莱因学派开创的关系模式,包括驱力—关系模式(如克莱因学派)和缺陷—关系模式(如个体关系心理学、自体心理学、人际关系学派)的脉络发展②,然而,文学批评和女性主义批评却对之关注甚少。女性主义批评与精神分析的关系复杂,"精神分析对于女性主义批评话语的建构经历了一个由'完全否定'到'广泛吸收'的过程,其间充满了女性对精神分析理论的愤怒与喧嚣、崇拜与爱慕、吸收与拓展"③。然而,无论是批判、运用还是发展,都似乎对动力心理学的新脉络视而不见。当然,驱力—冲突理论对性、性别、身体的关涉使其与女性主义批评有着天然联系。但关系模式的动力心理学涉及个体与重要他人的关系,这是否可以推而广之,应用到个体与权威、与社会规训、与文化建构的关系上?是否可以由此形成关系理论的社会面向与性别面向?

实际上,其他一些流派的精神分析/动力心理学者,及非动力取向的心理学者,也使用了一些与分离—个体化意涵相似的表述,来阐释社会政治现象。弗洛伊德的后学艾里希·弗洛姆在《逃避自由》中

---

① Nancy McWilliams:《精神分析诊断:理解人格结构》,鲁小华、郑诚等译,中国轻工业出版社2015年版,第35—36页。
② Glen O. Gabbard:《动力取向精神医学》,李宇宙等译,心灵工坊文化2007年版,第66页。
③ 方成:《精神分析与后现代批评话语》,中国社会科学出版社2001年版,第191页。

分析了极权主义、纳粹主义滋生的心理根源。他认为,人的个体化进程除了带来自由外,还带来孤独感和无能为力感的加深,因为个体失去了始发纽带所提供的安全保护以及与外界的一体性。"解决个体化的人与世界关系的唯一可能的创造性方案是:人积极地与他人发生联系,以及人自发地活动——爱与劳动"①,如果经济和社会组织无法为个体化的人提供通过爱与工作联系世界的条件,相反却以资本力量和垄断权力强化个体的焦虑,那么个体便会产生放弃个性、臣服于一个外在权力的冲动。荣格认为,天主教仪式、制义和信仰的衰微使人依赖于个人的意识、理性,这容易导致"灵魂中未知的危险"的集体潜意识反扑,带来一系列的群体性事件:"如果人们群集在一起成为民众,那一直潜伏在每个人身上的兽性和魔鬼就会被释放出来。"② 他以此解释"俄国爆发出来的杀戮"并非个人的弑父情结,并从其德国病人的梦中预言"沃丁式的革命"即将在德国爆发。③ 勒庞从社会心理学的角度得出了与荣格相似的结论,认为任何个人在进入群体后都会染上盲从、偏执和保守的集体心理,而个人的增长恰恰会导致种族的弱化,即使在最小的事情上也需要被领导:"它没有统一性和未来,只有'乌合之众'的特性。"④ 政治心理学家霍弗则解释了个体在失意条件下会产生摆脱和否弃自我的倾向,这种倾向使他们愿意投入一个群体:"一个群众运动……吸引到的并不是那些珍爱'自我'、想要把它加强加壮的人,而是那些渴望可以摆脱他们可厌'自我'的人。觉得自己人生败坏到无可救药的人,不会认为自我改善是值得追

---

① [美]艾里希·弗洛姆:《逃避自由》,刘海林译,上海译文出版社2015年版,第23页。
② 卡尔·古斯塔夫·荣格:《心理学与宗教》,《精神分析与灵魂治疗》,冯川译,译林出版社2014年版,第19页。
③ 卡尔·古斯塔夫·荣格:《心理学与宗教》,《精神分析与灵魂治疗》,冯川译,译林出版社2014年版,第31页。
④ [法]勒庞:《乌合之众》,《心理学统治世界》,高永译,金城出版社2012年版,第132页。

求的目标。……如果他们完全皈依到一个群众运动中去，就会在紧密无间的集体中得到重生。"① 穷困、不受欢迎、无能、野心受挫，或身为少数民族、青少年、失业者等特殊群体，都可能产生否定自我而认同一个群体性的事业或价值的倾向。

这些理论与分离—个体化理论的思路和方法不同，阐释的内容却殊途同归。它们都在阐释人成为个体——心理的个体或社会的个体、文化的个体——的过程中所面临的焦虑，渡过这些焦虑所需要的条件以及在无法克服焦虑的条件下可能产生的逃避自由、向融合与依附状态退行的冲动。其区别在于，它们用不同的方式处理焦虑。弗洛姆继承了弗洛伊德以"爱与工作"升华原欲的主张，认为社会应该为解除了束缚的个体提供积极实现其自由和个性的经济、社会条件支撑，将精神分析引入了社会心理学的视野；荣格以哲人的态度主张超越个体意识、理性，向集体无意识深处的"原型"和自性探寻，将精神分析引向了宗教艺术。分离—个体化理论则更重视客体被内化和认同的过程：客体是谁/什么？是否稳定、提供足够的滋养与恰到好处的挫折、具有支持性？客体的哪些部分被内化，这个内部成像及其与自体成像形成了怎样的关系模式？这些都关乎儿童个体化进程的质量。从目前来看，这一理论基本上停留在了心理学研究与应用的领域。但是，这一理论仍是具有潜在的社会面向的。首先，客体概念作为"驱力的投射对象"，其所指不限于早年抚养者和生活中的重要他人，也包括物体、社群、国家、民族、社会期待、道德—良知体系、文化、信仰、价值、语言象征符号等，而人与这些社会层面的客体也发生着依附与分离、融合与个体化的冲突与平衡关系。其次，婴儿走出共生期、渡过分离—个体化历程所伴随的焦虑与反复，和现代性带来的挣脱传统

---

① ［美］埃里克·霍弗：《狂热分子——群众运动圣经》，梁永安译，广西师范大学出版社2011年版，第38—39页。

纽带、个体化与自由程度提高所伴随的焦虑与反复，同样既是不可避免又是可以克服的，这种个体发展与社会发展的同构性，也为发掘分离—个体化理论的社会面向提供了可能。

而分离—个体化理论以及上述更广义的个体化议题，也可以引入女性主义批评的视域。女性在走向独立和自由的个体化进程中，面对的除了男权社会的压制、男权意识的排斥外，还有自身的焦虑。这些焦虑很难说是由女性的生理特征决定，还是由男权社会的性别认同所导致，或是内化了男权社会的某些性别角色、性别期待，或是两性共同面对的在走向个体化、独自面对世界时的恐惧——很可能是兼而有之的。很多精神分析家都报告过女性或害怕成功、自我挫败，或逃避自由、顺从虐待的例子。如精神分析家阿琳·理查兹提供了大量案例证明女性也有原发的生殖器焦虑，而非只有继发的阴茎嫉妒，她举了长期忍受丈夫虐待的妻子、反复寻找施虐性伙伴的舞女、即将升职却想离开男友的经理和在重大演讲中忽然来月经的学者，发现有的女性害怕自己的攻击性，用受虐来防御；有的女性如果在职业上取得成功，也会用受虐或自我挫败来弥补："（她们）特别容易让自己任由男性剥削，因为她们需要证明自己是被渴望和女性化的，而不是男人婆。……（或者）男性化的成就被身体反击了，提醒她其实她仅仅是一个女人；不过这也是一种安慰，一颗定心丸，说明她的成就并没有让她丧失女性特质。"[①] 但我们很难说清这是由女性生殖器特征决定的快感丧失焦虑，还是由社会建构的性别期待——男强女弱、女人依附男人——导致的性别身份焦虑，或是由于认同了某对重要客体——比如她们的父母、祖父母——的两性关系而导致的焦虑，抑或是男女都会有的分离焦虑、对攻击性的焦虑等。当下，年轻一代女性正在前所

---

① ［美］阿琳·克莱默·理查兹：《女性的力量——精神分析取向》，刘文婷、王晓彦、童俊译，世界图书出版公司2017年版，第104—106页。

未有地强调个性与人生的自由、经济与人格的独立，她们在个体化进程上也走得前所未有地远。在这个过程中，她们有焦虑和徘徊吗？她们有堪为榜样的母辈人物供她们内化和认同吗？当下的社会环境和社会性别期待，是否支持她们实现自由和自我价值，通过"爱与工作"和世界再联结？传统的和当下的社会心态与社会文化，作为她们面对的客体，会对她们产生怎样的影响？

**（二）个体化的焦虑：以网络女性向叙事的几个类型为例**

如当下网络流行语"虐主"（主角遭受的挫折痛苦）、"虐心"（读者为主角的痛苦而悬心）所暗示的，文学叙事中的婚恋、情感大多不是一帆风顺的，主人公总会遭受外在或内在的各种压力、挫败、折磨甚至迫害，其区别在于施—受虐双方的身份及关系模式完全不同。从20世纪90年代初网络小说诞生开始，在网络女性叙事先后出现的模式中，当推纯爱、宫斗、虐恋三者最为典型。沿着这三个模式的衍化来探索当代女性个体化的精神历程，是颇有意味的。

纯爱模式的流行早于网络时代，自20世纪80年代的新时期以来，它就随着琼瑶、亦舒小说的传播而被"70后""80后"的女性所接受。在纯爱模式中，男女主人公一致将爱情置于最高位置，家族、利益乃至生命都可以置之度外；他们会受到来自旧家族势力、世俗偏见、政治势力或财富利益的压迫，但他们的爱情总能经受住重重考验。在大部分情形下，这个模式中的施虐方为某种父权制力量，而受虐方是恋爱中的男女双方。这里有一个历史的巧合：每逢个体意识启蒙的历史节点，"爱情乌托邦"现象都会在文学叙事中大量出现。

> 爱情的神话正是启蒙的神话。……爱情神话的建立，与"个人的发现"有关，与"女人的发现"有关，与人权运动、女权运

动、浪漫主义文学运动紧密相连。……爱情价值的实现构成了现代人（尤其是现代女人）个体生命价值实现的重要部分。①

欧洲19世纪的浪漫主义、"五四爱情自由"的呼声及20世纪80年代人道主义文学中的爱情书写，都是如此。与弗洛伊德的论断相反，这些叙事不约而同地呈现了"女儿弑父"的主题②，这在社会文化层面和精神象征层面都有其必然性。从社会层面看，自主爱情是人的个体化的最基本诉求之一，个体自由的启蒙呼声常始于此："作为一个启蒙的主体，其自我指认与思想目标，以及思想资源，都使它只能是确定的一个起点。"③从精神层面看，女性和子辈都是父权制秩序中的受压制者，因此也有共同的"弑父"反抗，在女性/母系原则与男性/父系原则的天然冲突中，认同受害者角色的男性会与前者站在一起。这在被弗洛伊德用作隐喻的俄狄浦斯神话的后续《安提戈涅》中已经得到了呈现，埃里希·弗洛姆指出，海蒙为之抗争的是未婚妻安提戈涅代表的母系原则："母系原则把血缘关系看成是基本的、坚不可摧的纽带，它提倡人人平等及人的生命和爱的至高无上。……母系世界的人本原则是，强调人的伟大和尊严。"④这就不难理解，为什么启蒙的个体化进程中伴随着恋爱中的男女结成的文化上的"弑父同盟"。

当然，五四时期和20世纪80年代的人性、人道主义叙事虽书写爱情但并非"女性向"。80年代出现并在90年代"移植"到互联网

---

① 邵燕君：《网络时代的文学引渡》，广西师范大学出版社2015年版，第88—89页。
② 刘思谦：《"娜拉"言说：中国现代女作家心路历程》，中国社会科学出版社2004年版，第1页。
③ 陈晓明：《表意的焦虑：历史祛魅与当代文学变革》，中央编译出版社2001年版，第29页。
④ ［美］艾里希·弗洛姆：《被遗忘的语言》，宋晓萍等译，国际文化出版公司2000年版，第162—163页。

中的"女性向"纯爱小说，我们可以理解为是它下行的、大众化的模式，也更能反映大众女性的精神状态。比起五四爱情书写中的新女性和80年代人道主义叙事中奋争在爱情/政治漩涡里的坚毅女性，纯爱小说中的女主人公往往更单纯，将爱情置于生命中更突出的位置，也更有为爱情受虐的意味，与男主人公一起经历了更曲折、更长久的折磨。但我们并不能否认这类形象在当代女性走向自由、成为独立个体的精神历程中的价值。毕竟，爱情是一种高度个人化的、平等自由的情感，具有心理和象征层面"反父权"和宣示个体成熟独立的意涵；而对女主人公施虐的力量，如家庭权威、社会偏见、专制势力、危险情敌等，则更多地威胁着个体的自由和独立性，在心理和象征层面是一种湮没个体的力量。因此，这个受苦受难的过程，似乎象征化地讲述着女性个体化过程所必经的焦虑、恐惧和挣扎，以及她们对实现自由的坚持。这里的个体化进程既有个人成长的意义也有社会意义。一方面，纯爱小说接受者大多是青春期少女或青年女性，她们处于人生中另一个重要的独立期，正在新的广度上重新面对早年的分离—个体化议题。爱情的萌芽也同时出现，并且是走向个体化的一个重要部分："……整合的女性同一性出现的这一至关重要的生命阶段是从青年期直至成熟的一个步骤。年轻妇女放弃了从双亲那里接受照顾，以便能委身于一个陌生人的爱恋。"[①] 另一方面，虽然个体化是任何时代、任何社会条件下个人成长的共同议题，但是个体化的方式、程度和形态，却受社会条件的影响和制约，"个体化增长与自我的局限部分地受制于个人的条件，但主要受制于社会条件"[②]。改革开放之际的社会变迁及文化上再一次出现的人性解放、个性回归的思潮，也触动

---

[①] ［美］埃里克·H. 埃里克森：《同一性：青少年与危机》，孙名之译，浙江教育出版社1998年版，第257页。
[②] ［美］艾里希·弗洛姆：《逃避自由》，刘海林译，上海译文出版社2015年版，第18页。

着处于自我认同、性别认同形成期的女性,使她们普遍不再接受几乎同时流行于她们的母辈中的、以《渴望》为代表的"苦情"叙事。但是,这种独立尚不完全,许多纯爱小说中的男主人公都更像"理想父母"的形象,他们一往情深、生死相许,尽全力保护和照顾女主人公,而女主人公对他们的理想化期待也不会落空。如果我们取"延续偿付期"这个概念在广泛通约性上的意涵,将其由个人心理现象扩展到社会心理现象,就可以说,纯爱叙事似乎投射了女性个体化进程中的"延缓偿付"状态。她们已经认同了独立的人格、个性与情感追求,但还未准备好自我负责,她们似乎在通过寻求新的"理想父母"、新的价值信仰来挣脱原生父母和旧的文化认同、社会身份/角色认同的束缚。

进入新世纪,网络上的纯爱叙事仍然存在,但一种新的女性向叙事模式——宫斗模式,也悄然产生了,并且其声势逐渐超越了纯爱模式。这个转变是从"00"年代大热并被翻拍的几部穿越小说开始的:

> 心是越来越冷了,梦是越来越醒了……在2004年开始连载的"清穿三大山"开篇之作《梦回大清》里,"穿越"女主与十三爷的爱情还是一对一、生死相许的琼瑶模式;到了2005年的《步步惊心》,"愿得一心人,白首不相离"已是痴人说梦;到了2006年的"宫斗文"《后宫·甄嬛传》里,女主角甄嬛虽然也曾经在"宠"还是"爱"之间痛苦挣扎,最后终于以"无心的狠"登上后宫权力的巅峰。受众快感从"白雪公主"的玫瑰梦,转向"狠心皇后"的金王冠。①

到了2010年的《庶女攻略》,更是发展到了"把老公当老板",

---

① 邵燕君:《网络时代的文学引渡》,广西师范大学出版社2015年版,第87页。

不动心、不任性、不吃醋、不伤情，一步步只求自己的利益最大化。宫斗模式实际上也包括了宅斗、穿越、女尊等类型，但其共性都是女人们争夺掌握权力、资源的男人的宠爱，其动机中生存与利益大于爱情。

从表面上看，宫斗模式中"反白莲花"的腹黑女主与受虐无关。但是比起纯爱叙事中的女主在承受折磨、迫害中还保持着对爱与尊严的期待，并寄望于"白马王子"帮助她实现这种期待；在宫斗模式中，女性作为个体更有力量了，撤去了对男性的情感依赖和被拯救幻想，作为整体却被置于更加无力的"受虐性别"的地位。现实中的女性困境，在小说中被置换到了启蒙前的社会条件下，而女性在社会、家庭中的相对劣势和心理、心态上的相对弱势，也被放大成了森严的男权统治和惨烈的女性间搏杀。女主的胜利并没有改变作品所设置的女性整体被玩弄、被压制、被凌虐的大背景，相反，却是建立在其他女性的挫败、痛苦乃至死亡之上，更是建立在她自己的独立个性、人格尊严的湮没之上。以经历过现代性启蒙的心态幻想前启蒙时代的社会生活与性别结构，宫斗叙事仿佛一个集体性的受虐幻想，印证着女性在个体化进程中暂时的退行，正如弗洛姆论述的个体在实现自我受挫时可能的"逃避自由"，以及分离—个体化理论描述的在独立探索的焦虑中的"离返"。的确，如果"婚姻只是契约，妻子只是职务，夫妻是合伙人，妻妾是上下级"①，那么在生存发展艰难，性别分工、性别认同、爱情模式和家庭结构都剧烈调整的过程中，承受着职场、婚恋关系、自我认同等多方面压力的当代女性，就可以在传统框架的压迫和庇护下解除这些困扰了。

而2010年开始流行于网络的虐恋小说，与上述两种模式各有异同。一方面，它和宫/宅斗模式一样，将女性置于被动的、受虐的位

---

① 邵燕君：《网络时代的文学引渡》，广西师范大学出版社2015年版，第89页。

置上。许多网络虐恋小说的时代背景有些模糊,从其中涉及的科技、社会文化发展水平上看,应为当代社会;但是,作者往往又在这个大背景下制造一个父权统治的小背景,其中富贵家族在当地明目张胆地为所欲为,一手遮天,其内部也实行旧式的礼教家规,甚至以"老太爷""公子"等相称,很像在民国时代。对于这种矛盾,作者往往并不做处理和交代。相应地,这个背景中的女性地位也就有了模糊性。她们可以像当代女性一样从事职业、自谋生路,也可以像旧式女性一样委身于富贵家族,成为性奴隶或生育工具,随时会陷入不可避免、不可抗拒的命运中。女主被男主牢牢地掌控,女配们则施展媚惑力,试图挤走女主而享受男主的优渥资源;她们在本质上也心甘情愿地成为男权的奴隶,在事情败露后,她们往往会遭受残酷的惩罚,陷于悲惨境地。所以,虐恋小说中的女性,大多成为男权的依附者。另一方面,和宫/宅斗模式中夫妻形同合伙人、妻妾只是上下级不一样,虐恋小说中的男女主人公的关系总是以利用、憎恨始,以真爱、专情终。女主一心一意地爱上男主,以真心击败竞争对手,完全不同于那些靠腹黑上位的妃子;男主为了女主可以置自身权威、利益于不顾,也完全不同于宫/宅斗中那些视权力或利益为第一要务的君王或主人。从这个角度看,它以曲折的方式重建了在宫/宅斗中倒塌的爱情乌托邦,它继承的是纯爱言情的衣钵。

那么,虐恋小说在当代女性个体化进程中的位置和意义究竟是什么?是继宫/宅斗小说的流行之后进一步的退行和回潮,还是离开了宫/宅斗小说的个体湮没,重新回到纯爱小说开启的个体化之路上?这就需要探讨其中女性受虐的模式了。这可以从身体、社会身份和经济地位、人格自尊三方面来谈。

第一,从身体层面看,性描写在虐恋小说中经常出现,有些甚至是作为小说开头出现的,而且这些描写多具有"施虐—受虐"特征。但是,我们却不能单纯地从性的角度看待这些施—受虐活动,因为在其中看不到女性的快感。这些女主大多是带着恐惧、痛苦乃至屈辱来向男主"献身"的,她们获得的并不是性受虐的快感,而是一种征服与被征服、凌辱与被凌辱、掌控与被掌控的关系,在这种关系里,女性的被动和脆弱,以身体被占有的形式被呈现到极致。这其实并不是一个令人意外的文学现象,因为女性身体在性活动中的被动和受虐不但是早期一批精神分析师的观点,而且符合男权文化的无意识想象。

> 文学对女性身体中存在着的快感和兴奋的描写,出现得很缓慢,因为从菲勒斯中心主义的观点看,女性身体遭遇的是不可避免的痛苦,而快感被理解为防御。……弗洛伊德把"女性特质"与"被动"联系在了一起,就像"卵子一动不动地被动等待着"活跃的、有攻击性的精子的追求,他因此相信女人比男人更依赖,更"需要"爱。①

主动地追逐快感的利比多是男性化的概念,而女人一代代"积极地追求着消极的目标"② ——被动和不可避免的痛苦。虐恋小说所呈现的女性被动受虐的场景迎合了这种幻想,但它们却是女性向的、由女性书写并主要给女性阅读的,显示了女性在某种程度上接受或认同了被动受虐的性角色和性幻想,而这个幻想指向的是一种受掌控和从属的关系。

第二,从社会身份、经济地位上看,这些女性往往处于绝对的弱势。她们或者出身平平、相貌平凡、职业平凡、收入平凡、能力平凡,或者虽然也出身富贵,但遭遇了家庭破产、官司麻烦,甚至到了山穷水尽的地步。再遇上父母或弟弟重病住院,急需用钱,更被逼得

---

① M. Rosemary, *Balsam: Women's Bodies in Psychoanalysis*, Routledge Taylor & Francis Group New York and London, 2012, pp. 19 – 22.
② M. Rosemary, *Balsam: Women's Bodies in Psychoanalysis*, Routledge Taylor & Francis Group New York and London, 2012, p. 22.

无路可走。当然，女人身处弱势、依附男人，这样的情节在宫斗小说和一部分纯爱小说中也出现过。但是，在这些小说中，女性的依附是自我协调的；而在虐恋小说中是自我不协调的。宫斗小说中的女人从踏入这场斗争开始，就明白自己的目标是战胜其他女人，从男人手中获取资源；纯爱小说中的女人是平等的、双方心甘情愿地接受爱的赠予，其中不存在自我贬低或受虐。但是，虐恋小说中的男主人公一开始并不是出于爱而给予帮助，而是为了某种交换不得已而为之；女主人公也是在似乎迫不得已的形势下接受帮助的。男方充满了鄙夷和不屑，女方也承受着巨大的屈辱。宫斗、纯爱小说中的女人出于不同的原因都认同了女性的依附，而虐恋小说中的女人是不认同依附角色的，她们往往会抗争、逃离，在相当长的一段时间里艰难地养活自己，直到男主人公穷追不舍、两人产生真正的爱情。

第三，从人格自尊角度看，纯爱小说中的女主人公的自尊是建立在其心灵的高贵、品性的纯洁和对真爱的坚持上的，宫斗小说中女主人公的自尊是建立在胜利和权位上的，不管这样的"自尊"是不是有些扭曲，她们维持自尊的方式都始终如一。虐恋小说中女主人公的自尊更接近现代女性的自尊，即做一个经济上、生活上、人格上独立的人，并拥有爱情的自由选择权和婚恋关系中的主体地位。但她们的自尊从一开始就被践踏了。她们或者为了救家人于急迫之际，而出让了身体的自主权、爱情与婚姻的选择权和对自身社会经济地位的掌控权；或者被权势所胁迫，毫无反抗力量而不得不交出这些权利。她们由最开始的屈辱、无奈和在有限的范围内抗争，到最后的接受，经历了一个复杂的、"虐心"的过程。从表面上看，她们在最后得到了富豪男人平等的爱和尊重，赢回了自尊，但她们终究把自身命运的掌控权从自己手中交到了一个"爱"她们的男人手中。

综合以上模式，虐恋小说内在的精神动力也就比较清晰了。首先，它显示出受众女性已经至少在意识层面认同了独立女性的角色。

因为其中的女性角色几乎都是有独立人格的,她们的依附是自我不协调的,而她们最终接受男人施予的前提是男人已经处于平等的真爱中——这一点在个体化程度上比宫斗小说要前进一步,与纯爱小说相似。这并不意外,因为虐恋小说流行的21世纪前10年,正是"95后""00后"成为网络阅读的主力军,随之而来的是自媒体普遍倡导女性的强大与独立、自由与自我取悦,而取悦男人、站在男人立场上思考不再被推荐为经营婚恋之道。其次,它也显示了受众女性在无意识中对独立和自由的逃离,显示了女性个体化意识的某种退行。这一点和宫斗小说一致,只是比宫斗小说表现得更曲折隐蔽一些:它没有直接"人设"一个认同男权秩序并试图内置于这个秩序之中获取利益的女主人公,而是设置了一系列极端的、牵强的情节作为她们不得不屈服与受虐的理由,通过被迫接受的身体虐待和精神凌辱,而彻底撕破她们作为个体的完整。这更像一个潜意识的加工过程,把逃离自由与个体化、回归依附与融合的内在动力投射成为外部压力,不但用"被迫"的或者"为亲情牺牲"的情节逻辑,来逃过当代女性独立意识和个性意识的审查。因此,网络虐恋小说呈现的,是已经独立或获得充分独立意识、个体化程度较高的女性的某种矛盾,它展示的与其说是真正的退行、屈从与依附,不如说是一个退行的幻想。

网络虐恋小说的社会文化依托网络虐恋小说的出现和流行不是偶然的,我们需要探问的是,为什么这一类型会在21世纪的第一个10年里占据网络,并且受到"90后""00后"青年女性的欢迎?或者,为什么最为独立的一代女性,却做着一个逃离其个体化的"白日梦"?我们可以从个体成长、社会发展和社会文化形态三个方面来探讨这一问题。

从个体成长这个微观的方面看,"90后""00后"女性渴望个性自由和独立,但她们的成长过程中经常缺少一个可供认同的母亲或女性长辈的形象。心理动力学研究认为,对内化父母形象的认同无论在早年的内化客体关系形成阶段，还是在青少年的自我同一性形成阶段，都发挥着重要作用。在早期，这影响着人的自体形成过程："对儿童的实验研究提示，看护者的内部成像的形成与自体的内部成像的形成是同时发生的，而这些自体及其他客体的成像则是按等级进化的，影响着孩子的知觉、期望以及行为。"[1] 自体心理学则认为，理想化父母形象的内化关乎儿童的理想、企图心的形成。"一方面关联的是孩子统整的、夸大—表现的自体的建立……另一方面关联的是孩子统整的理想化双亲影像。"这是自体的核心，是"孕育从其核心自体散发出来的表现癖与企图心的最深根源"，是快乐、生产力和创造力的基础。[2] 青春期的认同或反向认同，则更多地与自我理想、价值观和人生目标相关联。但是，当下大量的"90 后"女性无法认同她们的母辈。虽然作为她们母辈的"60 后""70 后"女性大多有自己的职业和收入，但是她们当中很多都没有实现家庭角色的平等和个性的自由。大量家庭是由女性承担主要的甚至全部的处理家务、抚育子女、照顾老人等任务，而女性自己也把家庭当作人生的重心，把家庭角色当作自我认同的核心，为了家庭利益而牺牲自身的职业发展和个性追求的现象非常普遍。年轻一代的女性，不仅无法认同这样的性别角色和自我定位，而且她们在成长过程中，也内化了一个焦虑的、自我挫败或受害的、干瘪的母辈形象，这一内化形象在她们青春期及之后发展成了反向认同：我绝不要成为我母亲。当下面向大众的普及心理学，以武志红为代表提出了"焦虑的母亲、缺席的父亲、问题的孩子"这个家庭系统模式，普遍强调这样的女性角色于家庭系统无益；自媒体则大量倡导女性独立、奋斗、活出自我及享受人生。这些除了

---

[1] Nancy McWilliams：《精神分析案例解析》，钟慧等译，中国轻工业出版社 2004 年版，第 108 页。
[2] ［美］海因茨·科胡特：《自体的重建》，许豪冲译，世界图书出版公司 2013 年版，第 121—129 页。

理论本身的合理性外，还是对母辈反向认同的表达。但是，缺少对原生家庭中重要客体的认同或多或少会带来她们自体表象、自我认同上的脆弱性。

从社会发展上看，当下刚走入社会的年轻人，职位、社会地位和经济能力都处于弱势，向上提升又要面对日趋激烈的竞争；而社会氛围又使大量的人片面地将物质财富和地位身份的获得与价值实现等同起来。我们已经探讨过，个体化的人需要在能够体现自我价值的爱与工作中重新与世界连接，如果这样的连接不能实行，个体就会寻求向融合与依附状态退行。但是，物质和身份追求是非个性化的，对很多人来说并非自我实现及与世界连接的方式，何况这个追求本身对于青年，尤其是对于遭遇着潜在的性别偏见的女青年来说显得十分渺茫。这也导致她们幻想一位英俊、多金又能呼风唤雨的"总裁"的征服。对她们来说，"总裁"是被客体化的，他们之间的爱情，表面上是男人对女人的占有，潜意识结构中却是女人对一个男性客体的占有——这个客体象征着优势的社会资源，服务于女人的欲望与融合渴求。

### （三）个体化的焦虑：以"大女主戏"为例

"大女主戏"作为一个新出现的电视剧名词，是在大众间约定俗成的，并无明确的界定。一般来说，大女主戏一定是以一位女性主人公为核心而展开的，其元素包含女主人公的成长、谋略、争斗、爱情、亲情等，且这位女主人公需要获得一定的权力、地位。如果按照这个定义，则多年来一直热度不衰的宫斗剧、宅斗剧，如《甄嬛传》《如懿传》和《延禧攻略》，都可以算作大女主戏。但如果采取狭义的定义，则这位女主人公需要有超越个人恩怨情仇的事业或理想追求，取得独立的成就，如《武媚娘传奇》《芈月传》《楚乔传》《将军在上》《扶摇》等，其含义大致相当于网络文学的"女尊"。

考察国内女性向电视剧的发展，我们在这里采取了狭义的定义。

首先，只有采取狭义的定义，我们才能够标识近几年来女性向电视剧出现的一个新倾向：塑造一个"女尊"的故事，讲述一个有事业野心、有政治理想、有能力、有权谋的女性如何在男权社会里实现自己的追求或抱负的倾向。这种倾向是另外两种最常见的女主戏——言情剧、宫斗/宅斗剧——里未出现的。言情剧、宫斗/宅斗剧也大多为女性向，并以女主人公为核心展开。但在言情剧里，女主人公大多天真、浪漫，以爱情为人生目的；在宫斗/宅斗剧里，女主人公与一群女性在男权的边缘互相猜忌争斗，其目的是生存、复仇或在男权秩序中"分一杯羹"，虽然最后往往可以拥有权力和地位，但这并不是自我实现意义上的成就。可以说，虽然是女主戏，但其性别意识和性别角色都没有超越男权文化传统中的女性定位。具有自我实现意义上的宏大追求与抱负的女性角色大规模集中出现，确是近几年的现象。这种现象需要有一个相应的概念来标定。其次，"大女主戏"一词也确实是在《武媚娘传奇》《芈月传》等一系列女政治家题材电视剧相继播出后出现在网络上的，"大女主"最初所指就是这类有政治追求、有远大抱负的女性。所以，我们这里保留该词的原义。

值得注意的是，大女主戏的流行，与大众舆论中女性意识的抬头、女性角色的重新定位是同步的。21世纪前10年以降的互联网，女性经济独立、人格独立、财务自由、个性自由等声音成为主流。如在婚恋、情感领域，21世纪前10年之前的文章多教女人留住男人心的技巧、经营婚姻的方法，其核心是怎样理解男人、适应男女两性的性别差异；但21世纪前10年之后的文章却多提倡女人以独立赢得尊重、善待和取悦自己，提倡女人不要为结婚而结婚，不要留在将就的婚姻里。很多职场、理财、人际关系等的网络课程，其教授的技能原本无性别之分，近年来也开始打出女性牌，如"成功的女人""年入百万的女人""会说话的女人"等，为女性量身定制。可见女性对这类课程的需求。所以，大女主戏流行并非偶然，而是有其社会心理、社会意识基础的。

那么,大女主戏究竟投射出当下社会,尤其是女性群体怎样的心理状态?怎样的性别意识、角色定位和身份认同呢?这是一种建构女性主体性的觉醒,还是在女性作为整体仍相对弱势的现实制约下的焦虑?

不可否认,电视剧女主人公从生活在爱情乌托邦中的"情感动物",到在男权社会的缝隙里为生存和权力而与其他女人厮杀的"心计美人",直到成为有独立追求与抱负的大女主,这是一种女性自我、女性主体的觉醒。追求政治理想的武则天、芈月(《武媚娘传奇》《芈月传》),反抗奴隶命运与专制压迫的楚乔(《楚乔传》),奋勇杀敌建功立业的叶昭(《将军在上》),心怀天下、改变社会的扶摇(《扶摇》)……她们的自我认同,都不再建立在对男人的依附上:不在收获爱情上,也不再建立在接受男人"册封"来统治其他女人上。越来越多的观众愿意接受这样的女主人公,这也折射了当下女性的自我认同正在悄然发生变化。

但是,这种自我觉醒也复杂地搅和着一种自恋幻想:在女主人公的理想抱负背后,我们能隐约感到一种对权力、对成功、对男性的狂欢式的幻想满足。这种幻想满足并非出现在文本的显在结构上。从显在结构上看,首先,这些女主人公本身大多不是热衷权力者。如《武媚娘传奇》中的武则天和《芈月传》中的秦宣太后,她们和历史上的真实形象是有些出入的,在电视剧的塑造中,她们出场的时候更像纯情的少女而非野心家,然而权力斗争的残酷、时势的危难,把她们推上了政治舞台。这一点与典型的宫斗剧《甄嬛传》并无不同,差别只在于她们不是甄嬛式的只与后宫女子争斗的小女人,而是推动时势发展的政治家。又如《楚乔传》中的奴隶楚乔和《扶摇》中的底层少女扶摇,她们出身微贱、受尽压迫,起而抗争更多的是为了人格的自由与尊严,而非权欲野心。其次,这些女性本身也不是滥情者。以历史人物为基础的电视剧,在性格塑造上会有所制约,但虚构题材电视剧中的这些大女主,多数是对众多男性追求者无动于衷的"高冷"性格。但是,观众却可以经由对她们的认同而获得一场自恋满足的狂欢。这既包括获取至高的权力地位,也包括赢得数位兼具美貌、地位和财富的男性。潜在结构中的欲望幻想,以一种与个体潜意识"梦加工"同构的方式渗透在文本里。

其中最能说明这种"梦加工"性质的,也最值得注意的是其中一女主、多男主的模式。大女主戏虽然不是言情剧,但也多是"玛丽苏"模式:剧中出身高贵、相貌英俊,或富于才干,或前程似锦,或权倾一世的男主人公们,大多钟情于女主人公。《芈月传》这样的以真实历史人物为基础的电视剧,尚且给女主人公安排了黄歇、秦惠王、义渠王三个爱人;虚构的电视剧就更加夸张了,女主人公的追求者最多可能达到五六位。更重要的是,无论女主人公是否爱他们,他们都对女主人公专情不移,尽心尽力地帮助、守护她,甚至不惜付出生命的代价。这些男性角色实际上被客体化了,女主人公对他们是一种潜在的控制和占有。较之男权文化对女性的客体化和占有,对当下女性向文化对男性的客体化和占有,我们该做何理解?客体化男性当然不是两性关系合理的、理想的模式,但说它是一种具有解放意义的矫枉过正,也为时尚早。因为显然比起男权文化对女性现实的、主动的占有,这种占有更多的是借助"人设"来完成的:剧情设置使那些男性对女主人公产生了几乎违背正常情感规律的挚恋和忠诚,这并不是女主人公以自身的能量获取的。因此,这种客体化和占有就停留在了被动的、幻想的层面,并没有在实质上挑战男权文化的爱情叙事。然而,女性这种尚待调整和升华的欲望能够被言说,而不再压抑在男权文化的阴影里,成为"女性的沉默",这也算是一种有意义的矫枉过正了。

与女性自我觉醒共存的那些自恋幻想和欲望狂欢,是当下大众文化的共性特征,男性向在电视剧或网络文学中也同样存在;而对女性主体的建构与被置于男权秩序的冲突中，就是大女主戏特有的悖论了。

将女性内置于男权统治秩序之中，有着深远的历史基础，是传统中国的性别政治最重要的特征之一。因为以"尊卑"为标识的传统等级制度，在"男尊女卑"之外还有很多交互之维，如君臣、父子、长幼、主仆等。女性得以内置于男权统治秩序之中，依据的就是这些交互之维：当女性居于尊长位置，如一国之后妃、一家之主母的时候，她就拥有了一部分权力。但通常，"男不言内，女不言外"的限制会使她的统治领域很难与男性尊长的领域重叠，所以，她的统治对象也多是更为卑弱的女性。最典型的是嫡妻之于婢妾、婆婆之于子媳。这样，男人给予一部分女人以统治另一部分女人的权力，"多年媳妇熬成婆"的权力期许使得传统女性实现了内部自治，男权统治的对立面也被消解。如果把马尔库塞的"单向度"概念从具体语境中抽离出来，而取其广泛通约性中的意涵，那么我们可以说，中国传统社会的性别统治也具有"单向度"的特征：被内置于统治秩序中，握有权力的女性，以男性统治的原则来治理女性。

宫斗/宅斗剧折射的就是这种女性内置的、单向度的性别政治。甄嬛（《甄嬛传》）、璎珞（《延禧攻略》）等后宫女人，她们的真正主人和压迫者是作为男性社会最高统治者的帝王，但她们能够设定的敌人都是同样被统治的女人，她们争斗的目标都是内置于这个统治秩序中压倒其他女人的权力。

大女主戏的情形更复杂了一些。姑且不论这些书写女性抱负的故事，为何偏好传统的男权社会背景，只论她们对自身主体性的建构与向男权统治秩序的植入，就是复杂地纠缠在一起的。大女主戏的主人公固然不同于甄嬛等视野不出后宫的女人，她们远远突破了"女不言外"的限制，她们的权力也远远不只施于女人。但是，在获得权力和实现理想抱负的道路上，她们总是依靠男人的帮助，特别是与她们有情感关系或婚姻关系的男人的帮助。如《楚乔传》中的楚乔，虽然作者和编剧可能想把她塑造成为一位女杰，但从电视剧的呈现来看，其领袖身份与其任性的性格、多少有些轻率的决策和有限的韬略，是不匹配的，这使她在很多关键时刻只能依赖男人的帮助、扶持，以及为她的失误托底买单。甚至观众会感到，楚乔本人并没有什么过人之处，她只是幸运地得到了有能力的或位高权重的男人的垂青才成功的。武则天在历史上是一个才略不凡的女人，但电视剧《武媚娘传奇》也弱化了这一点，而是更加突出了高宗李治对她的无限宠爱和鼎力支持。不仅如此，很多剧中的女主人公最终也"正巧"选择了最有权力或最有潜质、最能扶持她上位的男人做伴侣。也就是说，这些女主人公多在不同程度上同时走了"内置"的路线，融入男权文化而成为其中的一部分。

那么，大女主戏到底是建构女性主体性的尝试，还是被内置在男权统治秩序中获取权力的欲望幻想？这两点可能都有，并且复杂地交织在一起。从电视剧中我们看到，女性超越家庭与爱情的、更具社会性也更有自我实现色彩的理想和抱负被肯定，但她们的能力（尤其是理性能力）、独立性和人格力量却不同程度地被弱化，从而为依赖男人留下了很大的空间。值得注意的是，这种依赖空间在作为女性向电视剧的大女主戏中，反而比非女性向的电视剧更突出。如《琅琊榜》并不是女性向电视剧，但其中的女主人公霓凰却是真正独立、高贵、有能力、有胆识的"大女人"，她韬光养晦甚至埋藏内心情感，领兵保卫一方安宁，并不依靠男主人公的保护，相反给了男主人公相当得力的辅助。是否这种女人受男人保持、扶持的模式更被女性观众所接受，满足了她们对"理想"男性的期待？

综上所述，当下大女主戏折射了但不仅仅折射了女性意识的觉醒和建构自身主体性的尝试。它也是浮躁的社会心理背景下的欲望狂欢，是女性说出自己曾经不被男权文化接受的自恋幻想、权力幻想和占有男性的幻想，同时又使之停留在被动幻想的层面；是女性渴望事业、理想、人格、人生的自我建构，同时又期待有力量、可仰赖的男人来帮助她们自我实现；是女性已有了女性意识，但还处于自在而非自觉的状态，经常再次滑入内置于男权秩序的老路。大女主戏中的女人，既是有较高理想抱负的，又是自恋的、欲望的；既是敢于言说女性权欲、情欲的，又是被动的；既是强大的，又是在男性面前无力的；既是反对女性的传统命运，又是向男权秩序认同的。总之，她们的女性意识、女性主体性，是矛盾的、模糊的。她们身上投射出的，不是已然建构的女性主体性，而是女性在建构自身主体性过程中的矛盾和焦虑。

这也是当下女性的焦虑。虽然女性解放、男女平等的诉求从五四时期就已开始，女性普遍走向社会工作、社会生产的这一诉求在新中国成立后就已实现，但是，男女两性在社会分工、家庭分工、角色定位、角色期待等各领域的全方位变迁，却是在近些年里才显现出广泛而深远的推进的。无论是由于文化素质的提高、社会观念的变化等因素的推动，使年轻一代女性特别是都市女性，对个人自由度、经济独立度、生活幸福度及人格尊严、自我实现的要求普遍提高，还是由于经济与生活压力增大、新婚姻法实施等因素的倒逼，使女性越来越不可能依靠男性，当下女性对自身的性别身份认同和性别角色认同都快速地调整着。但调整期往往也意味着焦虑期。女性的经济地位和社会地位仍相对处于弱势，仍存在着职场的"玻璃天花板"和"潜规则"，她们怎样突破？传统的性别角色期待仍在发挥作用，她们该如何协调新的角色定位与她们的伴侣、她们的家人乃至她们所处的社会环境的期待之间可能的矛盾？她们要面对现实的压力，更要面对自身性别认同、自我认同方面的混乱、摇摆和困惑。这种焦虑可以在大女主戏中被"人设"地处理掉，但现实中的女性终究不是电视剧里的"大女主"，她们没有任何主角光环的掩护。大女主戏中所呈现的女性意识和女性主体性的矛盾、模糊，对于女性观众来说未必是有益的，无法真正引导她们从残留的男权文化所导向的身份认同、角色认同和自我认同中自觉脱身。

所以，我们无法称大女主戏为真正的女性主义电视剧。对于当下女性在性别认同上的焦虑彷徨，它们从女性主义视角所提供的引导不足，而满足幻想、掩盖焦虑，甚或夹在女性独立与男权话语之间模棱两可、取向不明的现象却十分常见。女性向电视剧的女性主体建构还在路上。

## 二 生态化与个体化的和解尝试

现代中国的女性主义思想，是五四时期从西方输入的，它的基础是标举独立、平等、自我与个性的现代西方自由观。经过百余年，这种女性观早已成为且至今仍是女性观的主流。而当下的知识界，诸如身体话语、符号女性主义等后现代女性观也纷纷涌入，以更激进的姿态呼唤着比权利平等、人格独立和个性解放更深层的女性自由。如今，我们可能会习惯性地认同，所谓自由就是西方式的以个人为本位的自由；所谓自由的女性，就是"五四"追求自由爱情的新女性，就是新中国成立后像男人一样能干的"半边天"，就是"文化大革命"结束的新时期解除思想束缚的文学女青年，就是改革大潮中脱颖而出的女强人，就是世纪末放纵不羁的"坏女孩"，就是当今独立强大的"女王"和能文能武的"女汉子"……东方式女性仍有令人向往的魅力，但与"自由女性""当代女性"完全不搭界。

但是，东方女性是否就一定意味着保守、牺牲、丧失个性，一定意味着不自由呢？我们不能否认西方式的自由女性是适应当下社会发展需要的，但是，我们是不是也不必被西方话语完全同化，是不是可以停下来思考一下东方文化中是否蕴含着某种自由的基因，东方式的女性是否可能活出自由的另一种形态?

　　严歌苓的小说展现了这种可能。她虽为旅美作家，笔下的女性却无论生活在中国，还是客居西方，都充满古老的、草根的东方色彩，给我们带来强烈的陌生感：小渔生来混混沌沌，却天生能够敏锐地理解他人，除了给予同情和爱心外什么都不懂，虽是"借"给老单身汉做妻子，却像个真正的贤妻一样给了他无微不至的照料和发自内心的体贴（《少女小渔》）；妓女扶桑用身体为她同情的男性献上慰藉，以致神父觉得他这一生是被一个妓女所宽恕和救赎的（《扶桑》）；欧阳萸与田苏菲貌合神离，田苏菲却为他操心操劳半生，虽得不到爱的回报却始终不悔（《一个女人的史诗》）；朱小环得知丈夫"买妾生子"先是气得回了娘家，后来却与"小老婆"和睦相处最终姐妹情深，也做了多鹤所生的三个孩子的母亲，情如真正的母子（《小姨多鹤》）；王葡萄克服生存的艰难，也不问"政治"的是非，在"文化大革命"中为蒙冤的乡亲提供保护（《第九个寡妇》）……这些女性的行为更接近东方传统女性，似乎是对女性解放大潮的一个反拨。的确，同样的题材，如果放在抱有现代自由观的女性主义作家笔下，一定就会讲述成传统伦理对女性的束缚，以及女性在束缚之下丧失自我的悲惨了。但是，细思之，严歌苓这些女主人公却完全无法被贴上温顺善良、逆来顺受、牺牲自我的标签，就像现代女性主义者通常为东方传统女性所贴的标签一样。无法否认，她们是奉献者甚至牺牲者，但这并不是因为被男性社会"洗脑"，也不是出于对男性伦理的怯懦或屈从，这只是她们发自本心的选择。在严歌苓的作品中，这些女性实际上比男人更能坚持本心，更能活出自由。

　　首先，历史大潮、社会舆论、处境艰难甚至权势压迫，这些左右了小说中大多数男人的东西，却左右不了她们。王葡萄"不知道什么是害怕"，从来不受"文化大革命"中宣传的迷惑、不被村干部"上纲上线"的威胁所挟持，对复杂的"政治"她既不懂也不想懂，却只凭最朴质的人性准确地判断"好人"和"坏人",并坚持对"好人"不屈不挠地守护。田苏菲为了爱欧阳萸而不顾一切,军长的权势不能压倒她,逆境的艰难不能压倒她,甚至欧阳萸本人"独立选择""做你自己"的自由主义豪言壮语也没能说服她,因为对她来说,坚守着一厢情愿甚至无比委屈的真爱已经是她的独立选择,已经让她做了自己。朱小环看到孩子,就忘了邻里的舆论;听到日本孤女的苦难,就忘了民族的恩怨;为了维护丈夫和家人,更是不顾"原则"和"面子"……总之,严歌苓笔下的女性,大多是这样固执、泼辣、无所畏惧,具有野草般坚韧的生命力,有力量坚持自己的真心、真爱、真情,有力量保护和慰藉她们所爱的人,包括本来被认为是"强势性别"的男人。

其次,她们很难说是东方传统女性道德的典范,因为她们大多缺少明确的"道德"意识,只要是真情所至,她们并不遵守东方传统的贞洁观。最为典型的是小渔和扶桑,她们生存在自然的混沌状态中,竟以身体为媒介来慰藉她们同情的人,传达爱与悲悯。她们通过身体给予的,实际上是一种母性。小渔甚至受到伴侣的谴责也不以为然,因为在她心里,她不过是自由地运用作为女性、作为可以做母亲的性别的生命力量而已。《一个女人的史诗》中的田苏菲,对欧阳萸也并非伦理意义上的"忠诚",她保留着都军长这个精神恋人,也与剧团的年轻同事有着短暂的肉体关系;然而,对于欧阳萸的出轨,她照样出于爱情排他性的本能,泼妇般地大闹。实际上,对欧阳萸,她渴望他能吃醋、嫉妒,因为这将证明他对她的爱。这种对身体的自由支配与女性主义的身体理论异曲同工,不过,后者强调的是女性通过写作"返回自己的身体",以此"对菲勒斯话语进行令人兴奋的挑战",而前者却并非有意地挑战男性社会的伦理,她们只是自由地表达自己的欲念与情感而已。

再次,她们并不自认为属于丈夫、属于父系的"夫族",是一个传宗接代的工具；相反，她们秘而不宣又坚定不移地觉得孩子是属于母亲的，母子/母女的纽带才是真正的"血缘"。《冤家》中的顾南希被抛弃后自立自强在美国打出一片天地，独立抚养女儿，还尽力想抹去女儿身上留下的一切"张家"痕迹。田苏菲与田母、与女儿欧阳雪之间心灵相通，几乎掌握了"读心术"，男性家族成员无法参与到她们的默契之中。多鹤在动荡的命运中把孩子当成了最可靠的亲人，她与他们有着旁人听不懂的独特语言，有着任何关系都无法替代的亲密。这看起来似乎受到了西方女性主义理论关于放下等级性的、带有支配与服从意义的父/子关系，转向更为自然、平等、包容的母/女关系的"前俄狄浦斯诗学"的影响，但不能否认的是，这些关系中包含了更多的东方草根式的血脉传承意识。东方的父系传承更重视"传宗接代"，是家谱姓氏、财产名位的传承；母系传承则更重视"生生不息"，是生命、情感的传承。

这些渺小却坚韧的女性，她们所表达的、所坚守的、所彰显的、所传承的是什么呢？简言之，就是做真正的女人：做一个女儿，超越姓氏来认同母亲的血脉；做一个恋人，敢爱敢恨，并不觉得女人在爱情中就是附属、发生关系就是"吃亏"；做一个母亲，对孩子、对不是自己孩子的孩子、对一切她们心目中的"好人"，充满爱、真情、宽恕、包容与悲悯。这是一个女性的生命本能，也是她深层的自由。

这种自由实际上已经受到了西方学者的关注，被称为"女性化价值观"。有学者认为，在漫长的历史上，男人一直与理性、与文明相联系，而女人一直与感性、与自然相联系。男性化价值观追求的是独立、自主、征服、统治、个性发展、自我实现；女性化价值观追求的是关系、融合、爱、平等、人际和谐、生命完善。这种认识无论从文化人类学还是从生态女性主义的视角看，都有其合理性。在人类发展史上，早期的以种族繁衍为最迫切任务的母系社会，与重视生产、财富传承和势力扩张的父系社会奉行着不同的原则："母系原则把血缘关系看成是基本的、坚不可摧的纽带，它提倡人人平等以及人的生命和爱的至高无上。父系原则则超越了血缘关系，它强调的是男人和妻子之间的关系，统治者与被统治者的关系。这是一种强调秩序、集权、服从和等级的原则。"而女性作为生命的孕育、哺养和护佑者的生理角色，使她更容易打破个体的界限而领悟生命的共生："母性……是对男性中心主义的一种挑战，怀孕和生育打破了自我与他人、主体与客体、内部与外部的对立。"女性的话语，如包容双性的母亲："在我们的唇间，你的和我的，许多种声音，无数种制造不尽的回声的方法在前后摇荡。一个人永远不能从另一个人中分开来。我/你：我们总是复合在一起。这怎么会出现一个统治另一个、压迫另一个的声音、语调、意义的情况呢？一个人不能从另一个中分开，但这也不意味着它们没有区别。"女性化价值观是以生命原则为依托的价值观，蕴含着自然生态的平等、和谐、共生的特质。相较于现代性自由观对独立与界限的强调，它更重视情感、爱和相互的守护与滋养。

这种女性化价值观与东方传统的生命伦理不谋而合。因为比起西方"二元等级制"（如理念/现象、神/人、文明/野蛮）的构成式宇宙观，中国文化的宇宙观是生化式的。万物被视为共在于一个以道/太极为源头（"万物之母"）的、逐级生成并可相互转化的生态共同体中。前者是一种"父式"宇宙观，后者是一种"母式"宇宙观。相应地，前者更强调独立与竞争，即生命的向外扩张；后者更强调生命本身的价值（"贵生"）以及生态化的协调与平衡（"和"）。因此，我们可以说，中国文化在某种意义上本来就是包含着母性原则和女性化价值观的文化，与西方生态女性主义的现代性反思不谋而合。这就带来了一种与"个人自由""社会自由"不一样的自由形态，即生命的自由、情感的自由、爱的自由。比起男人和现代女性，严歌苓笔下的传统女人更贴近这种自由形态：她们因为更少社会化，而可以更少地考虑权力胁迫、利益制衡、体面维系，更多地保持生命的本然；她们会奉献，却无关伦理，而是出于爱、真情和悲悯；她们也同样会"自私"，不过不是为利，而是为情，她们爱人与爱己都是尊重自己的本心。

她们给我们一个重要的启示：中国传统与保守、专制，西方现代与开放、自由之间的等号，并不是客观存在的，我们长期存在着这样的错觉和误解，只是因为对自由的认识陷入了一个刻板的模式里。有一种东方式的自由女性，她们自由地发挥她们的母性力量，践行她们的生命原则，承载着东方文化尊重生命、滋养生机、守护生活的传统，展示着自由的另一种形态。在一个号召民族文化复兴的时代，这种另类的自由形态是值得关注的。

第五章

# 当代文化及女性文学的生态化特质

  随着女性主义运动、女性主义思潮的兴起和发展,在近二三个世纪中,女性参与文学活动无论就比例、质量还是影响力而言,都在不断提高。但是,如果说当代女性文学具有某种更明显、更鲜活的生态化特质,超出了我们在传统的男性中心主义文学中能找到的生态女性主义资源,那么这原因大约不能完全归于女性大量参与了文学活动,而应归于作为整体的文化模式的转换和价值体系的变迁。正如在男性中心主义的文学传统中,女性作家、文人也可能回避其自身的性别特质而向男性认同;同样,当父权制文化所倡导的优胜、等级、统治与秩序、尘世的禁欲、精神的超越、理性与逻各斯中心、文明与对野蛮的征服等价值衰落了,男性作家也可能向母系价值观认同。虽然直到今天,我们也不能说父权制秩序已在较发达的社会文化中完全瓦解,不能说男性已经不具备"性别优势",但不可否认的是,父权制秩序的确松动了,无论在社会领域还是在文化领域。在社会领域,无论西方还是在中国,女性的利益都得到了更多的保障,原则上都可以在大部分行业里与男性平等竞争,虽然经常会遭遇就业歧视、同工不同酬和"无形天花板",但至少已拥有机会(当然,如前所述,虽然女性在一个男性中心社会获取地位和成功的机会越来越大,但她们却要遵循"男性化价值观"和父系秩序,这是另一层面的问题,暂且不论）。在文化领域，变迁不仅限于表层的性别文化、性别观，如女性不再受到贬抑和歧视（这种观念虽有残存，但不再具有普遍的合理性，而会被视为落后和野蛮的），女性的价值得到更多的肯定；而且更深层的是文化思维和文化特质的变迁，是典型的父系价值的消解，如西方的逻各斯中心主义传统、中国的以"伪生态化"宇宙秩序为模板的礼教传统等。

生态女性主义关于男性对女性的统治就是理性对感性、文明对野蛮、人对自然的统治命题，反过来也是成立的。父权制统治秩序的二维——父对子、男对女的统治——总是共存的，当逻各斯的统治、神权的统治、君／父的统治被削弱了，社会趋向自由与平等，父—子的统治之维发生了变化，男—女之维也必然发生变化；相应地，理性／文明征服野蛮、人类无限制地征用自然的男性化价值观也遭到了消解。深层生态学反思人类中心主义的误区，这一思潮在中国演化为具有本土化特质及中国传统哲学意蕴的生态美学，彰显的是中国哲学中的生态化特质而摒弃了"伪生态化"的另一面。

文学作为文化大系统的一个子系统，必然投射着特定文化的思维模式、精神气质和价值理念。因此，如果将"女性文学"界定为由女性创作的文学作品，那么生态主义和生态化倾向的存在，乃至生态女性主义倾向的存在，都不限于女性文学——虽然女性的性别特质是否使生态女性主义倾向在女性文学中比在男性文学中更普遍，是个值得探讨的课题，但一是由于目前学术界很少将"女性文学"界定为无论男女作家创作的以女性为主人公或书写对象的文学作品；二是由于女性开始寻找和建构"自己的文学史"并大量参与文学活动，其本身也是女性主义的一个重要现象——本章采取双向的研究视野，一方面从文化思维与文化特质的变迁着眼，了解生态女性主义，寻找作为整体的文学乃至文学中的生态女性主义资源；另一方面将女性文学作为集中研究的对象，由文化来反观女性文学中的生态元素。

正如我们在上一章中所述及的,将女性与自然联系起来、与生命联系起来,给予膜拜和礼赞,是传统的男性中心文学中已有的生态女性主义资源。但是,将人类视为自然中与其他物种平等的一分子的深层生态主义观念,以及将生命置于价值序位之顶端的生命意识,却是20世纪末才变得普遍的文学倾向。经历了两次世界大战的浩劫、"冷战"的威胁和生态灾难的上演,以文明、理性、科学、法律、公义等为代表的父系价值观似乎暴露出重重问题,受到了前所未有的质疑;而以自然、情感、生命、爱、包容为核心的母系价值观越来越受到推重。甚至可以说,一部分发达国家在文化—价值层面已经迈向"母系时代"——这体现了上层文化较社会基础的某种超前性,因为社会—经济层面男性的优势仍然存在。

## 一 自然性:生命意识的觉醒

"返魅"的概念,是相对"祛魅"的概念而提出的——韦伯将工具理性占统治地位的世界称为"祛魅"的世界。格里芬提出的"返魅",关注的是人与自然、与世界的关系,希望实现"多元的、有机的、整体的、过程的、有灵性的、非决定论的"[①] 后现代社会。实际上,自然"返魅"主要是一个西方的话题。一是因为从希腊/希伯来文化开始,自然就被置于人的附属的位置:对文明怀有优越感的希腊人,持一种与自然、与野蛮世界对立的文化心态;《圣经》讲述的则是,只有人是按照神的形象被创造的,可以命名、统治其他物种。二是因为现代性的理性主义、科学精神和利益最大化原则将自然变成了人类掠夺、征服和汲取利益的对象。在古典时代和中世纪,虽然也有人与自然对立的思想,但人类力量的弱小还是使人对自然保持着崇拜

---

① 孙万:《论品钦后现代作品中的"复魅"主题》,《当代外国文学》2007年第3期。

和敬畏——希腊—罗马人将自然力视为诸神的力量，强大而神秘，是悲剧、诗歌等人文艺术的灵感来源；生活在重重森林中的中世纪人，尤其是在很大程度上生活在教会体制之外的民众，更是面对着一个住满了天使、仙女、精灵、妖怪、魔鬼等神秘存在的自然。但现代科学将这些前现代信念定为虚幻的想象，用人类理性可以理解的科学原理来最大限度地解释自然，并在一定程度上悬置了不可解释的部分——至少，接受过现代科学教育的大多数人，已经不再意识到这被悬置的部分实际上有多么庞大、领域有多广，不再意识到人类理性之光可以洞悉到的只是自然的一小部分。如果男性对所谓"女性特征"的刻板化认识，诸如被动、情绪化等，是一种证明其不能在父权制统治秩序中发挥同等作用因而必须处于附属地位的"性别政治"，那么将自然"祛魅"和简化解释，就是现代工具理性驱使下的一种"生态政治"了。既然人类已经可以认识自然、揭开自然的神秘，那么就可以当之无愧地利用自然、征服自然了。

现代性的征服是人类对富于母性色彩的魅化自然的一段"叛逆期"，但是当前，在深层生态学的呼吁下，自然"返魅"的呼声越来越高。其实，这在哲学思想领域中早有前奏。海德格尔以"诗"来阐释存在的本质。他提出"世界"与"大地"这一对隐喻性的概念，"大地"既接近于未被人类意义化的"生态"，而"世界"是意义化的，但这种意义化并非"人的言说"即那种表达主观意图的言说，而是"存在的言说"，有内在的神性尺度和最高的必然："当诸神得到根本的命名，当万物被命名而首次彰显出来，人的生存便被带入了一种确定的关系，便获得一个基础。"① 这就是意义化的原初事件，即"诗"。由此，西方史上出现了两个截然不同的世界：一个是以主观意图将"大地"视为追求利润的手段，摧毁"大地"的技术世界；一个是看护大地、

---

① ［德］海德格尔：《荷尔德林与诗的本质》，芝加哥，1968年，第283页。

## 第五章　当代文化及女性文学的生态化特质

与大地和诸神共在的"艺术世界",前者会动摇存在的根基:

> 人生产并追求的东西是通过他的努力而应得的,"但"(荷尔德林以鲜明对照的方式说)这一切都未触及人旅居大地的本质,这一切都还不是人生存的基础。人生存的基础从根本上看是"诗意的"。现在我们将诗理解为诸神的命名和万物本质的命名。"诗意地栖居"意味着:与诸神共在,接近万物的本质。①

所以,人本质上不是自然的征服者,而是自然的看护者;不是自然的阐释者,而是其意义的揭示者。继宇宙科学的探索把人类越来越远地一步步逐出了宇宙的中心之后,深层生态学又把人类逐出了世界的中心。20世纪末到21世纪初,生态学成了一门"超级显学","它既大量充当自然科学的词根,又不断浓缩为社会科学和人文科学的前缀,前呼后拥,蔚为壮观"②。它包括一种建构生态文明的意识,反对将人与自然对立起来:"世界的形象既不是一个有待挖掘的资源库,也不是一个避之不及的荒原,而是一个有待照料、关心、收获和爱护的大花园。"③ 也包括一种主张人与其他生命在道德上无分高下、拥有平等的生存发展权利的"生命圈平等主义""生命中心平等主义":"生命中心平等的直觉是生命圈中的一切都同样拥有生活、繁荣并在更大的自我实现中展现其个体自身和自我实现的权利。这个基本直觉是生态圈中所有机体和存在物,作为相互联系的整体的部分,都具有内在价值。"④ 这就要求我们把爱和尊重向人类以外的世界扩展:"施

---

① [德]海德格尔:《荷尔德林与诗的本质》,芝加哥,1968年,第282页。
② 党圣元、刘瑞弘选编:《生态批评与生态美学》,中国社会科学出版社2011年版,第70页。
③ [美]大卫·格里芬:《后现代科学》,马季方译,中央编译出版社1995年版,第120—121页。
④ Bill Devall & George Sessions, *Deep Ecology*, Layton, Utah: Peregrine Smith Books, 1985, p.65.

韦策告诉我们，如果我们只关心人与人的关系，我们并不是真正的文明人。重要的是人与所有生命的关系……除非他懂得施韦策伦理学，否则人永远处不好与同类的关系。这种伦理学体悟万物——对生命有一种真正的尊重。"①

　　这种生态主义自然观在 20 世纪文学中形成了潮流。就较浅表的层次而言，是形成了一个可称之为"自然文学""环境文学"的门类。生态批评运动的主要倡导者斯洛维克认为："环境文学的目的是要促进读者对其自身存在的自然属性形成生动而直观的感觉，并进一步鼓励他们从美学、生态学和政治学的角度来关注非人的自然界。环境文学能够间接地推动社会变革，巧妙地改变读者对他们自己以及他们与整个星球的关系的思维方式。"②"同时使人们以更博大的胸襟和宽阔的视野，以平等民主的精神，对待人与非人类的关系。"③ 按照这个界定，当代环境文学的队伍庞大，可以上溯到梭罗的《瓦尔登湖》。欧文、科尔、爱默生等 20 世纪之前作家的早期自然书写，对自然怀抱的是理想主义和神秘主义的态度。之后较重要的环境文学，还有缪尔的"登山""户外"，到自然中探寻人类生活的内在心理；有利奥波德的"土地伦理"，呼吁人对自然万物保持谦卑之心，不可"只想要特权，不想承担责任"，其《沙乡年鉴》被称为"环境保护主义者的《圣经》"；也有一批极具参与意识的作家，如反对核试验的康芒纳、参与非暴力运动的贝里、反映核污染问题的斯坦格拉伯等；另有一部分受东方生态哲学影响的"隐士诗人"，如隐居夏威夷的默温、守卫卡兹克山林的斯奈德等，他们的诗歌呈现出禅宗式的生命观念和

---

① Paul Brooks, *Rachel Carson: The Writer at Work*, San Francisco: Sierra Club Books, 1989, p. 321.
② Slovic Scott, "Giving Expression to Nature, Voices of Environmental Literature," *Environment*, 1999 (3), p. 27.
③ 李玲：《从荒野描写到毒物描写——美国环境文学的两个维度》，北京理工大学出版社 2013 年版，第 15 页。

自然风格，重新定义人与自然的关系："无论自然是什么，它都不是让我们的概念和假设圆满完备的存在。它将避开我们的期望和理论模式，根本没有一个或者一套'自然'概念，无论它指的是'自然界'还是'万物的自然'。"① 在自然文学、环境文学的谱系中，一些女性作家发挥了重要作用，以她们特有的女性视角，建构了一批承载生态女性主义理念的典型作品。

一部分女作家着重于揭示自然与女性之间特殊的"亲情关系"。一方面，自然，尤其是承载自然万物的土地，化育生命，博大、坚忍而宁静，正如女性/母亲一样；另一方面，女性的柔情也正如自然一样。所以，自然滋养了女性，而女性面对自然也没有男性那种掠夺征服欲望，更倾向于感悟自然与呵护自然。奥斯汀《少雨的土地》建构了独特的"沙漠美学"，在她笔下，沙漠是美丽的、有生命有活力的，"无论气候是多么干燥，土质是多么恶劣，这个地方从来就没有生命的空白。"并且细腻地描绘了久居沙漠的人如何爱上沙漠，感悟到沙漠特有的魅力，并同等地珍惜和看重沙漠里每一个来之不易的生命。具有浓厚的"西部情结""土地情结"的薇拉·凯瑟讲述了一系列美国西部故事，塑造了亚历山德拉、安东尼亚等"大地女神"形象。亚历山德拉在父亲去世后担负起照顾母亲和三个弟弟的担子，收留了失去土地的艾弗，照管着固执守旧的李老太太，帮助艾米走到农场外的世界、宽恕并帮助杀死弟弟的凶手弗兰克……与此并行的是，她将昔日荒地改造成了丰饶的良田。她对土地既热爱又谦卑，并持守着农民，尤其是农妇所特有的土地伦理：人类不是土地的主宰，只是自然的一部分，人属于土地；土地早于人出现，并将在漫长的岁月里长存，它属于未来而我们只是过客，必将在土地上度过一生并归于土地。她向土地汲取了爱与宽容，也获得了土地的品质。黑人女作家沃

---

① Snyder Gary, *No Nature*, New York: Pantheon, 1992, p.1.

克的《紫色》充满了田园诗般的自然景色与女主人公对生态自然之美的追寻。黑人女孩茜莉最初被白人中心、男性中心社会的审美观所束缚，感到自卑；但渐渐开始顺应上帝、顺应自然，开始意识到自己的美，收获了工作、财富、爱情、友谊，更重要的是寻回了自我本真。作品展示的是一个种族间互相包容，人、上帝与自然和谐共在的"返魅"世界，一切景致都与人物融成一体，拟人化地呈示着人物的"自然自我"。

另一部分女作家将人对自然的迫害与男性对女性的践踏，将自然的悲剧与女性的悲剧结合在一起进行描绘。沃伦在《生态女权主义哲学》中指出："在所有受环境污染伤害的人群中，通常是女性要比男性承受更多的风险。"① 自卡逊的《寂静的春天》之后，特丽·威廉斯和桑德拉·斯坦拉伯格也都关注边远地区的自然写作，完成了"环境性癌症"群体的自传性叙事。出身摩门教徒家庭的威廉斯讲述了自己的"单乳女性家族"的故事，书中通过隐喻将自然与女性关联在了一起：她们都具有孕育和生养的功能，以及与这个功能相适应的美丽迷人的曲线、易受玷污的脆弱。她把大地、山脉、沙丘、盐湖都比成女人、比成母亲："我将这个湖视为一个女人，视为我本人，拒绝被驯服。""沙丘是女性的象征：那流动敏感的曲线——女人的背，还有她的胸部、臀部、胯骨和盆骨。""母亲身上那些令我崇尚、敬佩和吸取的东西都是大地固有的东西。"而女性身体与土地同样受到人类，尤其是男性社会无止境贪欲的蹂躏："男人蹂躏女人的身体来表明其阳刚之气，它是一种肉体上的占有欲。他们也以同样的方式蹂躏土地。""许多男人已经忘记了与他们息息相关的东西。对妇女和土地的压迫或许是自毁他们自身的阳刚之气。"女作家简·斯迈利最著名的

---

① 李玲：《从荒野描写到毒物描写——美国环境文学的两个维度》，北京理工大学出版社2013年版。

小说《一千英亩》，效仿《李尔王》的情节，叙述了父亲将土地分给三个女儿，两个大女儿接受、小女儿因拒绝而被赶出家门的故事，小说是从大女儿吉妮的角度来叙写的。吉妮作为女性是一个双重的牺牲品：她受到父权制社会中男性对女性占有、侵犯的伤害，也受到工业社会人将土地视为利益来源、不负责任地掠夺和破坏的伤害。前者造成了她对自己身体的厌恶，无法享受夫妻生活；后者造成了她身体上的损害，失去了生育能力。自然给予一个女性的幸福全部被剥夺了，她的心灵也与身体一样受到毒害：因为嫉妒妹妹罗丝拥有两个孩子，怨恨罗丝不顾她的感受、不肯把孩子们从寄宿学校接回来让她带养，她动了毒杀罗丝的念头。"问题在于，每种东西都有毒。毒素是不可避免的。想避免毒素就是中毒过深的一个症状。几年来，我疯狂地寻求合适的食物。我既不吃牛肉，不吃巧克力，也不喝咖啡。后来情况变得越来越糟，每个月都要多出几种我不吃的东西。我拼命地去寻找正确的食谱。我简直是疯了。我变得越来越瘦，毒素都存储在肌肉和内脏里。"[①] 丧失生育能力的女人与贫瘠化的土地，互为隐喻，二者都被男性世界的贪婪毒害了；身体的中毒与心灵的中毒，一表一里，让女性不但做母亲的愿望落空，也失去了自然的母性。

就较深层面而言，生态主义的一些核心信念，如尊重自然、物种间的平等、遵循自然规律与生命节奏、人与自然的共生等，已经融入当下的文学艺术理念中；只要作品中存在对自然的观照，这些核心信念就是自然观照的主导倾向。当然，这就超出了对自然本身进行观照的范畴，我们将在后面的章节中详述。

在中国，自然的"返魅"与民族传统的回归是联系在一起的。第一，中国并不存在一个像希腊—希伯来文化那样的人类中心主义传统。中国传统文化本身就强调"天人合一""天地与我并生而万物与

---

① ［美］简·斯迈利：《一千英亩》，张冲等译，上海译文出版社2001年版，第29页。

我为一"的生态整体观,就有"万物作焉而不辞,生而不有,长而不宰,功成而弗居"的母系自然观,就抱持"道法自然"的自然意识和"天地之大德曰生"的生命意识;中国传统文学中本来就蕴含着丰富的自然审美,以及"写气图貌,既随物以宛转;属采附声,亦与心而徘徊"的主客、心物、人景互构的审美范式。第二,中国在现代性进程中为自然"祛魅"的过程,是泊自西方,持续时间也比西方要短。但不可否认的是,在这短短的不到一个世纪的时间里,西方现代性在中国获得了一个更为极端、激进的本土化形态,中国文化的自然观、生态观所受到的破坏相当严重乃至彻底,这与中国传统文化的命运是基本一致的。20世纪90年代以来,生态美学在中国逐渐兴起,十分注重在传统文化中寻求生态文化的资源。但在文学领域,中国的"自然文学""环境文学"的规模还没有西方那样大,并且有其自身的特点。其一,有一部分"自然文学"科普性或宣传性、教化性比较强,以报告文学为主,如徐刚的《伐木者,醒来》《守望家园》,陈桂棣的《淮河的警告》,岳非丘的《只有一条江》,蒋子龙的《水中的黄昏》等。这些报告文学并不是对生态美学的审美理念或生态哲学的"返魅"呼吁的直接回应:"它基本属于'生态'文学而不是生态'文学',其重'生态'而轻'文学'的倾向十分明显,并且其中有些生态理念是有偏颇的。真正把生态文学看成是一种文学(当然是一种特殊的文学),从人类生命存在和人性生成的根本去把握文学的生命意蕴和人学内涵,似乎不是很多。"① 其二,在另一部分生态文学中,生态意识并非其中最重要的主题,甚至并不一定是作者"自觉"的主题,这实际上已经接近于生态意识在文学艺术中的深层融入了。姜戎《狼图腾》具有典型的"生态整体主义"和"大地伦理",而且

---

① 吴秀明:《我们需要什么样的生态文学》,党圣元、刘瑞宏选编:《生态批评与生态美学》,中国社会科学出版社2011年版,第225页。

突出了人类贪欲对生态的破坏，但汉民族的农耕文化与草原民族的游牧文化的精神对照也是它的核心旨趣之一。陈应松《松鸦为什么鸣叫》叙写神农架村民为了向自然讨生存而丧命的故事，更接近于底层叙事，是对底层生存境遇的悲悯。《消息不宜披露》更接近于官场小说，侧重揭露官员的腐败和不作为。另外，中国并未出现一个具有规模的"环境文学"女性作家群。因此，对中国当代文学中的生态主义、生态女性主义的研究应以生态性的精神特质、生态美的意蕴在文学中的融入为主要研究对象。

## 二 理性与感性关系的重整

生态主义的自然性，在精神特质层面不只包含外在的自然——生态系统、自然环境，也应包含内在的自然——人作为"自然人"的属性。"自然人"系于人的感性层面：感官、欲望、情绪、情感等；"社会人"则更多地系于人的理性层面。在父权制文化秩序里，通常是"社会人"受到推崇而"自然人"受到贬抑。西方有"人是社会的/理性的动物"的经典命题，逻各斯中心主义的传统；中国具有重"自然"的哲学传统，以及较为现世化的文化取向，相对来说给了"自然人"更高的位置，但也存在着重"理"而轻"欲"的理学观念和社会伦理，以及极"左"时代对人的一切自然性的否认……在这样的背景下，男人被视为"理性的动物"，而女人被视为"感性的动物"，女人被认为比男人更难脱离世俗欲望，更易受到诱惑，让女性与"自然人"一起受到了贬低。

但是，从叔本华、尼采、柏格森等现代人本哲学家举起反理性的旗帜，将哲学思想建构在非理性因素之上，到后现代对理论话语、对逻各斯中心的解构，理性与感性的关系已经被重整。这种重整渗透在了文学领域。在20世纪文学中，以彼岸的精神追求来超脱世俗欲望，或以理性来约束感性的旨趣越来越少了，并将越来越多的关注投向了人的自然性、非理性因素。20世纪的现实主义文学突破19世纪现实主义的写实风格，有的引入了梦幻、象征、神话等非理性手法，如萧伯纳、马尔克斯的作品；还有的运用大量丰富的心理描写，多潜意识、欲望、幻想、情绪等因素，如罗曼·罗兰、托马斯·曼、劳伦斯的作品。卡夫卡、贝克特、海勒等人的现代主义文学以荒诞的形式揭示现代技术理性本身的荒诞性。普鲁斯特、乔伊斯、福克纳、伍尔夫等人的意识流作品，是柏格森哲学与精神分析的潜意识理论共同催生的产物，是"主观真实"的最典型实践。其手法往往是旨趣的外化，我们需要注意到这种理性/感性关系重整中所包含的性别隐喻。而这又包含了两个部分：一部分是来自男性作品中的女性形象和女性意象，另一部分是女性的作品。

在男性作品的女性隐喻中，艾略特的《荒原》比较典型。"荒原"实际上就是大地，不过是失去了丰饶和繁衍能力的"衰老"的大地。诗人用一个古代女先知的神话来揭示这个绝望的主题——这个女先知西尔比向神要求沙粒一样多的岁数，却忘了要求永远年轻，结果因衰老而痛苦不堪、求死不能："是的，我自己亲眼看见古米的西尔比吊在一个笼子里。孩子们问她，'西尔比，你要什么'的时候，她回答说，'我要死。'"诗中描绘了枯萎败落的自然，与堕落空虚的女性：上流社会的妇女百无聊赖，自问"我现在该做什么？我们明天该做什么？我们究竟该做些什么？"下层社会的女子在谈论私情、打胎和怎样应付即将回家的丈夫。大地的衰败、女性的堕落与人性的沦丧互为隐喻。劳伦斯的《儿子与情人》所描绘的男人毁了女人、女人毁了儿子、儿子又继续毁掉女人的恶性循环，隐含着工业文明对自然天性的摧残；《虹》中三代女性——理智而宁静的莉迪亚、充满做"贵妇"欲望的安娜和追求生命与自然精神融合的厄秀拉，展示了女性的自然天性逐渐回归的过程。萧伯纳《人与超人》中的女主人公安具有神话般的象征意义,是既司生育又司毁灭的原始大母神形象。

在女性作品中,"自然人"意识表现得更明显一些,而且对于一些女作家来说,这还是一种自觉。女作家当中有采取现实主义手法的,如玛格丽特·米歇尔的《飘》。但是小说也采取了"土地"的隐喻,来自爱尔兰农业社会的移民仍像祖先一样从土地中汲取力量。在小说的叙述中,女性像"土地"一样包容、厚重而坚韧,无论在和平年代还是在乱世都成为男性的心灵支撑,如艾伦之于杰拉尔德、玫兰妮之于艾希礼以及周围的亲友。而女主人公斯佳丽则展示出另一种女性意识,她厌恶当时社会的淑女标准,并不怕显露自己的自然天性和自然欲求,她的率真大方、敢爱敢恨让她有一种特殊的魅力。玛格丽特·杜拉斯也偏向于写实风格,她的作品常描绘女性自然纯粹的原欲,其中的女主人公更接近于她的自传。意识流作家弗吉尼亚·伍尔夫本人是女性主义理论家,她在《一间自己的房间》中提出建立女性的文学史。她的作品着力展示作为"理性人""社会人"另一面的"心理人",刻画女性各类细腻敏感的情绪:《达罗卫夫人》中的克拉丽莎是一个上流社会的贵妇,曾有着浪漫爱情和独立精神,但最终成为一个无所事事的"附属",将时光消磨在与社交和上流社会妇女的闲言碎语中,感到厌倦、无聊、痛苦,找不到方向,丢失了女性真正的自我;《到灯塔去》中的拉姆齐夫人则用一个成熟、智慧、圆融的女性特有的爱与理解来建构和谐的家庭、邻里及社交关系,并抚慰战后人们的心灵,既拥有丰富的生活、充溢的心灵,又向周围的人展示着母性的力量。20世纪还涌现出大批的女作家,大致而论,英美派的女作家更侧重于探索女性的性别特质及真正自我,往往基于女性自然的生理—心理特征来叙写女性的经验和在这个男性社会里寻求自我实现的努力,如多丽丝·莱辛、安吉拉·卡特、布任达·阿加德等;法国派的女作家更侧重从语言和形式的层面解构逻各斯中心主义,建构非中心的、互构性的、整体化的"女子说话方式",如新小说派作家、理论家娜塔莉·萨洛特等。

在中国当代文学中,人的"自然性"的解放,最初不是从逻各斯中心主义传统及技术理性、功利主义中解放人的非理性因素,而是从"左"的时代的宏大叙事中解放人的个体因素,包括生理需要、情感需要、人格尊严等。这不但是新时期的伤痕文学、反思文学的共同主题,而且是在20世纪90年代甚至新世纪的文学中反复出现的主题。无论社会意识领域还是文学领域的"极左"叙事,都是把父权制逻辑发展到极致而呈现出的形态,因此女性——无论是作品中的女性人物,还是创作涉及这一主题的女性作家——的警醒和反思当然有特殊意义。实际上,早在延安时期,丁玲就议及了以消泯女性特质为前提的"男女平等"所隐藏的不平等,以及给女性造成的困境。在"文化大革命"题材的作品中,性别的罹难与"自然人"的罹难、人性的罹难总是相伴随的,女性经常以其母性特质而成为自然人性、人情的艰难守护者。

之后,女性文学仍然保持着某种悲剧意识。性别的悲剧往往与各种社会层面或文化层面的悲剧相整合。20世纪80年代的变革时期,知识分子的文化人格中普遍存在着理想主义与精神困惑的悖论式共存,在女性文学反映女知识分子人生困惑的作品中,又增添了女性特有的性别困境。如王安忆的"雯雯系列"是少女成长中的困惑,谌容的《人到中年》是权利被漠视的中年女知识分子的人生困境。乡土文学或乡村题材文学是与生态女性主义的精神契合度更高的,因为"乡土"本身就具有性别隐喻的意味,可以成为现代性进程中女性的美好与苦难的隐喻。如迟子建的东北黑土地题材作品,主要的主人公是女性和儿童。在她笔下,生长于乡野的女性和孩子是有灵性的,心灵与自然中的一切生命相通;是温情的、包容的,无论对自然生命还是对人,都充满着爱、理解和悲悯;也是坚忍的,就像土地本身一样能承受生活的重负。如《逝川》中美妙的自然风光与女主人公吉喜交相辉映,她因男权社会的偏见而一生未婚、孤独终老,被艰难的生活磨去了青春美貌而成为一棵"粗壮的黑桦树",但她仍有着博大的胸怀和顽强的生命力,以她的爱心和热情去帮助他人。《日落碗窑》《亲亲土豆》写乡村夫妻间的相濡以沫,在艰难的生活中相互支撑,也充满了女性/乡土的耐性与温情。新世纪前后发展起来的底层叙事,其中的底层在一定程度上被性别化了,如"下岗女工"成了城市下岗工人的集中代表,"打工妹"也成了农民工群体的形象代言,使底层的苦难与女性的苦难交织在一起。这其中有因女性特殊的生理—心理特征而造成的额外的苦难。如盛可以《火宅》中的打工妹球球爱上了老板娘的儿子,被始乱终弃,因怀孕打胎而失去了生育能力;铁凝《午后悬崖》中的张美方因为受不了神经质的知识分子丈夫的谩骂和毒打,决然离婚,陷入了经济和精神的双重深渊;李昂《杀夫》中的贫穷女子林市因屠夫丈夫的长期性虐待而杀了丈夫。也有源于她们感性丰富的性别特质的包容、爱、美与诗意,给艰辛的底层生存所带来的温暖。如《踏着月光的行板》中,农民工林秀珊包容地、耐心地对待生活的艰难,为生活平添了诗意;《跳舞》中的下岗女工留香,在跳舞、养鹰和做小买卖中不但重拾了生活的乐趣、人格的尊严和家庭的温暖,而且创造了美。总之,在当代女性文学中,女性特质所带来的痛苦与成就的美好,大体上是相伴随的,后者有力地补偿和救赎着前者。

## 三 生态化观念的觉醒

在当代文学中,得到彰显的不只是外在的自然——自然环境、生态环境,与内在的自然——人作为"自然人"的一面、人的感性面向,还有系列生态化、母性化的价值观,这些价值观在一些文化群体中甚至成了文学旨趣的合理性基础,如生命意识、生态平等性、生态整体性等。

### （一）生命意识

在生态化/女性化价值观中，最突出的特质之一是对生命的爱护与尊重——作为孕育、哺养和抚育生命的性别，女性对生命更倾向于采取呵护的态度；而女性的生理命运决定了她一生中拥有的后代数量是有限的，这也让女性更倾向于尊重和珍惜生命。在母系价值观中，生命的繁衍和维系是最重要的，生命价值是高于一切的价值。而男性在长期的生存斗争中，却部分地发挥着"毁灭生命的性别"的作用。对于强调权威的父权制社会来说，先是部族的利益（原始社会的父系阶段），然后是古典正义（古典时代），接下来是宗教权威（中世纪），继而是某种意识形态（现代社会），都具有高于生命的价值，包括付出自己的生命，也包括合理地夺取对立者的生命。无论中国还是西方，在以男性为中心的文学史上，这样的价值取向都是广泛存在的。中国最常见的是伦理层面的"赏善罚恶""恶有恶报"，尤其是在叙事文学中，违背伦理者通常被做出"非人化"的处理，他们被塑造成不具备人性的、十恶不赦的恶人，以致死亡对他们来说是理所当然的惩罚。西方文学中也有这样的倾向，虽然有时对非正义方的处理没有那样脸谱化，而是更加生动、深刻、具有扣人心弦的悲剧感（如《麦克白》中的麦克白夫妇、《巴黎圣母院》中的克洛德主教等），但他们的死仍是一种正义的"罪有应得"。

在20世纪以后的西方文学中，这种对死亡的"罪有应得"、大快人心的处理已经越来越罕见了；当下的中国文学也呈现出这样的旨趣——无论什么样的生命，我们都应在生命意识的层面给予其应有的尊重与悲悯。实际上，由于中国经历了极"左"意识形态的冲击和"十年动乱"对人性、对生命的漠视，生命意识在中国当代文学中具有尤为重要的意义。这在当代女性文学中表现得非常充分。如铁凝、严歌苓等女作家的创作都经常涉及"文化大革命叙事",而她们作品中的女主人公,往往就是一批不问"是非""敌我"而只以母性的本能来保护生命的女性,如《第九个寡妇》中的王葡萄、《一个女人的史诗》中的田苏菲等。

### (二) 生态化的平等意识

"平等"作为现代性的一个关键词,其出现早于生态平等主义,是对父权制社会等级秩序的一个反拨。但是,现代性的平等与生态性的平等并不完全一致。第一,现代性的平等只包含人与人之间的平等,生态性的平等则涵盖了所有生命的平等,它是如生态文学所展示的那种所有生命都拥有生存、发展、实现自身权利的那种平等。因此,现代性的平等并不能阻止人类对自然的攫取,生态性的平等则主张人与自然的和谐。第二,现代性的平等是理性、文明内部的平等,其不言自明的前提是,只有拥有理性、生活于文明秩序中的人,才拥有实践平等的能力和资格。因此,现代性的平等并不对较少理性的性别——女性、西方式文明之外的民族——东方殖民地承诺平等,相反,却认为他们对女性/野蛮人有统治与启蒙的义务。生态性的平等则是生命的平等,它消解了理性/逻各斯的优势,更多地将平等作为生命的应然状态,而不是参与文明的结果来对待。第三,现代性的平等绕不过一个"正义"的前提,即违反现代性设置的正义原则的社会成员,是得不到平等的,这与理性、文明的内部平等一样,仍是父权制等级秩序的一种变体。而生态性的平等不以"正义"为前提。总之,生态性的平等虽然是20世纪才被提出来的概念,却是母系时代的一种"自然形态",是一种母系理念。这种生态性的平等不只是20世纪生态文学的旨趣,也渗透进了整个文学系统中,成为一种理念基础。20世纪文学的旨趣如果只停留在现代性的"平等"上,而忽略了男性与女性、西方与东方、白种人与其他种族乃至人与自然的平等，则会被视为野蛮。

综合以上论述我们会发现，无论是狭义的生态女性主义文学（即女性作家写作的自然文学），还是蕴含"自然人"意识、生命意识、生态平等意识、生态整体意识等生态化、母性化旨趣的文学，总体来说，在西方文学中都似乎比在中国文学中更占优势。但我们不能否认，中国文化更具自然意识（天、地、人三才）、生命意识（"贵生""天地之大德曰生""乾以大生，坤以广生"）、生态平等意识（"众生平等"）、生态整体意识（天人合一、"天地与我并生而万物与我为一"）的文化基因，西方的深层生态学及文学中的生态主义，很多都借鉴自东方传统的哲学和审美范式。因此，中国生态女性主义文学的发展未必一定要学习和搬用西方的观念。发掘本土化的生态主义资源，也是一条很好的发展道路，生态美学已经在这一点上成为一个成功的范例。实际上，中国文学已经在尝试。如前面提到的中国自然文学运用神农架、内蒙古草原等地区"草根文化"中的生态意识来作为文学的旨趣；在铁凝、严歌苓等女性作家的作品中，那些具有东方传统性格气质的女性，以她们自然的悲悯、宽容与忘我来超越男性世界的统治秩序，彰显出不同于西方女性主义自由观的另一种自由。对这样的文学作品、文学现象进行发掘，以生态女性主义的视角来研究，对建构中国本土化的生态女性主义批评是极有意义的。

# 结　　语

　　生态女性主义文学——确切地说，应该是目前被归入生态女性主义范畴的文学——虽然在19世纪就产生、在20世纪上半叶就广泛存在着，但是直到生态女性主义文论及文学批评产生，它才被命名并且被归类研究。之前，它们以自在的，有时甚至是以被批判、被质疑的形态存在着（如《寂静的春天》为代表的具有极端、激进生态主义倾向的作品所遭遇的那样），作为对尚未得到足够重视的生态危机的敏锐反应；后来，它们才得到了文论界和批评界的正向回应。在这个过程中，起到促发和推动作用的因素不仅有它们自身的发展壮大，逐渐形成一个规模不小的潮流，也有愈演愈烈、不得不引起重视的生态危机，甚至有节节推进的女权主义、女性主义运动，还有作为整体的文化价值倾向的转型。当代生态女性主义文学的发展并不是一个孤立的现象，实际上，作为整体的当代文化、当代文学也开始表现出某种女性化、生态化特质。

　　20世纪是一个打破逻各斯中心主义及二元对立、主客分立的世纪，是一个各种"后"理论兴起，消解着现代性的工具化的理性主义、有条件的"平等"与"正义"的世纪，而这两者分别是前现代与现代的父权制建构的文化基础、合理性依据，同时也是人类中心主义的思想基础。它们同时贬抑了女性与自然，将女性/自然变成男性/

人类的"他者""对象""客体",既是可以观赏、审视、研究、保护的,也是可以攫取、征服、占有、主宰的。20世纪下半叶以来,文化从价值旨归上开始转向自然意识、生命意识、整体意识、统合意识,并以生态化的自由、平等来取代现代性的自由、平等。向自然"返魅"的呼声越来越高了,将自然视为利用、攫取对象的观念已经在某种程度上被视为现代性的野蛮;尊重自然、物种间的平等、遵循自然规律与生命节奏、人与自然的共生等,已经融入当下的文学艺术理念中;人作为"自然人"的属性,与古老的作为"社会人"的属性一样受到尊重,以理性为核心的社会性与以欲望、本能、情绪、情感、直觉、体悟等感性因素为内容的自然性,其关系得到了重整,人的感性面向得到了自现代性发轫以来前所未有地彰显;平等的理念,由以人与人的平等、西方文明内部的平等、男性公民之间的平等、"正义"原则之内的平等为内容的现代性平等,扩展为跨物种、跨文明、跨性别、跨信仰的生命本身无差别的平等;生命原则得到无条件的尊重,生命价值前所未有地被视为高于秩序、权威乃至信仰、正义;生命被承认具有追求自由与幸福的权利,这种权利是基于发自生命核心的"爱",超越现代性的以理性、公平、正义为基础的自由观;整体性、整合性的思维在各个领域都开始发挥作用,现代性的学科分工、领域分工开始出现模糊化的趋势,并且这种趋势已然越出了理论的范畴,我们正面临着一个知识整合、信息整合、资源整合的社会,面临着一个因为结成了有机而广泛的关系网络而必须更加重视合作、互利、协调、和谐的社会。深层生态主义当然是这种自然意识、生命意识、平等意识和整体/整合意识的一个重要代表:深层生态主义将人类视为自然中与其他物种平等的一分子,与其他物种紧密依存,共生于生态整体之中;并将生命、生命的自然与自由置于价值序位之顶端。这种观念在20世纪末成了具有普遍性的文学旨趣。

生态女性主义者将这样的价值观称为"女性化价值观"或"母系

价值观",它不同于以文明、理性、科学、法律、公义等为代表的父系价值观,后者在经历了两次世界大战的浩劫、"冷战"的威胁和生态灾难的上演之后,似乎暴露出重重问题,受到了前所未有的质疑;"母系价值"却以自然、情感、生命、爱、包容为核心,而越来越受到推重。之所以称之为"母系价值",一是因为其中既有女性生理—心理上的因素,也有父权制社会文化造就的女性反拨的因素。从生理—心理上看,女性的生理特征以及由此形成的心理特征使她相对地更接近自然。女性的生理节律与自然有着更紧密的联系,其情绪、情感和行为也比男性更多地受到这种生理/自然节律的影响。女性孕育、哺养后代的生理使命不但决定了她会比男性更多地处理与人类的自然性相关的事务,也使她形成了更具生态化特质的思维/行为方式和情绪/情感特征,如整体性、平等性、互融性,以及对生命的珍视、对爱的坚守等;同时,女性的生理命运决定了她一生中可能拥有的后代数量是有限的,这也让女性更倾向于尊重和珍惜生命。从人类学的视角看,女性与自然/生态系统的神秘联系是一个来自母系文明的隐喻,植根于人类古老的文化记忆中。就女性的历史命运而言,是父权制社会的文化逻辑把她们变成了自然/生态的同盟。这又可以分成两个阶段。第一阶段是前现代的,逻各斯中心主义和二元不对等的结构将男性与社会的、理性的、精神的一面相联系而赋予其较高的价值,将女性与自然的、感性的、物质的一面相联系而赋予其较低的价值。第二阶段是现代性的,现代工具理性将自然化约为人类的"资源",视为攫取和掠夺的对象。这种占有自然而无视自然自身利益的人类中心主义态度,与占有女性而无视女性之主体性的男性中心主义态度,是一致的,是有着共同的社会文化根源的。而这种霸权性的、功利性的占有欲望所造成的种种现代性问题,如世界大战、人道危机、生态灾难、人伦迷失等,使女性选择了与自然结成同盟。

目前,我们甚至可以说,一部分发达国家的文化—价值已经向

"母系时代"迈进，虽然这体现了上层文化较社会基础的某种超前性，因为社会—经济层面男性的优势仍然存在。生态女性主义文论和文学批评在生态化/女性化价值观的基础上建构而来，在生态女性主义文论及文学批评的指引下，我们既可以研究当下的生态女性主义文学现象，也可以从传统文学中发掘生态女性主义资源，建立一个虽断断续续却一直不绝的生态化文学传统；既可以借鉴西方生态女性主义文学的创作经验，也可以发掘中国本土的生态女性资源，甚至中国文化结构中潜在蕴含的生态女性主义意蕴。

如果认为男性文学，尤其是男性主导的文学传统，不存在与生态女性主义相通的旨趣，这本身就不符合生态主义的有机整体思维和交互融合思维。将女性与自然联系起来、与生命联系起来，给予膜拜和礼赞，在传统的男性中心文学中早已存在。其中几个基本类型是以拒绝婚姻来维护女性自由的处女，以自然的真情、鲜活的个性向父权制秩序说不的恋人，温雅慈爱、尊重真情、以母性原则化解父性原则的母亲，及闯进男权社会施展女性特有魅力的社会化女人，她们都给男性社会带来了一种生态化特质的平等、和谐与自由。虽然这种生态化特质的介入是有限的，如女性恋人在爱情同盟中通常是附属方，成功介入父权制秩序的女人不得不牺牲其部分自然特质，拒绝通过婚姻被收编入父权制秩序的处女必须放弃做母亲的权利，或者概括地说，父权制秩序偶尔会允许作为个人的女性"越轨"，但不能让女性化的生命原则、女性化的价值观太多地介入这个秩序，从而颠覆男性的统治原则；但是，我们还是不能否认，在男性中心的文学传统中，确实存在着丰富的生态女性主义资源。

生态女性主义本土化的问题更值得重视。如果以狭义的当代西方的生态女性主义文学——女性写作的环境文学、自然文学或以身体/生理属性为依托的文学——做参照，我们可以说，当代中国的生态女性主义文学创作并没有形成潮流，其作品无论数量还是质量都不成规模，将其作为一个类别来进行的研究更是没有跟进。不过，这种参照是不尽合理的，如果我们不局限于表象而把握生态女性主义的精神内核——女性与自然的同盟及这个同盟所追求的自然意识、生命意识、宽容、自由、平等与无差别的爱，那么我们可以说，中国的生态女性主义有自己的传统与自己的现实。

一方面，中国的文化传统中就蕴含着生态主义、生态女性主义的基因，如生态整体性（"盈天地间只是一个大生""天地与我并生而万物与我为一"）、生态互构性（"物以貌求，心以理应"）和强烈的自然意识（天、地、人三才及对自然的审美观照）、生态平等意识（相对于西方"各从其类"的东方"众生平等"）、生命意识（"贵生""天地之大德曰生""乾以大生，坤以广生"）。宇宙是一个生气灌注的生态整体，自然、社会、国、家、个人都共在于这个整体当中，有机地联结在一起；阴阳、四象、五行、万物……其界限并不是绝对的，而是处于不断的交互、融合、转化、生成之中；这样的宇宙本身就拥有一种珍惜生命、保护生机、促成生命繁衍的态度。这种打破主客体界限的整体性、互构性，这种与自然的联结、对生命的珍视，都是与女性孕育和哺养生命内在相通的，相比于希腊传统的理式分有、希伯来传统的神造万物的"父式"宇宙观，这是一种"母式"的宇宙观。在与西方文化的互参下，建立在"母式"宇宙观基础上的中国传统文化似乎保留了更多的母系原则和女性化价值观。从某种意义上说，这个确实不仅意味着中国传统文化包含着丰富的生态主义资源，也意味着它包含了某些生态女性主义资源。就儒家传统而言，互构性、相对性的思维使中国传统的性别观念不如西方的性别观念那样固化。中国的"男尊女卑"，尊卑是相对的，在差序格局中会产生交互：与君臣秩序交互，则帝后于臣子、主母与仆侍，反为尊；与长幼秩序交互，则母于子、婆于媳，反为尊。因此，比起西方女性，中国女性在家国秩序中拥有更高的地位。就道家传统而言，崇尚自然无为、追求逍遥适性，寻求个体生命与宇宙生命的有机整体相通的诗性文化精神，带有鲜明的生态化特质，使之反而更欣赏女性，甚至偶尔得出"女优男劣"的结论。女性因为更接近"自然"，而与自然一样可以被用于营构意境，她们在文艺作品中经常发挥着与自然物象相似的"景/境"作用：她们不仅是自然的一部分，而且是自然之"道"感性显现的精华，可以作为作者情思与体悟的"存意之象"，生成更为模糊而深远的意境。这是中国文化中独具特色的生态女性主义元素。

另一方面，中国的男权社会对生态原则的压抑、对女性的统治也有自身的特色，并不是西方的生态女性主义理论所能概括的；中国的生态女性主义发展面临着属于自己的历史和现实问题。就前现代传统而言，从三代开始出现了将父权制的人伦秩序投射到《易经》构筑的宇宙共生体之上的倾向，将生态系统人伦化，进而又以这个人伦化了的生态系统作为社会人伦秩序的合理化基础。而中国传统的人与自然共在共生的浑融思维，在避免将人与自然对立起来、将人与生态割裂开来的同时，也造成了人与自然、人与生态的边界模糊。囿于边界模糊的浑融式思维，这些既无理论推衍，也无逻辑依据，更无实践验证的投射，几千年来都被认为具有不言自明的合理性，鲜少遭遇质疑。就现代性的问题而言，不同于西方现代性的发轫带来对女性的新一轮压迫与贬抑（如新教取消对圣母的信仰，现代理性主义将女性等同于感性、欲望和野蛮，现代性的平等自由、公民权利仅面向男性公民等），中国的现代性发轫与女性解放是同步进行的，阶级平等从一开始就与性别平等齐头并进。女性解放被建立在消灭女性的自然性别特征的基础之上，并且这种消灭在新中国成立后10年里及"文化大革命"期间达到了极致。这一阶段，中国的生态女性主义问题开始和西方女权主义运动第一阶段的问题接近了：对女性的认识和定位虽然颠覆了传统，但对阴与阳、女性自然特质与男性自然特质的价值判断却仍囿于传统之中；女人可以进入男人的社会并且表现得和男人一样优胜，但只有抛弃其生理命运和自然特质，才能获得准入。这都是中国生态女性主义批判和反思的特有"过去"。

当下,中国本土的生态女性主义文学已经产生,但有自己的特征。第一,它们极少像部分西方的生态女性主义作品一样集中关注生态问题与女性问题,而总是伴随着更广泛的社会关注和人生关注,拥有更多的超越性别、超越自然的视角。如新时期人的"自然性"及人的生理需要、情感需要、人格尊严、生命价值等,从"左"的时代的宏大叙事中解放出来,此时女性人物与物质、自然人性、生命诉求等的联结就得到了充分的书写;20 世纪 80 年代的变革时期,知识分子的文化人格中普遍存在着理想主义与精神困惑的悖论式共存,女性文学中女主人公的困惑不仅是作为女性的性别困惑,也是作为知识分子的人生困惑、精神困惑;新世纪前后发展起来的底层叙事,其中的底层在一定程度上被性别化了,如"下岗女工"成了城市下岗工人的集中代表,"打工妹"也成了农民工群体的形象代言,现代性进程及城市文明对女性的伤害与对底层的伤害成为同一个问题;乡土文学或乡村题材文学与生态女性主义的契合度更高,因为"乡土"本身就具有性别隐喻的意味,可以成为现代性进程中女性的美好与苦难的隐喻,对乡村女性的关注与对乡村生存、乡土文化、乡土命运乃至作为其对立面的都市命运的关注是整合在一起的。第二,还有一部分生态女性主义作品融入了东方传统的文化意蕴,其中的女性具有明显的东方传统性格气质,这种气质有时是草原、山区等自然生态占据主导的地区"草根文化"中的生态意识,有时是东方女性发于自然的悲悯、宽容与忘我,而这一切并不是她们失去自由、迷失自我的表征,相反,她们以此超越男性世界的统治秩序,活出了女性生命的本真,彰显出不同于西方女性主义自由观的另一种自由。总之,中国的生态女性主义作品与西方生态女性主义文学形态迥异,但中国的生态女性主义研究却大量搬用西方生态女性主义文论及文学批评,因此长期以来,这些作品没有被纳入生态女性主义文学研究的视域。但是,如果对生态女性主义文学做更广义的理解，我们就可能会发现，中国生态女性主义文学超越性别的视角，把自然/生态问题、性别问题与社会问题、人生问题整合起来的叙事模式，对社会、人生的整体观照，以及传达出的对个人主义、自我中心自由观的超越，无我、悲悯的生命境界，实际上更契合了生态女性主义整体性、互融性的思维方式和精神内核。因此，中国本土生态女性主义创作的匮乏并不是一个绝对的命题，中国文化传统中蕴含着的生态女性主义基因，会使中国的生态女性主义文学呈现出自己的面貌，甚至是一种更值得探索的面貌；我们需要充分重视和发掘在中国文化土壤上生长出独特的生态女性主义文学的可能。

  生态问题与性别问题都是当下重大的现实问题。应对生态危机，不仅仅是改善自然环境以保证人类生存这样的技术层面的问题，也涉及人类与自然、与生态精神联结的重建；解决性别问题，也不仅仅是机械地强调"男女平等"，基于现代性的平等观给予女性经济上、法律上、政治上、教育上及家庭中的平等地位，还涉及女性特质的寻求与发挥。当下，无论在西方国家还是中国，环境保护和重建都在不同程度地进行中，或者取得了初步的成果，或者至少提上了日程，各个领域的生态意识也在觉醒；女性的利益得到了更多的保障，原则上可以在大部分行业里与男性平等竞争，虽然经常会遭遇就业歧视、同工不同酬和"无形天花板"问题，但至少已拥有机会。因此，深层生态学的探索和女性特质的寻求，以及二者整合的生态女性主义，并不是一个文化上的奢侈品或提前量；更普遍、更纵深的生态意识建构和性别意识建构正当其时，而这种建构应该拥有自然、包容、有联结的整体、无差别的爱与平等、生命层面的自由与和谐等生态女性主义精神内核，应该是母系价值对统治了几千年的父系价值的深层整合。生态女性主义文学继承了生态主义、女性主义对现实的介入意识和参与意识，它在生态意识、性别意识建构中正在发挥、即将发挥和可能发挥的作用，值得研究者的持续关注。

# 参考文献

《圣经·旧约·创世纪》2：19—23。

《圣经·新约·以弗所书》5：22—29。

《圣经·新约·哥林多前书》7：32—38。

陈喜荣：《生态女权主义述评》，《武汉大学学报》2002年第5期。

党圣元、刘瑞弘选编：《生态批评与生态美学》，中国社会科学出版社2011年版。

胡志红：《西方生态批评研究》，中国社会科学出版社2006年版。

李玲：《从荒野描写到毒物描写——美国环境文学的两个维度》，北京理工大学出版社2013年版。

孙万：《论品钦后现代作品中的"复魅"主题》，《当代外国文学》2007年第3期。

孙中山：《孙中山全集》第9卷，中华书局1986年版。

王先霈、王又平主编：《文学批评术语词典》，上海文艺出版社1992年版。

韦清琦：《方兴未艾的绿色文学研究——生态批评》，《外国文学》2002年第3期。

吴龙辉主编：《花底拾遗——女性生活艺术经典》，中国社会科学出版社1993年版。

吴秀明：《我们需要什么样的生态文学》，党圣元、刘瑞宏选编：《生态批评与生态美学》，中国社会科学出版社2011年版。

肖瓦尔特：《我们自己的批评：美国黑人和女性主义文学理论中的自主与同化现象》，转引自王先霈、王又平主编《文学批评术语词典》，上海文艺出版社1999年版。

杨经建：《家族文化与20世纪中国家族文学的母题形态》，岳麓书社2005年版。

张少康：《中国文学理论批评发展史》，北京大学出版社1995年版。

［德］海德格尔：《荷尔德林与诗的本质》，芝加哥，1968年。

［美］麦克艾文：《夏娃的种子》，王祖哲译，上海人民出版社2005年版，第206页。

［美］大卫·格里芬：《后现代科学》，马季方译，中央编译出版社1995年版。

［美］费正清：《美国和中国》，张理京译，世界知识出版社1999年版。

［美］弗洛姆：《被遗忘的语言》，郭乙瑶等译，国际文化出版公司2000年版。

［美］简·斯迈利：《一千英亩》，张冲等译，上海译文出版社2001年版。

［美］玛丽莲·亚隆：《老婆的历史》，许德金、霍炜等译，华龄出版社2002年版。

［美］莫瓦：《性别/文本政治：女性主义文学理论》，林建法等译，春风文艺出版社1994年版。

［美］斯图尔特·A.奎因、罗伯特·W.哈本斯坦：《世界婚姻家庭史话》，卢丹怀等译，宝文堂书店1991年版。

［美］托马斯·卡西尔：《中世纪的奥秘》，朱乐华译，北京大学出版社2011年版。

Bill Devall & George Sessions, *Deep Ecology*, Layton, Utah: Peregrine Smith Books, 1985.

Carol Bigwood, "Earth Muse: Feminism," *Nature and Art*, 1993.

Glotfelty, Cheryll, "Introduction: Literary Studies in an Age of Environmental Crisis," in Glotfelty, Cheryll & Harold Fromm (eds.), *The Ecocriticism Reader: Landmarks in Literary Ecology*, Hens, Georgia: University of Georgia Press.

E. Joyce, "Salisbury: The Latin Doctors of the Church on Sexuality?" in *Journal of Medieval History*, 1986 (12), North-Holland.

Karen J. Warren, *Ecological Feminism*, London: Routledge, 1994.

P. D. Murphy, *Literature, Nature & Other: Ecofeminist Critiques*, New York: State University of NewYork, 1995.

Paul Brooks, *Rachel Carson: The Writer at Work*, San Francisco: Sierra Club Books, 1989.

Slovic Scott, "Giving Expression to Nature, Voices of Environmental Literature," *Environment*, 1999 (3).

Snyder Gary, *No Nature*, New York: Pantheon, 1992.

# 致　　谢

本书是在我博士学位论文基础上修改形成的。

2008年我考入了辽宁大学文学院文艺学博士专业。当时的喜悦无以言表，非常感谢多年来培养我的母校在学业上再次接纳了我，感谢恩师高凯征教授能成为我的博士生导师，再次指点我在学业上继续耕耘。本博士论文的写作经过了长期的资料积累，渗透着自己多年的心血，并折射着导师辛勤的教诲和培养。在论文的写作过程中，首先要感谢我的导师高凯征教授。近年来，科学技术虽然以不可思议的速度迅猛发展，但人类生态系统中意想不到的各类灾难却携雷霆之势接踵而至，在这样的背景下，20世纪80年代开始，无论是东方还是西方，一些学者均纷纷提出了生态文艺学观点，以解决人类发展不可规避的重大问题。许多学者逐渐意识到"大地的造化功能与女性的孕育功能惊人的相似，女人用自己的血肉之躯生儿育女，并把食物转化成乳汁喂养他们，大地则循环往复地生产出丰硕物产，并提供一个复杂的容纳生命的生物圈"。因此，我就萌发了将此课题研究进一步深入下去并把它作为博士论文论题的想法。高凯征教授非常支持我，并希望我能认真把这个课题做下去。

然而，人生并非坦途，非常不幸的是，2008年底我的母亲罹患了乳腺癌，但也更坚定了我做此论文的决心。在导师的指导下，定下了博士论文的选题：生态女性主义文学研究。可以说，从选题到论文的框架以及资料的提供和写作过程中的困惑，高老师都付出了极大的心血和爱心。导师不仅在学业方面，在做人方面也为我树立了作为一名人民教师的宽厚待人的品质和教书育人的榜样。同时，要感谢王纯菲老师，她为我博士论文中女性文学批评的相关研究提供了正确的思路和视野上的启发；感谢在辽宁社会科学研究院工作的同学李静，她在生态批评方面给予我很多独特的见解，使我得到了鲜活资料；感谢博士在读期间为我们授课的赵凌河老师；感谢宋伟教授、崔海峰教授在预答辩时给我提出的很多建设性意见，让我能更好地修改论文，精益求精；感谢文学院张立军、史文霁老师对博士研究生的用心管理。更要感谢我的母亲，在她身上我看到了女性、母亲的力量，她与病魔一次一次地斗争，一次一次地失败，一次又一次地再次站起来，不屈不挠地面对死亡的威胁。她的坚定与执着让我学会了如何面对困顿与磨难、她的乐观与大气让我懂得了逆境既已存在唯有笑看风云。因自己是独生子女，父亲于2004年已辞别人世，我责无旁贷地担起了照顾母亲的重任，尽管耽误了学业，但我认为陪伴是最长情的告白。因而几年来，研究断断续续地进行，显得有些零散，直至2014年底，母亲追随父亲而去，在平静了三个月后，我才能用心专注地再次拾起本课题加以研究。在这里我要感谢学院、感谢高老师、感谢王老师对我的关爱，让我坚定信心执着地完成梦想。

感谢教务处、人文科技学院的领导和同志们对我学业的支持，为我学习提供的便利。感谢我的师长、朋友们对我的鼓励。这个课题是比较崭新的领域，展开来做需要更多的努力和心血。我愿把它作为我科研的努力方向，不断加以扩展和深化。由于自己理论和实践的局限，论文中还存在诸多不尽如人意之处，我将认真修改、不断完善。

作者

2019.9